Dorothea Stiller

Inselmord & Krabbencocktail

Über die Autorin

In Westfalen zu einer Zeit geboren, als Twix noch Raider hieß, in Fernseh-Talkshows noch geraucht wurde und Frauen noch die Erlaubnis ihres Ehemannes brauchten, um zu arbeiten, entdeckte Dorothea Stiller schon früh ihre Liebe zu guten Büchern und begann auch bald, eigene Geschichten zu schreiben. Auf in Schulhefte gekritzelte Machwerke folgten Kurzgeschichten und Fan-Fiction und schließlich ihr erster Roman. Auf ein Genre festlegen möchte die Autorin sich nicht. Sie schreibt zeitgenössische Liebesromane, Historische Romane, Krimis und – als Katharina Stiller – Jugendbücher für Mädchen.

DOROTHEA STILLER

INSELMORD UND KRABBENCOCKTAIL

Siggi ermittelt auf Sylt

be THRILLED

beTHRILLED

Vollständige ePub-to-Print-Ausgabe des in der Bastei Lübbe AG erschienenen eBooks »Inselmord & Krabbencocktail« von Dorothea Stiller

beTHRILLED in der Bastei Lübbe AG

Textredaktion: Dorothee Cabras
Lektorat/Projektmanagement: Rebecca Schaarschmidt
Covergestaltung: Birgit Gitschier, Augsburg unter Verwendung von Motiven © shutterstock: Alexandru Chiriac | robert_s | Anna Jedynak | Alexander Raths | jocic | ShutterProductions | nienora | Yana Alisovna
Satz: 3w+p GmbH, Rimpar (www.3wplusp.de)
Druck: Books on Demand GmbH, Norderstedt

ISBN 978-3-7413-0170-4

www.be-ebooks.de
www.lesejury.de

MIX
Papier aus verantwortungsvollen Quellen
Paper from responsible sources
FSC® C105338

Für meine Musentriade: Evelyn, Kari und Angelika

Spatz im Liebesnest

Magdalena streckte den Arm aus und stellte bedauernd fest, dass sich das Laken kühl anfühlte. Die andere Seite des Bettes war leer. Sie gähnte und blinzelte in das Sonnenlicht, das die weißen Vorhänge kaum abzuhalten vermochten. Durch einen Spalt fiel ein schmaler Lichtstreifen direkt auf ihr Kopfkissen. Ein Blick auf das Handy verriet ihr, dass es bereits neun Uhr war. Sollte sie wütend sein, dass er gegangen war, ohne sie zu wecken, oder wollte sie es als Rücksichtnahme deuten, dass er sie hatte schlafen lassen? Sie rollte sich auf die andere Bettseite und vergrub die Nase im Kissen, dem noch ein Hauch seines Aftershaves anhaftete. Widerwillig kletterte sie aus dem Bett, um sich anzuziehen. Die Vorhänge ließ sie zugezogen. Sicher ist sicher, dachte sie und ging in die Küche, wo sie eine Kaffeekapsel in die Maschine steckte und einen Becher aus dem Schrank nahm. Die Kaffeemaschine, dieser einzige schwarze Fleck in einer Welt aus Weiß und zarten Blautönen, wirkte beinahe wie ein Fremdkörper. Im milchigen Licht, das durch die Vorhänge drang, hatte der Raum etwas Überweltliches, Jenseitiges, wie eine Traumszene.

Magdalena brühte den Kaffee auf und rührte Zucker hinein. Sie verspürte große Lust, ihn in der Sonne auf der Terrasse zu trinken. Nach kurzem Zögern holte sie das bunte Schaltuch aus dem Garderobenschrank, schlang es sich zu einem kunstvollen Turban um den Kopf und setzte die übergroße dunkle Sonnenbrille auf, die sie wie eine Libelle wirken ließ. Nach einem prüfenden Blick in den Flurspiegel, bei dem sie hastig noch einige blonde Haarsträhnen unter das Tuch steckte, zog sie die Vorhänge auf und nahm den Kaffee mit hinaus.

Der kleine Garten mit seinem sattgrünen, ordentlich gestutzten Rasenrechteck war durch einen Friesenwall vor Blicken geschützt, der mit den auf der Insel allgegenwärtigen Apfelrosen bepflanzt war. Wie ein buntes Webband zog sich ihr zarter Duft durch die würzige, von Salz, Tang und Jod getränkte Luft. In einem Reiseführer hatte Magdalena einmal gelesen, dass auch die Apfelrosen hier eigentlich nicht heimisch waren. Sie hatten ihren Weg als Zierpflanze auf die Insel gefunden und sich so ausgebreitet, dass sie zum Wahrzeichen geworden waren. Selbst fremd hier, wollte sie daran glauben, dass auch sie hier ein Zuhause finden würde. Das Unruhegefühl in Magdalenas Magen legte sich ein wenig. Kräftig strahlte die Maisonne vom blauen Himmel.

Im Strandkorb sah sie eine Weile den Wolken zu, kleine Zuckerwattetupfer, die zusammenfanden, um kurze Zeit später vom leichten Seewind verweht zu werden. Tatsächlich fühlte sie sich angekommen. Noch zu keinem anderen Ort hatte sie so eine tiefe und innige Verbindung gefühlt. Sylt war ihr ans Herz gewachsen, auch – aber nicht ausschließlich – seinetwegen. Womöglich, weil sie hier eine unter vielen war, die im Blickfeld der Öffentlichkeit standen. Bald, wenn auch die Heimlichkeiten ein Ende fanden, würde sie ihr Glück erst richtig genießen können.

Als sie den Kaffee getrunken hatte, spülte sie ab, machte das Bett und schloss die Tür zu ihrem geheimen Liebesnest von innen ab. Danach verließ sie die Ferienwohnung durch die Terrassentür, die sie ebenfalls sorgsam von außen zusperrte.

Den bunten Schal hatte Magdalena mittlerweile um den Hals geschlungen, sodass er die untere Hälfte ihres Gesichtes verdeckte. Das blonde Haar verbarg sie unter einer gehäkelten Beanie-Mütze. Obwohl bei den milden Temperaturen eine Strickjacke gereicht hätte, trug sie einen wadenlangen Trenchcoat, der sie etwas fülliger erscheinen ließ, als sie war. Sie überquerte den Rasen, hielt auf die schmale Lücke in der Einfriedung zu und öffnete das weiße Holztörchen.

Sie folgte dem Fußweg hinter dem Haus. Nachdem sie sich vergewissert hatte, dass niemand ihr folgte, bog sie auf die Straße ein, die zwischen roten Backsteinhäusern mit tief gezogenen, teils reetgedeckten Dächern und hübschen Vorgärten Richtung Meer führte. Dort nahm sie den schmalen Sandweg zum Strand hinunter. Das Wasser hatte sich schon weit zurückgezogen, ein glitzerndes Band, das sich zwischen der weitläufigen Wattfläche und dem Horizont erstreckte. Den Yachthafen mit seinen bunten Segelbooten ließ sie hinter sich und folgte der Küstenlinie nach Süden, vorbei an kleinen Sandbuchten und niedrigen, von Strandhafer und Heckenrosen bewachsenen Dünen. Sandiger Kiesweg wechselte sich mit Holztreppen und Stegen ab. Immer wieder wandte sie sich um. Sie stutzte. Der Mann mit der wattierten blauen Weste und der Schiebermütze war ihr vorhin schon aufgefallen. Als sie stehen blieb und zu ihm hinübersah, bückte er sich und schien auf dem Boden etwas zu suchen. An einem Riemen über seiner Schulter baumelte eine schwarze Tasche. Eine Kameraausrüstung? Magdalena beschleunigte ihre Schritte, bis sie die Jückersmarschbrücke erreichte. Wieder drehte sie sich um und entdeckte den Mann mit der Schiebermütze, der ihr noch immer in einigem Abstand zu folgen schien.

Mist!, dachte sie und wollte schneller laufen. Dabei stieß sie an eine Unebenheit in den Holzbohlen, was sie für einen Augenblick ins Straucheln brachte. Rasch überquerte sie die Brücke und wandte sich erneut um. Der Mann war aus ihrem Blickfeld verschwunden. Magdalena atmete auf. Wahrscheinlich nur ein harmloser Tourist, der Wasservögel fotografierte.

Sie setzte ihren Weg fort, sah sich dabei jedoch immer wieder um und hatte bald den schmalen Sandweg erreicht, der zwischen den Dünen hindurch zum hinteren Eingang ihres Grundstücks führte. Wieder warf sie einen Blick über die Schulter. Eine Frau in einem roten Mantel fiel ihr auf, die vom Strand aus in ihre Richtung blickte. Sie trug einen Hut, den sie tief in die Stirn gezogen hatte. Der hochgeschlagene Kragen und ein maritimes Halstuch verdeckten die untere Hälfte des Gesichts. Der Rest verbarg sich hinter einer Sonnenbrille. Irgendetwas an der Fremden kam ihr seltsam bekannt vor. Magdalena beschattete die Augen mit der Hand, um besser sehen zu können, doch in dem Augenblick wandte die Frau sich ab und blickte hinaus auf das Wasser.

Ein ungutes Gefühl der Beklemmung und Vorahnung legte sich auf Magdalenas Schultern und ließ sie für einen Augenblick schwindeln. Sie musste aufhören, sich verrückt zu machen. Als könnte sie die düsteren Gedanken so abstreifen, hob und senkte sie die Schultern ein paar Mal und atmete tief durch. Ohne sich noch einmal nach der Fremden umzudrehen, lief Magdalena weiter und erreichte bald die hintere Gartenpforte. Wie eine vage Drohung schob sich in diesem Augenblick eine Wolke vor die Sonne und ließ kurz einen Schatten über sie huschen, der ebenso schnell wieder verschwand, wie er gekommen war. Eilig tippte Magdalena den Sicherheitscode ein und schlüpfte durch das Tor.

Plötzlich und unerwartet

Siggi sah von der Buchhaltung auf, als der Schlüssel im Schloss der Wohnungstür klapperte. Auch Candy spitzte die puscheligen Fledermausohren, legte den Kopf schief und wuffte leise. Als sie erkannte, dass es kein Fremder war, der die Wohnung betrat, gähnte sie herzhaft und steckte die Nase wieder zwischen die winzigen Yorkshire-Terrier-Pfötchen, um das Nachmittagsnickerchen fortzusetzen. Offenbar war Torsten vom Einkauf zurück, denn Siggi hörte ihn in der Küche die Taschen abstellen, bevor er zu ihr ins Wohnzimmer kam.

»Hier, hab ich dir vonne Bude mitgebracht.«

Siggi sah auf und beobachtete ihn skeptisch. Sie ahnte, dass er Hintergedanken hatte. Und tatsächlich. Der spitzen weißen Papiertüte, die Torsten auf den Schreibtisch legte, folgte ein Stapel amtlich aussehender Briefe.

»Außerdem hab ich die Post vom Schränkchen vorne reingeholt. Die liegt da schon seit einer Woche.«

»Danke.« Siggi lächelte knapp und wandte sich wieder den Zahlenkolonnen auf ihrem Block zu, ohne die Post weiter zu beachten. Doch Torsten war offenbar entschlossen, nicht so schnell aufzugeben.

»Hömma, willste die denn nicht langsam mal aufmachen?« Die Frage klang betont vorsichtig, doch Siggi wusste, er würde nicht lockerlassen.

»Wozu? Sind eh nur noch mehr Rechnungen.« Beim Blick auf das Tütchen fühlte sich Siggi allerdings versöhnt, auch wenn sie genau wusste, dass es sich um einen Bestechungsversuch handelte. »Sind das Violas?«

Torsten nickte.

Ein warmes Gefühl der Dankbarkeit erfüllte sie mit einem Mal. Sie war froh, Torsten an ihrer Seite zu haben. »Törtchen, komm her und lass dich knutschen. Du bist der Allerbeste.«

»Weiß ich doch.« Er grinste verlegen und ließ sich von Siggi einen dicken Kuss aufdrücken. Während sie mit spitzen Fingern eines der Veilchendragees aus der Tüte klaubte, beäugte sie argwöhnisch den Poststapel. Sie runzelte die Stirn, zog einen Umschlag mit schwarzem Rand hervor und verschwand damit in der Küche, um ihn zu öffnen. Darin fand sie eine Trauerkarte und einen gefalteten Briefbogen.

»Gottchen! Die Hilde ist tot«, rief sie durch die Tür ins Wohnzimmer.

Torstens hünenhafte Gestalt erschien im Türrahmen. »Hilde? Wer ist denn das nun wieder? Kenn ich nicht.«

»Doch, sicher, kennst du die. Tante Hildegard. Von Sylt. Wir haben hin und wieder telefoniert, und ich hab ihr regelmäßig zum Geburtstag und zu Weihnachten Karten geschickt. Du hast unterschrieben.«

»Aha.« Torsten schüttelte den Kopf. Offenbar war der Groschen noch immer nicht gefallen. »Tante Hildegard? Hör ich zum ersten Mal.«

»Hilde ist … ach, ich weiß auch nicht so genau, wie wir eigentlich verwandt sind. Ich glaube, sie ist eine Cousine meiner Mutter oder so. Sie hat reich geheiratet und ist nach Sylt gezogen. Aber richtig heimisch ist sie da nicht geworden. War oft zu Besuch hier in Dortmund. Zu Nisis Taufe war sie auch da gewesen.« Siggi hielt inne und dachte nach. »Nee, kannste ja nicht wissen. War vor deiner Zeit. Aber sie war in den letzten Jahren nicht mehr gut zurecht. Hab mich immer ein bissken verpflichtet gefühlt und mich gekümmert. Sie hatte ja sonst keinen.«

»Aha«, machte Torsten wieder.

»Na ja, jedenfalls ist sie jetzt tot. Und nun sag bloß nicht wieder 'aha'.«

»Fährst du zur Beerdigung?«, fragte Torsten nach einer Pause, die vermuten ließ, dass ihm das »Aha« tatsächlich auf der Zunge gelegen hatte.

»Nee, ich fürchte, das ist finanziell gerade wirklich nicht drin. Sylt … Mit dem, was ich noch auf dem Konto habe, komm ich mit Glück gerade mal bis Recklinghausen.«

»So schlimm?« Torsten hatte die Stirn in Falten gelegt.

»Das Studio wirft einfach nicht genug ab. Die Leute sparen alle.«

»Dabei seh ich genug schäbige Trullas rumlaufen, die es echt bitter nötig hätten, sich ein bisschen aufhübschen zu lassen.«

»Gibt noch viel mehr schäbige Kerle«, feuerte Siggi zurück. »Nötig hätten es einige, das ist nicht der Punkt. Aber die Patte sitzt eben nicht mehr so locker. Ist halt Mist. Ich sollte den Laden drangeben, bevor mir die Schulden über den Kopf wachsen.«

Torsten zog sie in eine Umarmung. »Weißt du, ich hab ein bisschen was gespart. Ich könnte dir was leihen.«

»Das ist lieb, Törtchen. Aber es hilft doch nichts. Davon, dass ich vorübergehend ein paar Löcher stopfe, kommen auch nicht mehr Kunden. Da könntest du dein Erspartes genauso gut im Klo runterspülen. Nee, ich muss den Tatsachen ins Auge sehen: Der Laden ist Geschichte.«

»Scheiße«, stellte Torsten lapidar fest und hatte damit trotzdem alles gesagt, was es zu dieser Situation Sinnvolles zu sagen gab.

»Das kannst du wohl laut sagen.« Siggi wischte sich mit dem kleinen Finger sorgsam eine Träne aus dem Auge. »Mann, jetzt heul ich auch noch! Ich seh gleich aus wie ein Waschbär.«

»Waschbären sind niedlich.« Torsten drückte ihr einen Kuss auf die Stirn.

Siggi schniefte und lächelte, dann löste sie sich aus der Umarmung und nahm Karte und Brief von der Arbeitsplatte. »Kerl, das tut mir jetzt leid mit Hilde. Aber vielleicht ist es besser so. Sie hat gesundheitlich in der letzten Zeit echt was mitgemacht. Ich such gleich mal ein Foto raus. Wenn ich schon nicht zur Beerdigung kann, stell ich wenigstens mal ein Bildchen auf. Und ich muss Ingeborg anrufen und ihr sagen, dass ich nicht kommen kann. Ich hoffe, sie versteht das.«

»Wer ist denn jetzt wieder Ingeborg?«

»Hildes Schwägerin, Hannos Schwester.« Sie bemerkte Torstens verwirrten Blick. »Hanno war Hildes Mann, ein Immobilienmakler. Seinetwegen ist sie nach Sylt gezogen. Jetzt guck nicht so, so kompliziert ist das alles nicht. Ingeborg hat nach Hannos Tod die Maklerfirma übernommen.«

»Aha«, machte Torsten abermals.

»Kerl, manchmal komm ich mir vor, als ob ich mit einem Pfund Mett rede.« Siggi lachte. »Ein Glück, dass wir nicht bei den Royals sind, wenn dir meine Verwandtschaftsverhältnisse schon zu kompliziert sind.«

Siggi entfaltete den weißen Briefbogen und überflog die handschriftlichen Zeilen darauf. »Ach du liebes bisschen!« Sie las den letzten Abschnitt noch ein zweites und drittes Mal.

»Was denn?« Torsten war hinter sie getreten und hatte ihr die Hand auf die Schulter gelegt. »Ist der von dieser Ingeborg? Was schreibt die denn?«

»Ingeborg schreibt, ich krieg demnächst Post vom Amtsgericht in Niebüll wegen der Testamentseröffnung. Anscheinend hat Hilde mich in ihrem Testament bedacht.«

»Also musst du doch hinfahren?«

»Nee, Ingeborg meint, ich muss nicht extra kommen. Man kriegt da so ein Protokoll zugeschickt.«

»Aha. Und was hat se dir vermacht, die Hilde? Schmuck? Geld? Ist jetzt vielleicht ein bisschen pietätlos, aber wär ja in deiner Situation gerade nicht das Schlechteste.«

»Nee, das ist es ja gerade, was ich nicht kapier! Die Hilde hat mir ihr Haus vermacht. Was soll ich denn mit einem Haus auf Sylt? Und überhaupt. Ich komm mir irgendwie blöd vor. Ich mein, ich weiß ja kaum, wie genau wir eigentlich verwandt sind, und dann vererbt sie mir ein Haus!«

»Das ist ja echt mal ein Ding!«, rief Torsten. »Dann wirste jetzt Friesin. Und das, wo du keinen Tee magst.«

»Ach, so 'n Quatsch, Törtchen. Natürlich verkauf ich das Haus.«

»Na ja, musst du wohl, allein, um die Erbschaftssteuer zu bezahlen«, räumte Torsten ein.

»Ach du Schreck! Stimmt ja. Der ganze Firlefanz kommt dann auch noch auf mich zu. Von so was hab ich doch überhaupt keine Ahnung. Bin ja froh, dass ich das mit der Buchhaltung für den Laden so halbwegs kapiert hab. Ein Haus verkaufen mit all dem Papierkram und den Verträgen und dem amtlichen Kokolores, damit kenn ich mich doch überhaupt nicht aus.« Siggi nahm die Kanne aus der Kaffeemaschine und füllte Wasser ein. »Ich brauch jetzt erst mal 'nen Kaffee. Willste auch einen?«

»Gern, aber mach den nicht wieder so stark, dass man schon vom Angucken 'nen Herzkasper kriegt.«

Siggi verdrehte die Augen. »Besser als deine dünne Plörre. Kannst ja was mehr Milch reintun.« Ungerührt löffelte sie großzügig Kaffeepulver in den Filter. »Irgendwie ist es rührend, dass sie an mich gedacht hat, weißte? Und außer Ingeborg hatte sie auch niemanden. Aber ein Haus ist ja nun kein Pappenstiel.« Siggi schaltete die Maschine ein, die kurz darauf zu fauchen und zu blubbern begann. »Ich mein, das ist jetzt nicht so 'n protziges Ding. Sie hat ja hin und wieder Fotos geschickt. So 'n oller Backsteinkasten mit Reetdach. Lass das mal hundertfuffzig Quadratmeter sein. Allerdings ein Riesengrundstück. Keine Ahnung, was so was wert ist. Aber meine Schulden wär ich los. Und vielleicht könnte ich bei dieser *Girlfriendz*-Sache richtig einsteigen.«

»*Girlfriendz?*« Torsten lehnte sich an die Arbeitsplatte.

»Jetzt tu nicht wieder so. Davon hab ich dir doch erzählt. Diese Verkaufsveranstaltungen. Ich war da doch auf dem Vortrag neulich.«

»Ach, du meinst deine Dildo-Partys?«

»Das sind keine Dildo-Partys!«, protestierte Siggi. »Freundinnen-Partys, bei denen Frauen in lockerer Runde mit ihren besten Freundinnen bei einem Gläschen Sekt Verwöhnprodukte shoppen können. Kosmetik,

Pflegeprodukte, Dessous und hochwertige Erotikspielzeuge.«

»Sag ich doch, Dildo-Party.« Torsten blickte skeptisch drein. »Und da willst du jetzt groß ins Geschäft einsteigen? Siggi, die Dildo-Queen von Dortmund?«

»Mann! Du bist aber auch so was von steinzeitlich. Dass du das alles so in die Schmuddelecke stellen musst.« Siggi nahm zwei Kaffeebecher aus dem Oberschrank und klappte etwas geräuschvoller als nötig die Schranktür zu. »Wenn du 'Erotik' hörst, denkst du gleich an einen Haufen Spanner und Perverse, die in der Nordstadt im Trenchcoat in irgendwelche Sexkinos schleichen. Erotik ist doch nicht mehr nur was fürs Bahnhofsklo!«

»Aha«, machte Torsten einmal wieder.

»Das ist typisch Kerl. Sex hat doch nicht nur was mit 'ner schnellen Nummer zu tun. Nackig machen, rein, raus, fertig ist die Laube! Da geht es um Sinnlichkeit, Torsten. Sinnlichkeit! Verführung. Das fängt doch schon vorher an, wenn man sich für den Partner schön macht. Wenn man sich was Nettes anzieht, sich Zeit füreinander nimmt, ganz entspannt. Vielleicht ein tolles Massageöl, 'ne Duftkerze. Und dann kann man halt auch mal was ausprobieren. Das ganze Drumherum eben. Klar, dass du wieder nur an Dildos denkst.«

»Aber die haben auch welche.«

»Ja, die haben auch welche. Doch das ist nicht der Punkt.« Siggi schüttelte den Kopf und verdrehte die Augen. »Frauen haben auch Spaß an Erotik. Dreht sich eben nicht immer alles nur um euch. Und ich helfe ihnen dabei, ihre Sinnlichkeit zu entdecken.«

»Aha.« Torsten zog die Augenbrauen hoch, was für gewöhnlich bedeutete, dass ihm ein Kommentar auf der

Zunge lag, den er sich allerdings zu verkneifen gedachte.

»Jedenfalls würd' ich es gern damit probieren. Man kann sich relativ schnell was aufbauen, und die Gewinne können sich sehen lassen. Hier, du kennst doch die Conny. Die vom Bäcker anne Ecke. Mit den dunklen Haaren, die immer so dick geschminkt ist.«

»Die mit dem breiten Fahrgestell?«

»Das ist doch nicht breit! Da kenne ich aber ganz andere«, protestierte Siggi.

»Eine Gazelle ist se ja wohl auch nicht.«

»Aber sieht doch nicht schlecht aus? Die ist halt ein bisschen … vollschlank. Barock. Üppig. Da haste wenigstens was zu packen.«

»Gut, meinetwegen. Besser als so 'n Klappergestell«, räumte Torsten ein.

»Aber wir diskutieren hier auch nicht der Conny ihre Figur, sondern meine berufliche Zukunft. Conny ist jedenfalls ganz begeistert. Sie sagt, sie hat locker vierhundert Euro Provision bei drei Partys im Monat, und andere, die sie kennt, die da richtig dick eingestiegen sind, machen auch schon mal drei- bis sechstausend Euro im Monat, wenn sie so zwei-, dreimal die Woche eine Party veranstalten.«

»Und warum machste das nicht einfach jetzt schon?«, wollte Torsten wissen.

»Na ja, am Anfang musst du eben ein bissken was investieren. Du kaufst so ein Starterpaket, und dann kannst du im Prinzip loslegen.«

»Aha! Da pfeffert also der Hase im Liegen. Biste sicher, dass das nicht nachher so 'n Nepp ist, wo du dich dumm und dusselig blechst und hinterher auf dem Krempel sitzen bleibst?« Torsten machte ein noch skeptischeres Gesicht als zuvor.

»Törtchen, du hältst mich aber auch für völlig bekloppt, oder? Ich hab mir das genau angeguckt. Man ist nicht verpflichtet, da regelmäßig was abzunehmen oder so. Das hat schon alles Hand und Fuß. Nur, Geld für so ein Starterpaket ist im Augenblick eben nicht drin.«

»Und dafür willst du dann das Haus verkaufen? Ich mein, was kostet denn so ein Starterpaket? Doch wohl nicht so viel, dass du dafür erst 'ne Erbschaft machen musst. Das könnte ich dir doch leihen.«

»Torsten, du weißt, wie ich dazu stehe. Geld und Liebe, das verträgt sich nicht. Geld und Freundschaft im Übrigen auch nicht. Ich leih mir nicht gern Geld. Da kriegt man sich hinterher nur an die Köppe. Schulden machste bei der Bank, mit der musste nicht jeden Abend ins Bett steigen.«

»Och, hier mit der … wie heißt se, die Frau Dingens von der Sparkasse? Mit der würde ich ja schon mal …«

Torsten verstummte, als Siggi lachend die geballte Faust in der Luft schwang.

»Halt bloß die Klappe, sonst kriegen wir Spaß miteinander, du Eumel! Aber im Ernst: Ich mache ungern Schulden, und wenn, dann nicht bei Freunden und schon gar nicht bei dir. Das muss alles seine Ordnung haben. Und wenn man sich dann doch mal verkracht … Geld würde alles nur komplizierter machen.«

»Ja, ich weiß. Irgendwie hast du ja recht«, gab er zu. »Doch so 'n Haus zu verkaufen … da hab ich auch irgendwie ein blödes Gefühl bei. Das macht man nicht. Die Hilde wird sich schließlich was dabei gedacht haben. Dass sie ausgerechnet dir das Haus hinterlassen hat, meine ich. Die wollte bestimmt, dass es in gute Hände kommt.«

»Das ist ein Haus, Torsten, keine Katze!«

»Ja, eben. Da lebt man drin, und daran hängt man

dann auch. Und wenn man einmal unter der Erde liegt, will man, dass da wenigstens wer drin wohnt, den man zu Lebzeiten leiden mochte, oder nicht?«

»Du meinst, Hilde hat mir das Haus vermacht, weil sie wollte, dass ich da einziehe?« Siggi fragte sich allmählich, ob Törtchen jetzt vollkommen abdrehte. »Nee. Sie hat bestimmt gedacht: Ich hab keine Kinder. Die Siggi war immer nett zu mir, hat regelmäßig Karten und Briefe geschickt und auch mal 'nen Fleurop-Gutschein reingelegt. Und die hat das Geld nötiger wie die Ingeborg. Und zack, hat sie mich ins Testament geschrieben.«

»Aber warum das Haus?«

»Ja, was weiß denn ich?! Bin ich Jesus? Hab ich Löcher inne Hände?«

»Ich sag ja nur. Sie hätte dir auch gleich was Geld vererben können. Warum dann das Haus?«

»Hömma, du stellst vielleicht Fragen. Ich weiß es doch auch nicht. Die Hilde war nicht mehr die Jüngste. Vielleicht hat sie sich gar nicht viel dabei gedacht. Egal. Ich ruf jetzt mal die Ingeborg an. Danach weiß ich wahrscheinlich mehr.«

Torsten schnappte sich eine Kaffeetasse und verzog sich ins Wohnzimmer, während Siggi das Telefon vom Schränkchen im Flur holte, um mit Ingeborg zu sprechen.

Plötzlich Friesin?

»Und? Biste jetzt schlauer?«, wollte Torsten wissen, als sie kurz darauf ins Wohnzimmer kam.

»Ein bisschen. Die Details klären wir später nach der Testamentseröffnung, wenn der Schrieb vom Amtsgericht da ist. Aber Ingeborg hat so geredet, als wollte ich das Haus behalten. Sie meint, ich soll mir keinen Kopp machen wegen Erbschafts- und Grundsteuer und all dem Gedöns, weil Hilde seinerzeit den hinteren Teil des Grundstücks schon als Bauland habe eintragen lassen. Das könne man problemlos verkaufen und davon dann die auflaufenden Steuern bezahlen und so. So richtig hab ich es auch nicht kapiert, aber ist ja auch egal. Kommt gar nicht in die Tüte, dass ich das Haus übernehme. Ich hab es bloß noch nicht übers Herz gebracht, das Ingeborg zu sagen. Die klang so überzeugt. Doch es geht nun mal nicht. Ich kann ja nicht nach Sylt ziehen.«

Siggi kramte in einem Fach der Schrankwand und zog eine gestreifte Pappkiste heraus, die sie zum Couchtisch hinübertrug.

»Wieso denn eigentlich nicht?«, fragte Torsten unvermittelt.

»Bist du jetzt vollkommen bekloppt geworden? Du willst doch nun nicht allen Ernstes sagen, ich soll hier alles stehen und liegen lassen und in Tante Hildes Haus ziehen. Auf Sylt!«

Dem Gesichtsausdruck nach zu urteilen, schien Torsten den Gedanken gar nicht abwegig zu finden. »Warum denn nicht?«

»Warum denn nicht!«, äffte Siggi ihn nach, während sie in der Kiste herumsuchte. »Wenn ich die Gründe aufzählen sollte, wüsste ich gar nicht, wo ich anfangen soll.« Schließlich zog sie ein Foto hervor und machte sich auf die Suche nach einem Rahmen.

»Jetzt mal ehrlich, was spricht denn dagegen? Noch mal neu anfangen, den Lebensabend am Meer verbringen, morgens von den Möwen geweckt werden …«

»Ich glaub eher, die haben dir in den Kopp gekackt, die Möwen!« Siggi lachte. »Wie stellst du dir das denn vor? Ich hab hier schließlich Freunde und Verwandte und so.« Siggi hatte einen kleinen weißen Bilderrahmen gefunden, in den sie das Foto steckte.

»Dann machste das wie Hilde, setzt dich in den Zug und besuchst die. Ist ja nicht, als würdest du nach Australien auswandern.«

Siggi stellte das Bild auf das Sideboard und rückte den Topf mit dem Usambaraveilchen daneben.

»Wa', Hildelein? Jetzt haste Ruhe. War ja nicht mehr schön im letzten Jahr. Hast ganz schön was mitgemacht.« Sie schenkte der älteren Dame auf dem Foto ein Lächeln. »Bloß mit dem Haus hast du mir jetzt ganz schön was eingebrockt. War lieb gemeint, aber … Bist mir nicht böse, wenn ich es verkaufe, oder? Ich meine, ich will nicht undankbar sein, aber behalten kann ich es schließlich nicht.«

»Kann se doch!«, rief Torsten aus dem Hintergrund. »Ich-kann-nicht wohnt in der Ich-will-nicht-Straße.«

Siggi fuhr herum und sah Torsten prüfend an, konnte jedoch keine Anzeichen dafür erkennen, dass er scherzte. »Du meinst das ehrlich ernst, ne?«

»Natürlich mein ich das ernst. Gerade jammerst du mir noch einen vor, dass das Kosmetikstudio nicht läuft und alle sparen müssen und so, und jetzt kriegst du so 'ne Chance und willst nicht mal drüber nachdenken.«

»Und was ist mit Nisi? Die kann ich doch auch nicht einfach allein lassen.«

»Denise ist erwachsen. Die lässt sich hier ohnehin kaum mehr blicken. Ist ja auch richtig so. Die ist happy mit ihrem Andi und soll se auch sein. Und zur Not hat sie ja noch einen Vater. Du weißt doch selbst noch, wie das ist, das junge Glück. Erste gemeinsame Wohnung, da hast du keine Zeit und auch keinen Bock, ständig bei deiner Mutter vorbeizuturnen.«

»Aber sie könnte, wenn sie wollte«, gab Siggi trotzig zurück. »Wenn sie mich braucht, wäre ich für sie da.«

»Gibt auch Telefon«, meinte Torsten trocken.

»Das ist nicht dasselbe. Was, wenn sie zum Beispiel schwanger wird? Dann kann ich sie gar nicht unterstützen.«

»Und sie kann dir nicht dauernd die Enkel aufs Auge drücken. Hat alles seine Vor- und Nachteile«, gab Torsten zu bedenken.

»Ha, ha! Jedenfalls zieh ich jetzt nicht plötzlich nach Sylt!« Damit war für Siggi die Diskussion beendet.

»Nur mal so interessehalber: Über wie viel Geld reden wir überhaupt?«, meinte Torsten schließlich.

»Keine Ahnung. Was kostet so 'n Haus? Das ist wie gesagt schon alt, nicht besonders groß. Vielleicht drei-, vierhunderttausend? Jedenfalls eine Menge Geld. Damit wäre eine ganze Batterie meiner Probleme gelöst.«

»Hast du die Adresse? Ich kann ja mal bei so 'ner Immobilienseite gucken, was so ein Kasten wert ist«, schlug Torsten vor.

»Tu dir keinen Zwang an. Das ändert aber nichts daran, dass ich da nicht hinziehe«, sagte sie und reichte ihm Ingeborgs Brief.

Siggi nahm Torstens leeren Kaffeebecher mit in die Küche, wo sie ihn erneut füllte und sich selbst auch nachschenkte. Torsten hatte inzwischen den Laptop gestartet und eine Immobilienseite aufgerufen.

»Kei-tum«, murmelte er, während er tippte.

Siggi stellte den Kaffeebecher neben ihm auf dem Tisch ab. Kurze Zeit später öffnete sich die Seite mit den Ergebnissen der Suche.

»Leck mich fett!«, stieß Torsten hervor. Ungläubig starrte Siggi über seine Schulter auf den Monitor, während er hoch- und runterscrollte. Alle vergleichbaren Objekte waren mit einem Verkaufspreis von zwei bis vier Millionen Euro gelistet.

»Scheiß die Wand an!«, rief Siggi. »Das kann doch nicht sein! So viel kann der olle Kasten einfach nicht wert sein. Da sieht der auch gar nicht nach aus.«

»Na ja, ist halt nicht Hörde, ne? Da treiben sich nicht umsonst die ganzen Promis rum«, merkte Torsten an.

»Jetzt komm ich mir ja erst recht schäbig vor.« Siggis Blick wanderte entschuldigend zu Hildes Porträt. »Was haste dir dabei nur gedacht, Hilde? Ab und zu mal ein Anruf, ein paar Kärtchen … und du vermachst mir eine Hütte, die Millionen wert ist?« Siggi zog einen Stuhl heran und ließ sich darauf fallen. »Kann man so ein Erbe nicht auch ablehnen?«

»Ja, bist du bekloppt?!« Torsten starrte sie ungläubig an.

»Na, ich weiß nicht. Ist doch irgendwie unanständig. So viel Geld.« Wieder schaute Siggi zu Hildes Bild hinüber. Fast erwartete sie, einen vorwurfsvollen Ausdruck im Gesicht der Verstorbenen zu sehen, doch die lächelte unbeirrt ihr herzliches Tante-Hilde-Lächeln.

»Aber das ist es doch gerade«, schaltete sich Torsten wieder ein. »Ich sag ja, der Hilde ging es bestimmt eher um den ideellen Wert. So 'ne Immobilie, die verkauft man nicht. Das hat schon mein Opa immer gesagt. 'Immobilien – da haste nur Brassel mit, außer du wohnst selber drin.' Und anscheinend hat die Hilde das ja auch so vorgesehen, sonst hätte sie das mit dem Bauland und der Erbschaftssteuer und all dem Zinnober nicht extra geregelt.«

»Meinste wirklich, Törtchen? Aber ich kann doch nicht nach Sylt. Wie soll denn das gehen? Und wovon soll ich da leben?«

»Na, deine Dildos kannst du auch da verkaufen. Ich mein, die Promi-Tussis können so was schließlich auch gebrauchen. Die haben es bestimmt nötig, dass du ihnen mit ihrer Sinnlichkeit mal auf die Sprünge hilfst.«

Da hatte Torsten etwas Wahres gesagt. Zum ersten Mal erschien Siggi der Gedanke gar nicht mehr so unsinnig. Auf jeden Fall gäbe es eine Menge zahlungskräftiger Kundinnen. Wer bereits alles hatte, suchte womöglich gerade nach dem Besonderen. Wenn sie es geschickt aufzog, könnte sie es auf Sylt auch zur Platinberaterin bringen. Siggi nahm einen großen Schluck Kaffee. Sie musste sich eingestehen, dass sie es mit dem Pulver dieses Mal möglicherweise doch etwas übertrieben hatte, hätte es vor Torsten allerdings keinesfalls zugegeben. Den Kampf »Blümchenkaffee versus flüssiges Herzrasen«

führten sie schließlich schon seit Beginn ihrer Beziehung, und Siggi gedachte nicht nachzugeben. Wenn du mit so was einmal anfängst, meint er, er kann dir überall reinquatschen, überlegte sie. Das wusste schon Oma. »Kerle sind wie Giersch im Garten. Wenn man nicht aufpasst, breiten se sich aus wie Hulle, und du wirst se so schnell auch nicht wieder los.«

Nicht, dass sie Törtchen hätte loswerden wollen. Im Gegenteil. Bloß musste man bei Männern immer aufpassen, dass sie sich keine Schwachheiten einbildeten. Ist nie gut, wenn sie sich ihrer Sache zu sicher sind. Also (noch so ein Oma-Spruch): »Vorbeugen ist besser, als auffe Füße kotzen.« Andererseits war Torsten nicht Adam. Auch wenn er manchmal eine große Klappe hatte, war er doch im Kern grundanständig und absolut kein Macho, ganz anders als ihr Ex. Siggi lächelte und sah noch einmal zu Hildes Porträt hinüber. Der Hanno war auch so einer, dachte sie. Für den wär ich auch nach Sylt gezogen. Den mochte ich gut leiden. Schade, dass er so früh gestorben ist. Aber jetzt haste ihn ja wieder, ne, Hilde?

Siggi betrachtete Torsten von der Seite. Gemeinsam alt werden, in einem Häuschen am Meer, Spaziergänge mit Candy am Strand, Fischbrötchen essen, den Seewind um die Nase wehen lassen, und in den Ferien kommen Nisi, Andi und die Enkel – wenn se denn welche ausbrüten – oder die zahlreichen Nichten und Neffen. Eigentlich war die Vorstellung gar nicht mehr so abwegig.

»Wat lächelst du denn so beseelt?« Torsten sah sie amüsiert an.

»Ach, ich hab nur gedacht, dass ich es ja eigentlich gar nicht so schlecht getroffen hab. So insgesamt. Also, jetzt auch ohne das Haus von Hilde.«

Torsten senkte verlegen den Blick und murmelte irgendetwas Unverständliches in seine Kaffeetasse. Er war nicht so für Romantik. Seine Liebe drückte sich eher handfest aus, indem er Regale zusammenschraubte, ihr morgens Kaffee ans Bett brachte oder bei Schietwetter die abendliche Runde mit Candy übernahm. Oder eben, wenn er ihr Violas von der Bude mitbrachte. So sagte Torsten: *Mach dir keine Sorgen, ich bin bei dir.*

In solchen Momenten war Siggi klar, dass sie mit diesem Mann den Rest ihres Lebens verbringen wollte. Das Altwerden hatte schlagartig all seinen Schrecken für sie verloren, wenn sie daran dachte, dass sie es gemeinsam tun würden. Und warum nicht in einem Häuschen am Meer? Noch war sie jung genug. Der Gedanke, noch einmal etwas ganz Neues anzufangen, hatte was Verlockendes. Siggi erinnerte sich genau an das Gefühl, als sie vierzig geworden war, vor fünf Jahren. Es waren gar nicht so die Falten und die Auswirkungen der unerbittlichen Schwerkraft, die ihr zu schaffen gemacht hatten. Es war vielmehr dieses Gefühl, dass einem nicht mehr alles offenstand. Mit zwanzig, auch noch mit dreißig, da hatte sie das Gefühl gehabt, es wäre noch nichts entschieden, sie könnte jederzeit noch einmal alles anders machen. Doch je älter man wurde, desto fester hatte man sich eingefahren. Der Lebensweg wurde mehr und mehr zum Gleis, auf dem man nur noch in die festgelegte Richtung rollte. Veränderungen wurden zum Kraftakt, weil alle möglichen Verpflichtungen dranhingen.

Torsten hatte eigentlich recht. Es würde kaum mehr ein günstigerer Zeitpunkt kommen als dieser, wenn sie ihrem Leben eine neue Richtung geben wollte: Denise war selbstständig, hatte einen festen Job und war aus den Flegeljahren weitgehend raus. Und was die Eltern anging, warum sollte sie sich allein verantwortlich fühlen? Die beiden waren jetzt noch fit genug, um für sich allein zu sorgen. Und wenn sich das ändern sollte … wozu hatte sie Geschwister? Holger, den alten Hallodri, konnte man getrost außen vor lassen. Wer weiß, was dem als Nächstes Beklopptes in den Kopf kam! Und bei fünf Kindern aus insgesamt drei Ehen musste man nicht erwarten, dass er Geld übrig hätte, um eventuell noch für die Eltern aufzukommen. Aber auf Susanne war Verlass, und Christiane und ihr Zahnarzt hatten schließlich genug Kohle. Sylt. Warum eigentlich nicht?

Siggi fühlte sich mit einem Mal ganz kribbelig. Am Morgen war die Frage noch gewesen, ob sie den Laden lieber heute als morgen aufgeben sollte, und jetzt stand ihr plötzlich so eine Möglichkeit offen. Alles hinter sich lassen und noch einmal etwas ganz anderes anfangen. An einem Ort, an dem andere Urlaub machten. Sie würde eine Nacht darüber schlafen müssen – oder vielleicht auch zwei oder drei. Und sie musste mit Nisi sprechen. Der Rest der Mischpoke würde einfach vor vollendete Tatsachen gestellt werden.

Wer weiß? Vielleicht war Torstens Bemerkung gar nicht verkehrt gewesen. Plötzlich Friesin. Der Gedanke hatte was.

Ein Angebot, das er nicht ausschlagen kann

Geschmeidig bewegt die blonde Frau auf der kleinen Bühne ihren schlanken Körper im Takt der Musik. Gierig verfolgen Mischas Augen jede ihrer katzengleichen Bewegungen. Er leckt sich über die trockenen Lippen und nimmt noch einen Schluck des völlig überteuerten Biers. Schon wieder leer. Die junge Frau beugt sich vor. Ihre prallen Brüste sehen aus, als wollten sie jeden Moment aus der engen Lackcorsage hüpfen. Mischa wüsste zu gern, wie sie sich anfühlen, doch er will sich keinen Ärger einhandeln. *Anschauen, nicht anfassen.* Das ist im *Dancing Cat* die goldene Regel. Jedenfalls, wenn man nicht zum inneren Kreis gehört, denkt er sich.

»Na? Noch ein Bier, Mischa?« Charlene stellt das leere Glas auf ihr Tablett und setzt ein neues vor ihm ab, ohne seine Antwort abzuwarten. »Sie gefällt dir, unsere Neue, was?«

Mischa nickt eifrig. Seit einer Woche ist er jeden Abend hier, weil er weiß, dass sie tanzt. Eigentlich wäre es besser, eine Weile unterm Radar zu fliegen, bis er das

Geld aufgetrieben hat. Aber was soll man machen? Die Kleine hat es ihm angetan. Und schönen Frauen konnte Mischa noch nie widerstehen, schönen Frauen und Glücksspielen. Er seufzt, nimmt noch einen Schluck, versucht, den Gedanken beiseitezuschieben. Das Bier schmeckt.

Charlene beugt sich zu ihm vor, ganz nah an sein Ohr, so nah, dass es kitzelt, als sie leise hineinspricht. »Wenn du willst, kann ich da was für dich klarmachen. Möchtest du das?«

Mischa weiß, dass Charlene und einige der anderen Mädchen sich auch als Escort noch etwas dazuverdienen. Er nickt eifrig und denkt dabei, dass es so sicher nichts werden kann mit dem Geld. Aber was will man da machen? Er hat nun mal echt eine Schwäche für dieses Mädchen. Wegen des Geldes wird ihm schon was einfallen. Er hat bisher noch immer den Kopf irgendwie aus der Schlinge ziehen können. Mischa spürt, wie Charlene ihm etwas in die Jackentasche steckt. Wahrscheinlich eine Visitenkarte oder einen Zettel mit einer Telefonnummer von dem Escortservice.

»Um elf hat sie Schluss. Frag einfach nach Pamela und sag, dass du den Special Service buchen möchtest.«

Mischa nickt und lächelt zufrieden. Sein Blick gleitet hungrig an den langen Beinen aufwärts. Er zwinkert dem Mädchen zu und nimmt noch einen Schluck Bier. Die Vorfreude macht durstig. Wie Pamela sich bewegt! Ungeduldig schaut er auf die Uhr. Bis elf dauert es für seinen Geschmack noch viel zu lange, aber er genießt es, die Auslage schon einmal genau in Augenschein zu nehmen und sich auf später zu freuen.

Er zuckt zusammen, als sich plötzlich eine Hand auf seine Schulter legt und eine tiefe, ihm nur allzu bekannte Männerstimme neben ihm ertönt.

»Karotte! Na? Pass auf, dass dir die Augen nicht rausfallen.«

»Bruno, alte Granate! Wie geht's dir?« Mischa versucht sich an einem unbeschwerten Lachen. Doch er beäugt Bruno genau. Der scheint guter Dinge zu sein. Vielleicht muss sich Mischa doch keine Sorgen machen.

»Scharfes Teil, unser Neuzugang, nicht?« Bruno lässt sich auf den Barhocker neben ihm fallen und winkt Charlene heran. Er fasst ihr an den Hintern. »Mach uns noch mal zwei Pils fertig, ja?«

»Ich dachte, du wärst gar nicht in der Stadt.« Mischa versucht, seine Unsicherheit mit betonter Lässigkeit zu überspielen. Hätte er gewusst, dass Witkowsky wieder in Hamburg ist, hätte er das *Dancing Cat* mit Sicherheit gemieden. Bruno und Rocco sind schließlich richtig dicke miteinander. »Schnitzel-Paul sagte, du wärst unterwegs.«

»Richtig. Ich hatte was für den Hengst zu erledigen. Aber jetzt bin ich zurück. Und wen treff ich da? Meinen guten alten Kumpel Karotte.«

»Nenn mich nicht so! Ich kann das nicht leiden.« Mischa denkt, er sollte lieber die Klappe halten, doch den Spitznamen hasst er nun einmal. Was will man machen? In der Schule hat er dafür mal jemandem den Atlas über den Kopf gehauen. Wenn man ihn »Karotte« nennt, sieht er eben rot – und nicht wegen seiner Haare.

Bruno lacht. »Du musst dringend gechillter werden. Wenn dich so ein blöder Spitzname schon aus der Fassung bringt …« Er lehnt sich zu ihm, sodass Mischa seinen Arm an der Schulter spüren kann, und setzt etwas leiser hinzu: »Unser gemeinsamer Freund hat nach dir gefragt. Er vermisst dich im *Horseshoe*, sagt, du bist einer seiner besten Kunden.«

»Ja, ich … ähm, brauchte mal eine Auszeit, weißt

du?«, stammelt Mischa verunsichert. »Habe es in letzter Zeit wohl etwas übertrieben und eine kleine Pechsträhne gehabt. Aber du kannst Rocco sagen, er braucht sich um das Geld keine Sorgen zu machen, ich krieg das hin.«

»Das glaube ich dir, mein Lieber.« Bruno lächelt und nickt, doch in seinem Blick liegt etwas Bedrohliches. »Aber was würde Rocco wohl dazu sagen, wenn er wüsste, dass du offenbar Geld hast, um in meinem Club hochpreisiges Bier zu trinken und die Mädels anzugaffen und – wenn ich die kleine Tuschelei mit Charlene gerade richtig gedeutet habe – womöglich auch mehr als das?«

»Ich … äh, ich schätze, Rocco wäre ziemlich sauer?«, stottert Mischa und stürzt den Rest seines Biers hinunter, bevor Charlene ihnen jeweils ein neues Glas hinstellt. »Deswegen denke ich, du wirst es ihm nicht erzählen, oder?«

»Hör zu, Karotte, ich mag dich. Bist wirklich ein netter Junge.« Bruno tätschelt in einer fast väterlichen Geste seine Hand. »Trotzdem würde ich deinetwegen keinen Ärger mit Rocco riskieren. Das verstehst du doch, nicht wahr?«

»Ja, natürlich, sicher, klar. Versteh ich«, nuschelt Mischa. Ein ungutes Gefühl macht sich in seiner Magengrube breit, als hätte er ein Tier verschluckt, das nun verzweifelt versucht zu entkommen. »Sag Rocco, er kriegt das Geld. Ganz bestimmt!« Mit einem Mal denkt Mischa überhaupt nicht mehr an das, was diese Pamela mit ihm veranstalten könnte. Er denkt daran, was Rocco mit ihm tun wird, wenn er erfährt, dass er weit davon entfernt ist, sich das Geld zu beschaffen, das er ihm schuldet. Er denkt an Roccos Männer. An »Rosen-Kalle«, der nicht etwa so heißt, weil er ein Faible für Blumen hat, sondern weil er so geschickt mit der Rosenschere ist. Er denkt an den durchgeknallten Bela, den alle nur den »Chirurgen« nennen. Und an Konstantin, *das* »Plattiereisen« …

Mischa schluckt. Sein Mund fühlt sich an, als hätte er einen Löffel rohen Grieß gegessen, rau und trocken. Der Hals kratzt. Seine Beine haben sich in zwei mit Wasser gefüllte Schläuche verwandelt. Die Angst wühlt sich durch seine Eingeweide, und er hat das Gefühl, dass sie sich gleich einen Weg nach draußen suchen wird. Da klopft Bruno ihm kumpelhaft auf die Schulter.

»Bist ein bisschen blass um die Nase, Karotte.« Er grinst. »Mach dir mal nicht in die Hose. Es wird nichts so heiß gegessen, wie es gekocht wird. Kann sein, dass ich dir helfen kann.«

Der Satz ist wie eine leuchtend rote Rettungsboje in diesem tosenden Meer furchterregender Gedanken und Bilder, und Mischa möchte nur zu gern danach greifen. Aber er weiß, nichts ist hier umsonst, mal abgesehen von den Erdnüssen auf dem Tresen. Feine Schweißperlen haben sich über seiner Lippe gebildet. »Ach ja? Wie meinst du das, du kannst mir helfen?«

»Könnte sein, dass ich einen Job für dich habe. Einen ziemlich lukrativen.«

»Klingt gut, ich will mehr hören«, sagt Mischa eilig.

Bruno wedelt mit der Hand durch die Luft, als wollte er eine Fliege vertreiben. »Nicht hier. Komm mit.«

Mischa folgt ihm in den Flur, der zu den Toiletten führt. Vor einer Tür mit der Aufschrift *Privat* bleiben sie stehen. Bruno schließt auf und führt Mischa in einen kleinen, muffigen Büroraum ohne Fenster. Draußen wummern dumpf die Bässe aus dem Club. Niemand würde es hören, wenn er hier drin schreit. Für einen kurzen Augenblick überlegt Mischa wegzulaufen. Vielleicht hat Rocco Bruno angeheuert, um ihm Druck zu machen. Doch Bruno deutet nur auf den niedrigen Sessel vor dem chaotischen Schreibtisch. Mischa setzt sich und versinkt tief im Lederpolster. Bruno hockt sich auf die Tischkante und ragt nun über ihm empor wie ein Turm. Mischa ist mulmig zumute, er fühlt sich schrecklich klein und verloren.

»Ich hab da was läuten hören. Dariusz braucht jemanden, der schnell und diskret einen Job für ihn erledigt. Ich hab abgelehnt, muss eine Weile die Füße still halten, möchte nicht gleich wieder einfahren. Nach der Sache mit Rapsenhöner haben die Bullen mich auf dem Radar, verstehst du?«

Mischa nickt, auch wenn er nicht weiß, wer dieser Rapsenhöner ist.

»Die Bezahlung ist verdammt anständig. Deswegen musste ich gleich an dich und dein Problem mit Rocco denken.« Bruno pult sich mit dem Nagel des Zeigefingers zwischen den Vorderzähnen. »Ich weiß nicht viel, die Details wird dir Dariusz geben. Nur, dass es wohl ein Job ist, für den es ein bisschen Fingerspitzengefühl braucht. Und jemanden, der nicht zehn Meilen gegen den Wind nach Kiez riecht. So einen wie dich, Karotte. Siehst doch aus wie Schwiegermutters Träumchen.« Er greift mit Daumen und Zeigefinger der rechten Hand in Mischas Wangen und schiebt seine Lippen zu einem Fischmaul zusammen. Dann tätschelt er ihm lachend den Hinterkopf.

»Um was geht es denn?«, fragt Mischa vorsichtig. Ein Job, der viel Kohle bringt, riecht nach Ärger.

»Wie gesagt, Genaues weiß ich nicht. Dariusz hat sich bedeckt gehalten. Nur so viel: Jemand ist seinem Auftraggeber wohl mächtig auf den Schlips getreten, und er soll die Person ausknipsen.«

»Ausknipsen«, wiederholt Mischa. Seine Zunge liegt

wie eine betäubte Nacktschnecke im Mund, will nicht recht gehorchen. »Okay. Und wen?«

»Das weiß ich nicht genau. Nur, dass die Zielperson wohl nicht ganz unbekannt ist. Alles Weitere musst du mit Dariusz besprechen.«

»Ich weiß nicht ...« Mischa kratzt sich am Unterarm. »Über wie viel Kohle reden wir denn?«

»Fünfzehntausend Schleifen«, verkündet Bruno und grinst. »Fünf direkt bar auf die Kralle und noch mal zehn, wenn du den Job zur Zufriedenheit des Kunden erledigt hast.«

»Fünf...fünfzehntausend?«, entfährt es Mischa. Damit wären alle seine Probleme auf einen Schlag gelöst, und er hätte sogar noch Geld übrig. Mit dem Vorschuss könnte er Rocco und seine Leute vielleicht noch etwas hinhalten.

»Und du wärst Rocco für eine Weile aus den Haaren«, ergänzt Bruno. »Raus aus Hamburg, weg vom Kiez, das ist vielleicht ja auch nicht verkehrt.«

»Aha. Wo muss ich denn hin?«, will Mischa wissen.

Bruno lässt sich mit der Antwort Zeit, pult sich erst noch einmal genüsslich zwischen den Zähnen. Mischa mag nicht hinsehen, hängt aber an seinen Lippen, bis er endlich wieder spricht.

»Sylt. Du müsstest nach Sylt.«

Bridge Over Troubled Water

Siggi beugte sich vor und drehte das Radio lauter. Sofort flutete Schlagermusik die Fahrgastzelle von Torstens betagtem Passat Variant. *Das Flüstern von Liebe* von Lenka. Gut gelaunt summte sie mit.

»Nee, das ist jetzt nicht dein Ernst!«, stöhnte Torsten. »Muss ich mir wirklich dieses Gejaller anhören? Können wir nicht was Anständiges hören?«

»Was du so 'anständig' nennst. Dieses Gerülpse und Gegröle, das klingt wie Onkel Klaus auf'm Schützenfest nach fuffzehn Bier und Erbsensuppe ausse Gulaschkanone.«

»Na, wenigstens Bon Jovi oder so, die magste doch auch leiden.«

»Jetzt lass mich das doch hören, Törtchen. Bitte. Ich mag Lenka.«

»Das ist aber so ein fürchterlicher Ohrwurm. Das wird man den ganzen Tag nicht los.«

»Siehste? So schlecht kann es dann doch gar nicht sein.«

»Doch. Einen Tripper wird man auch nicht ohne Antibiotika wieder los, und er ist alles andere als angenehm«, konterte Törtchen selbstzufrieden.

»Na, du scheinst dich damit ja auszukennen.« Siggi verdrehte die Augen. »Jedenfalls ist sie mit ihrer Musik extrem erfolgreich. *Schwerelos mit dir, Mein Herz schlägt in deinem Takt, Alles anders,* das waren alles große Hits und wochenlang auf Platz eins in den Charts.«

»Den *Schlager*charts«, verbesserte Torsten. »Nicht in den Charts für ganz normale Leute mit Gefühlen und Ohren.«

»Gar nicht wahr. *Schwerelos mit dir* hat es sogar bis auf Platz drei geschafft«, trumpfte Siggi auf.

»Irgendwas stimmt nicht mit Deutschland«, entgegnete Torsten trocken.

Das Lied endete, und es folgten die Nachrichten, als sich der rote Autozug endlich in Bewegung setzte.

»Schon was komisch, mit dem Auto auf so 'nem Zug durch die Gegend zu jückeln«, meinte Torsten. »Hab ich noch nie gemacht.«

»Nee, ich auch nicht. Ich bin total aufgeregt«, gab Siggi zu. »Da liegt ein ganz neues Leben vor uns. Was machen wir denn, wenn es uns da überhaupt nicht gefällt, Törtchen?«

»Dann setzen wir uns wieder in den Zug und fahren nach Hause.« Torsten griff nach ihrer Hand. »Mach dir doch nicht immer so 'nen Kopp.«

»Aber jetzt hab ich den Laden verkauft und alles«, gab Siggi zu bedenken. »Ist schon ein mulmiges Gefühl.«

»Ging ja nun doch alles ziemlich flott. Bestimmt brauchst du einfach nur 'ne Weile, um dich dran zu gewöhnen. Du bist doch 'n zähes Gewächs.« Torsten grinste und drückte ihre Hand. »Was soll schiefgehen? Dem Laden brauchste nicht hinterhertrauern, der war eh pleite. Dann musste dich auch nicht immer über den Fritten-Mief vom *Europa-Grill* ärgern, der dir durchs Fenster reinzieht. Und wenn du es da drüben ganz schrecklich findest, hilft dir die Ingeborg bestimmt, das Haus zu einem guten Preis zu verkaufen. Dann hast du ausgesorgt, Siggi.«

»Da haste auffallend recht. Ich mach mir das immer noch nicht klar, wie viel der olle Kasten wert ist.« Siggi schüttelte den Kopf. »Ist doch verrückt, oder? Nur, weil der da auf der Insel steht und nicht in Scharnhorst, kostet das olle Ding gleich Millionen. Da kriegste doch die Motten, wenn du darüber nachdenkst.«

»Na, da zahlste halt für den Ausblick und die Nachbarschaft.«

»Das muss aber ein mordsmäßiger Ausblick sein.« Siggi lachte. »Meinste, wir haben prominente Nachbarn? Ingeborg wollte ja nicht so raus mit der Sprache. Wobei, ist schon schön hier, bloß 'n bissken flach.« Draußen zog die weite Landschaft Nordfrieslands vorbei. Grüne Wiesen und Felder streckten sich bis zum Horizont, Kühe und Schafe wie draufgetupft, einzelne Gehöfte und Häuser, von Bäumen umringt, Windräder und Solarpanels. Und dann schließlich der Hindenburgdamm und das Wattenmeer. Das Radio spielte nun *Bridge Over Troubled Water* von Simon & Garfunkel … oder »Simon und Furunkel«, wie Törtchen zu sagen pflegte. Sie sangen nun beide lauthals mit und hielten Händchen. Oldies waren Konsensmusik, Oldies gingen immer. Es war ein perfekter Moment. Das blöde Gefühl hatte sich verflüchtigt, und Siggi freute sich auf das Abenteuer, das vor ihnen lag.

»Nee, is' dat schön!«, stellte sie mit einem Seufzer fest und lächelte Torsten glücklich zu.

Candy wuffte kurz in ihrem Transportkorb auf dem

Rücksitz. Sie mochte Autofahrten nicht sonderlich und war reichlich unzufrieden, obwohl sie vor dem Boarding in Niebüll noch einmal eine ausgiebige Gassirunde gedreht hatten.

»Wir sind ja gleich da, meine Süße. Ich bin sicher, es wird dir gefallen«, sagte Siggi. »Da können wir jeden Abend am Strand Gassi gehen.«

Über ihnen spannte sich endlos blauer Himmel. Weiße Wolken segelten wie Schiffe darüber, rechts und links erstreckte sich das Watt und glitzerte verheißungsvoll in der Sonne.

Schließlich wieder Land. Fast war Siggi enttäuscht, dass die Überfahrt so schnell vorbeigegangen war. Vor allem, weil es zunächst einmal überhaupt nicht viel anders aussah als auf dem Festland. Straßen, Brücken, kleine Bahnhöfe, die auch nicht deutlich romantischer wirkten als manch ein Kleinstadtbahnhof zu Hause, und dann ein großes Gewerbegebiet mit jeder Menge Beton und rostigem Metall.

»Na, also hier ist nicht gerade Monte Carlo«, stellte Torsten lapidar fest und bestätigte damit Siggis Eindruck. Bei der Einfahrt in Westerland dann in der Ferne Hochhäuser, ein hässlicher Funkturm, der mit seiner verblassten blau-weiß-roten Farbe wenigstens annähernd an einen Leuchtturm denken ließ.

Da macht der Florianturm im Westfalenpark aber mehr her, dachte Siggi trotzig. Das ungute Gefühl, einen Fehler begangen zu haben, indem sie spontan alles für diesen Trip ins Ungewisse aufgegeben hatte, legte sich um ihren Hals wie der kratzige Schal von Oma Käthchen. Ein bisschen fühlte sich Siggi wie beim Campen, wenn langsam über Nacht die Luft aus der Luftmatratze entwich, auf der man abends noch so bequem gelegen hatte, und man morgens auf dem kalten, harten Boden der Realität aufwachte. Die Inselromantik hatte gerade einen kleinen Knacks bekommen. Warum hatte sie auch alles so übers Knie brechen müssen?

»Vielleicht hätten wir doch vorher mal herfahren sollen und gucken, ob es uns auch gefällt«, sagte sie zögerlich, als Torsten den Motor startete und die Autoschlange sich auf dem Oberdeck langsam in Bewegung setzte. Augen zu und durch, hatte sie gedacht, damit sie es sich nicht wieder anders überlegte.

»Nu' mach dir mal nicht in die Buxe«, beruhigte Torsten sie. »Wird schon schiefgehen. Ingeborg hat doch Fotos geschickt, die waren alle ganz nett, oder nicht?«

»Schon, aber hier sieht es jetzt so anders aus. So gar nicht nach Strand und Meer und Promis«, machte Siggi ihren Bedenken Luft.

»Was hast du erwartet? Das ist das Terminal vom Autozug«, wehrte Torsten ab. »Der Flughafen in Palma sieht auch scheiße aus, wie so 'n Flughafen eben aussieht. Und doch hat es dir gefallen, damals auf Malle. Erinnerste dich?«

Siggi grinste. »Nicht an viel, ehrlich gesagt, aber die Momente, an die ich so was wie 'ne klare Erinnerung habe, waren traumhaft.« Sie legte zärtlich die Hand auf Torstens Bein. Für einen Moment legte er seine Hand darüber.

»Mist. Jetzt hab ich mich verfranzt. Ich hätte da rumgemusst. Jetzt müssen wir da vorne anne Kreuzung wenden. Musst mich mit deinem Liebreiz auch nicht immer so ablenken.« Törtchen lachte.

»Guck mal da, die Laternen stehen ganz schief!«, rief Siggi und deutete auf den Bahnhofsvorplatz. »Und die komischen grünen Männeken. Soll wohl Kunst sein.«

»Vom Winde verweht«, kommentierte Törtchen. »Mit so Riesenmauken fällste wenigstens nicht um.«

Auf einer breiten Straße ging es vorbei an Gewerbegebieten, Autohäusern und großen Supermarktfilialen.

»Na, sieh mal einer guck«, frotzelte Torsten, »Aldi haben die auch. Ich dachte, hier gäbet nur Luis Vuitong, Gutschi, Tüdelüt und Schickimicki.«

»Ach, du nu' wieder.« Siggi verpasste ihm lachend einen Klaps auf den Oberarm. »Wohnen ja auch ganz normale Leute hier. Irgendwo müssen die schließlich einkaufen. So welche wie wir eben. Die Reichen und Promis wohnen doch eh alle in Kampen.«

Nun wurde es langsam wieder ländlicher. Wiesen, Wäldchen und kleine Häuser zogen vorbei. Schließlich erreichten sie Keitum, und Siggi stellte zufrieden fest, dass es hier genau so aussah, wie sie es sich vorgestellt und in Reiseführern gesehen hatte. Niedliche Häuschen, weiß verputzt oder rot geklinkert, mit tief gezogenen Dächern, teilweise reetgedeckt, kleine Cafés und Boutiquen, Plätze, die von alten Bäumen überschattet wurden, und von Friesenwällen eingefriedete, gepflegte Vorgärten, in denen Azaleen, Hortensien und Rosen blühten. Schließlich erreichten sie die Auffahrt zum Haus, das Siggi ja bereits von den Fotos und Grundrisszeichnungen kannte, die Ingeborg ihr zugesandt hatte. Davor hatte sie das Haus nur von außen gesehen, weil Hilde Fotos von Ingeborg und sich im Garten geschickt hatte. Innen war es viel geräumiger, als Siggi gedacht hätte. Aber am meisten hatte sie die moderne Inneneinrichtung überrascht. Auf der Auffahrt parkte bereits ein dunkler BMW.

»Das wird Ingeborg sein. Stell dich ruhig erst mal dahinter«, wies Siggi Torsten ein. »Umparken können wir hinterher immer noch.«

Törtchen hatte noch nicht den Motor ausgemacht, da kam Ingeborg bereits aus dem Haus. Sie sah exakt so aus, wie Siggi sich eine Immobilienmaklerin vorgestellt hätte. Sie trug einen marineblauen Hosenanzug. Unter dem taillierten Kurzblazer blitzte eine weiße Bluse, und ein maritim wirkendes, rot-weißes Nickituch schmückte den Hals und verbarg, so vermutete Siggi wenigstens, die Zeichen des Alters. Das Schwarzbraun der zu einem akkuraten Pagenschnitt frisierten Haare stammte in diesem Alter vermutlich aus der Flasche, wirkte jedoch nicht künstlich. Bestimmt im Salon gemacht, dachte Siggi. Kein Haar schien aus der Reihe zu tanzen. Ingeborgs Gesicht wirkte frisch und gesund, die Haut von Wind und Wetter gebräunt, die Wangen rosig. Auf den Lippen trug sie einen kräftigen, matten Rotweinton, dafür waren die Augen, um die sich bereits zahlreiche kleine Fältchen kräuselten, kaum geschminkt. Die schmal gezupften Augenbrauen gaben ihrem Blick etwas Kritisches, doch das offene, freundliche Lächeln, das auch die blauen Augen zum Strahlen brachte, milderte diesen Eindruck deutlich ab.

»Moin, Sigrid!«, rief sie, als Siggi ausgestiegen war. »Wie schön, dich endlich auch einmal persönlich kennenzulernen!« Sie schüttelte Siggi die Hand, zog sie dann aber in eine herzliche Umarmung. »Und das muss Torsten sein«, wandte sie sich an Törtchen und sah mit anerkennendem Blick an ihm hoch. »Das nenne ich aber mal eine 'stattliche Erscheinung'. Schön, dich kennenzulernen! Ich bin die Inge.«

Törtchen schien etwas überfordert mit dieser Begrüßung zu sein, grinste nur ein wenig dümmlich und nickte. »Tach, Inge.«

»Na, dann kommt mal rein in euer neues Zuhause.« Sie deutete auf das gedrungene Backsteinhaus mit dem tief gezogenen Reetdach, das wie eine zu groß geratene Mütze wirkte. Mauerwerk und Dach sahen schon etwas verwittert aus, aber die grün-weiß gestrichenen Läden und Rahmen der Fenster wirkten frisch und freundlich. Das kleine Gärtchen war erstaunlich gepflegt. Vermutlich hatte Ingeborg eine Firma beauftragt, die das Unkraut in Schach gehalten, Bäume und Büsche zurückgeschnitten und den Rasen gemäht hatte. Das Haus wirkte ein wenig so, als wäre es aus der Zeit gefallen. Lediglich die Satellitenschüssel, die neben dem gemauerten Schornstein den Dachfirst zierte, verriet, dass sie nicht versehentlich eine Zeitreise unternommen hatten.

Siggi ließ Candy aus dem Korb. Aufgeregt schnüffelnd begann die sofort, die neue Umgebung zu erkunden, und folgte ihnen dann nervös kläffend ins Haus.

Innen bot sich ein ganz anderes Bild. Wie auf den Fotos zu sehen war es hell, freundlich und zeitgemäß mit einer offenen Küche, einer modernen Sitzecke und vielen Finessen.

»Ich hab nach und nach alles renovieren lassen«, erklärte Ingeborg, nicht ganz ohne Stolz in der Stimme. »Hilde meinte ja immer, das lohnt nicht, aber ich finde, gerade im Alter sollte man es doch bequem und schön haben. Wenn man nicht mehr so viel vor die Tür gehen kann, soll es wenigstens zu Hause muckelig sein. Die Bäder sind neu gemacht und bis auf das im Keller barrierefrei. Einen Treppenlift wollte Hilde nicht. Sie hat sich immer noch tapfer die steile Stiege rauf- und runtergeschleppt. Ich muss gestehen, ich hatte oft Angst um sie.«

»Ja, Hilde konnte stur sein«, bestätigte Siggi.

»Das muss bei euch in der Familie liegen«, murmelte Torsten und grinste Siggi frech an.

Siggi ignorierte die Spitze und folgte Ingeborg mit

staunenden Augen durch das Haus wie ein Kind an Weihnachten. Sie konnte nicht glauben, dass all das jetzt ihr gehören sollte. Nicht, dass sie in ihrer Dreizimmerwohnung in Dortmund unglücklich gewesen wäre. Sie hatte es sich wohnlich und hübsch gemacht. Seit Nisi nicht mehr bei ihr wohnte, war es ihr direkt leer vorgekommen, auch wenn Törtchen ja noch da war. Aber das hier war der Hammer! Sie konnte sich nur mit Mühe zusammenreißen, nicht vor Begeisterung loszuschreien, als Inge ihr zeigte, dass es oben einen begehbaren Kleiderschrank gab. Der kleine Raum ging vom Schlafzimmer ab und war mit einer Reihe hoher Regale, einer Kleiderstange und einem großen Spiegel ausgestattet. Die Tour endete im Keller.

»Ja, und hier ist die Sauna. Da müsste vielleicht mal ein modernerer Ofen rein; der stammt noch aus den späten Achtzigern. Hanno war da die treibende Kraft. Hilde hat sich nichts aus Sauna gemacht und sie dementsprechend nicht genutzt.«

»Ich bin total geplättet«, stieß Siggi hervor.

»Kommt, ich mache uns erst mal einen anständigen Kaffee.« Inge führte sie in die Küche und bedeutete ihnen, sich zu setzen. Sie stellte den Wasserkocher an und holte einen Filterhalter aus Porzellan aus dem Schrank, den sie auf eine Kaffeekanne setzte. »Vielleicht möchtet ihr euch eine Kaffeemaschine zulegen. Die gibt es hier nämlich nicht. Da war Hilde altmodisch. Ich hab uns noch Butterkuchen geholt. Den werdet ihr lieben.«

»Du, Inge«, sagte Siggi, als sie schließlich bei Kaffee und Kuchen um den großen Esstisch saßen. »Mir brennt das jetzt schon die ganze Zeit auf der Seele, aber ich wollte es nicht am Telefon besprechen, lieber so von Angesicht zu Angesicht.«

»Na, denn mal raus damit.« Inge pikte lächelnd ein

Stück Butterkuchen auf ihre Gabel und ließ es im Mund verschwinden.

»Also, ich komm mir so blöd vor. Ich hab die Hilde doch kaum gekannt, nur von ihren Besuchen und weil wir telefoniert und geschrieben haben. Und jetzt vererbt sie mir so ein Haus! Du bist deswegen nicht böse, oder?«

»Nein, wieso sollte ich denn böse sein?« Inges Ausdruck wirkte glaubhaft erstaunt. »Du meinst, weil sie es nicht mir vererbt hat? Aber ich hab doch ein Haus. Mehr als ein Haus brauch ich auch nicht zum Drinwohnen, nicht?«

»Na ja, du hättest es doch verkaufen können. Schließlich bist du Maklerin.«

»Nee, meine Liebe. Mir ist es lieber, es wohnt jemand drin, den Hilde gern hatte«, sagte Inge und rührte in ihrem Kaffee. »Weißt du, ich bin froh, dass du dich entschlossen hast, hier zu leben. Die alten Sylter sterben weg, Wohneigentum wird verkauft, weil sich die wenigsten bei den horrenden Grundstückspreisen leisten könnten, die Miterben auszuzahlen. Außerhalb der Saison gibt es Ecken, die sind wie Geisterstädte. Fast alle Häuser stehen leer, weil alles nur Zweitwohnsitze sind. Und dann wird oft abgerissen und neu gebaut: Ferienwohnungen, Luxusdomizile, alles für Touristen. Wenn ich Häuser verkauft habe, habe ich versucht, vorher sicherzustellen, dass der neue Käufer nicht abreißen wird, aber die können ja viel erzählen, wenn der Tag lang ist. Neues Bauland wird kaum freigegeben, da warten einige Kollegen wie die Geier drauf, dass sie alte Häuser abreißen und neue auf das Grundstück setzen können. Wer weiß, wie lange ich das überhaupt noch mache! Ich bin jetzt neunundsechzig. Ein paar Jahre werde ich das Geschäft noch weiterführen, und dann setze ich mich zur Ruhe. Tja, Hilde und Hanno hatten keine Kinder und

Sören und ich auch nicht. Mitnehmen können wir alle nichts, wenn wir mal gehen. Ist schon richtig, dass die Hilde das Haus jemandem aus der Familie vermacht hat.«

»Ja, wenn de meinst …« Siggi war noch immer unsicher, es kam ihr alles so unwirklich vor.

»Nun komm. Mach dir mal nicht solche Gedanken, Sigrid.« Inge lächelte, und Siggi konnte nicht anders, als zurückzulächeln, denn das Lächeln wirkte aufrichtig und offen. Es beruhigte sie, dass Inge offenbar überhaupt keinen Anstoß daran nahm, dass ihre Schwägerin das Haus einer Nichte zweiten Grades hinterlassen hatte. »Ihr richtet euch erst einmal in Ruhe ein, und dann komm ich morgen, und wir regeln gemeinsam den Papierkram, Grundbucheintrag und so weiter. Und wenn ich euch sonst irgendwie helfen kann – bei der Jobsuche oder so …«

»Torsten hat schon eine Arbeit gefunden. Bei einer Firma, die Beleuchtungssysteme macht und installiert. Dafür muss er öfter aufs Festland pendeln, aber das ist ja kein Problem.«

»Nee, in der Richtung weniger. Viele ziehen aufs Festland, weil sie sich die Wohnungen hier nicht mehr leisten können, und pendeln dann nach Sylt zur Arbeit. Da kann es schon mal sein, dass man ein oder zwei Züge abwarten muss, weil die so voll sind, dass man nicht mehr mitkommt. Und du, Siggi? Suchst du noch Arbeit?«

»Na ja, ich bin ja Kosmetikerin, und ich hab da so was aufgetan … Das ist ein bisschen wie Tupperpartys, nur mit etwas … äh, anderen Produkten.« Sie trat Törtchen unter dem Tisch sanft gegen das Schienbein, um zu verhindern, dass der gleich wieder von Dildos anfing.

»Also, mehr so Wellness, Kosmetika, Dessous und Erotikprodukte.«

»Ach, wie nett! Du machst Dildo-Partys«, rief Ingeborg und lachte laut. »Das hab ich neulich im Fernsehen gesehen. So was hätte es zu unserer Zeit mal geben sollen! Die jungen Leute sind ja nicht mehr so verklemmt wie wir damals. Da konnte man höchstens mal verschämt zu Beate Uhse reinhuschen. Na ja, auf Sylt konnte man immerhin nackt baden. Heute sind Sören und ich ja jenseits von Gut und Böse, nu' lohnt das auch nicht mehr.«

Siggi entging Torstens triumphierendes Grinsen nicht. Etwas pikiert stellte sie die Sache richtig. »Erotikspielzeug und Massageöle sind nur ein kleiner Teil des Sortiments. Es geht eben um Verwöhnprodukte für Frauen, die sie in vertrautem Umfeld mit ihren Freundinnen bei einem Glas Sekt und Häppchen ganz ungeniert shoppen können.«

»Das klingt fantastisch! Ich wette, das schlägt ein«, rief Inge begeistert. »Ich werde mal die Augen und Ohren offen halten, ob ich dir Interessentinnen vermitteln kann. Hast du vielleicht ein Kärtchen?«

Siggi zog stolz eine der brandneuen pinkfarbenen Visitenkarten mit UV-Lack-Prägung hervor, die sie hatte drucken lassen, und reichte sie Inge. Die betrachtete sie interessiert und steckte sie dann ein.

»Es wird bestimmt eine Weile dauern, bis das richtig anläuft. Bis dahin werde ich mir noch etwas suchen müssen. Ich dachte an einen Minijob, zum Beispiel als Putz- oder Haushaltshilfe. Vielleicht könntest du mir da helfen, etwas zu finden.«

Ingeborg kratzte sich nachdenklich am Kinn und nickte.

»Aber jetzt verrat uns doch mal, Inge …«, mischte

sich Törtchen in das Gespräch ein. »Bin ja neugierig. Wohnen wir jetzt Tür an Tür mit irgendwelchen Promis?«

»Der Kerner hat ein Haus in Morsum und der Guido-Maria Kretschmer, aber ansonsten wohnen die Promis fast alle in Kampen. Hier in Keitum leben eher Unternehmer und alter Geldadel – die, die zwar Geld haben, aber nicht gesehen werden wollen. Und drüben in Kampen, da ist es eben umgekehrt.«

»Ach so«, sagte Torsten. »Ich hatte gehört, dass Kloppo sich hier eine Hütte zugelegt hat.«

»Der Jürgen Klopp? Ja, der hat sich tatsächlich ein Haus in Kampen gekauft«, bestätigte Inge. Sie schien über etwas nachzudenken. »Aber mir ist da was eingefallen, gerade als du sagtest, dass du einen Job als Haushaltshilfe suchst, Sigrid. Bitte versprecht mir, dass ihr das jetzt ganz vertraulich behandelt, ja?«

Siggis Neugier war sofort geweckt. »Ja klar, natürlich.«

»Ich schweige wie so 'n Hügelgrab«, versprach auch Torsten.

»Ich habe neulich einer jungen Dame ein Haus verkauft. Sie ist recht prominent und wünscht nicht, dass bekannt wird, dass sie hier auf Sylt Eigentum erworben hat. Sie möchte einfach ihre Ruhe haben, falls ihr versteht. Jedenfalls sucht sie noch eine vertrauenswürdige Person, die bei ihr saubermacht und sich ein bisschen um den Haushalt kümmert. Sie hat mich gefragt, ob ich nicht jemanden kenne, dem ich in dieser Hinsicht absolut vertraue.«

Siggi hielt die Spannung kaum aus. Warum rückte Inge nicht einfach damit raus, wer diese ominöse junge Dame war?

»Also, auf mich kannst du dich verlassen. Ich kenne

hier ja ohnehin keinen, dem ich irgendwat erzählen könnte, ne?«, versicherte Siggi. »Und wer isses denn? Eine Schauspielerin?«

»Nein, eine Schlagersängerin. Magdalena Rybakova.«

»Kenn ich nicht«, sagte Torsten.

Siggi riss die Augen auf und schlug die Hand vor den Mund. »Doch, die kennst sogar du, Törtchen.«

»Wage ich zu bezweifeln. Ich kenn doch diese ganzen Schlagertrullas nicht. Ich hör noch echte Musik«, widersprach er.

»Unter 'Lenka', das ist nämlich ihr Künstlername, kennst sogar *du* sie«, konterte Siggi mit einem gewissen Triumph in der Stimme. Dann wandte sie sich an Inge. »Ich kann wirklich für Lenka arbeiten? Du veräppelst mich nicht? Sag ihr, ich fange sofort an, und sie muss mir auch nix bezahlen. Notfalls mach ich das ganz umsonst.«

Inge schüttelte amüsiert den Kopf. »Ich werde ihr deine Nummer geben. Aber bitte erzähle wirklich niemandem davon, ja? Das arme Mädchen wird so belagert. Sie ist froh, wenn sie ein bisschen Ruhe und Frieden hat.«

»Das wird mir verdammt schwerfallen. Meine Mädels zu Hause würden doch vor Neid aus den Latschen kippen, wenn die dat wüssten, aber ich werd' die Klappe halten. Ich möchte schließlich nicht dran schuld sein, wenn da nachher Horden von Fans auftauchen oder so. Wie isse denn so, die Lenka, wenn ich fragen darf?«

»Prima«, sagte Ingeborg erfreut. »Sie wird sich sicher bei dir melden. Eine ganz nette junge Frau ist das. Sie wirkte sehr bodenständig und normal. Ich lasse euch jetzt mal allein, dann könnt ihr in Ruhe ankommen und euch einrichten. Morgen komme ich dann so gegen neun, wenn euch das recht ist.«

»Das klingt gut.« Siggi lächelte. »Vielen Dank für alles, Inge. Ich fühle mich gerade, als hätte ich so 'n Flaschengeist gefunden, der mir alle meine Wünsche erfüllt.«

»Na, ich tu, was ich kann«, entgegnete Inge lachend. »Euch beiden noch einen schönen Tag! Wir sehen uns morgen.«

Siggi und Torsten holten nach und nach das Gepäck aus dem Auto und richteten sich häuslich ein. Es war nicht viel, was sie mit auf die Insel gebracht hatten. Hauptsächlich handelte es sich um Kleidung, Bücher und Erinnerungsstücke. Hausrat, Möbel und dergleichen hatten sie zum Teil dem Nachmieter überlassen, zum Teil verkauft; einiges würde Denise ihnen noch später nachschicken. Schließlich war das Haus vollständig eingerichtet und möbliert. Es wäre unsinnig gewesen, ihre alten Möbel einmal quer durch Deutschland zu karren. Und doch erfüllte Siggi eine gewisse Wehmut, als sie an das dachte, was sie zurückgelassen hatten.

Die Aussicht allerdings, vielleicht für Lenka arbeiten zu dürfen, sie hautnah und in Farbe persönlich kennenzulernen, machte alles wieder wett.

Am Abend brachen sie auf, um bei einem kleinen Spaziergang gemeinsam mit Candy die Umgebung zu erkunden. Den hinteren Teil des riesigen Grundstücks hatte Inge verkauft, sodass sie von dem Geld die anfallenden Steuern begleichen konnten. Hier würde eine Doppelhaushälfte mit Ferienwohnungen entstehen. An diesem Teil des Grundstücks entlang führte ein schmaler Trampelpfad hinunter zum Meer. Hinter dem Tor in dem Friesenwall, der das Grundstück am unteren Ende abtrennte, stieß er auf den reetgesäumten Fußweg, der nach Munkmarsch führte. Ein schmaler Sandweg, der eine Schneise in die hohen Gräser schnitt, führte zu einem kleinen Strand aus hellem Sand, hinter dem sich endlos weit das Watt erstreckte. Die Abendsonne tauchte alles in warme Orange- und Rosatöne. Die Luft war lau, und hier an der Wasserkante wehte eine angenehme Brise, die den Geruch von Salz, Jod und Algen trug.

»Ist das nicht herrlich?«, rief Siggi und deutete auf die Weite.

»Hm. Weiß nicht. Ich hatte mir da irgendwie mehr Meer vorgestellt«, meinte Törtchen etwas enttäuscht. »Das ist ja nur Matsch und Schlick.«

»Na klar, das ist das Watt, Torsten. Wahrscheinlich ist gerade Niedrigwasser. Guck mal, dahinten, da kannste das Meer sehen.« Sie deutete auf den schmalen, glitzernden Wasserstreifen am Horizont.

»Watt sachste?« Törtchen grinste »Ich mach doch nur Witze. Sicher ist dat schön hier. Schon der Wahnsinn, dass wir jetzt hier sind, oder?« Er schloss Siggi in die Arme und küsste sie ausgiebig.

Der Spatz von Rostow

»Was meinst du, sieht das gut aus?« Siggi drehte sich vor Torsten, der noch im Bett lag und versuchte, auf seinem Handy eine Nachrichtenseite zu lesen. Neben ihm auf der Matratze stapelten sich schon eine Reihe Outfits, die Siggi verworfen hatte. Jetzt trug sie eine helle Röhrenjeans, die sie am Saum über den Knöchel hochgerollt hatte, so wie Denise es immer machte. Dazu leuchtend pinkfarbene Peeptoe-Pumps, ein weißes T-Shirt mit einem überdimensionalen, strassbesetzten Minnie-Mouse-Gesicht und einen taillierten Blazer im selben leuchtenden Pink wie die Schuhe.

»Siggi, du willst bei der Frau putzen gehen, nicht vortanzen«, sagte Torsten, ohne den Blick vom Handy-Display zu lösen. Er würde seinen neuen Job erst in der nächsten Woche antreten und war offenbar wild entschlossen, die freie Zeit noch zu genießen.

Siggi hatte die vergangenen Tage genutzt, sich häuslich einzurichten und mit Inges Hilfe den nötigen Behörden- und Papierkram zu erledigen. Gestern hatte Udo Karstens, Lenkas Manager, sie angerufen und einen Termin für ein Bewerbungsgespräch vereinbart. Udo Karstens! Der hatte viele bekannte Schlagerstars unter Vertrag. Er hatte eben ein Auge für Talente, so wie er auch Lenka entdeckt hatte. Siggi war unglaublich aufgekratzt. Torsten konnte einfach nicht verstehen, was dieser Job für sie bedeutete. Candy lag auf ihrem Kissen in der Ecke des Schlafzimmers, gähnte in diesem Augenblick herzhaft und steckte die Nase unter die Pfoten, als wollte sie sagen, dass sie sich aus dieser Diskussion herauszuhalten gedachte.

»Erst mal soll ich mich nur vorstellen. Und da will ich doch einen guten Eindruck machen. Es soll ordentlich aussehen, aber auch nicht langweilig. Es soll zeigen, dass ich eine bin, auf die man sich verlassen kann und mit der man reden kann, wenn man mal jemanden braucht, weißte?«

Törtchen ließ das Handy nun doch sinken. »Hömma, warum hab ich nur den Eindruck, dass du dich da eher um 'ne Stelle als neue beste Freundin bewirbst? Komm mal wieder runter. Das Mädel sucht eine Putzhilfe.«

»Haushaltshilfe«, korrigierte Siggi pikiert.

»Dann eben Haushaltshilfe«, fuhr Torsten fort. »Jedenfalls ist ihr wahrscheinlich egal, wie du aussiehst, solange du nicht nackt rumläufst. Die wird wissen wollen, ob du die Bude sauber halten kannst und deine Arbeit zügig geschafft kriegst. Wenn de die jetzt wer weiß wie vollquasselst, wird sie dich garantiert nicht einstellen.«

»Pfft«, machte Siggi, griff sich mit gekrümmten Fingern in die Haare und schob die platinblonde Mähne am Ansatz hoch, um ihr mehr Volumen zu verleihen. Insgeheim fürchtete sie allerdings, dass Torsten recht haben könnte. Lenka suchte schließlich keine neue Vertraute, sondern jemanden, der ihr den Haushalt in Ordnung hielt. Vermutlich legte sie keinen gesteigerten Wert auf ein wie auch immer geartetes engeres Verhältnis zu ihrem Personal. Allerdings war Siggi nun mal ein Fan der ersten Stunde. Sie besaß alle ihre Alben und las alles, was sie über den »Spatz von Rostow« in die Finger bekommen konnte, wie Lenka in Anspielung auf ihre zierliche Figur und geringe Körpergröße und auf Mireille Mathieu, den »Spatz von Avignon«, von der einschlägigen Klatschpresse genannt wurde. Wieder mal ein Beispiel dafür, dass Größe nicht alles ist, dachte Siggi. Denn diese kleine blonde Frau mit der kristallklaren Stimme war zu einer echten Gigantin des Musikgeschäfts, speziell der Schlagerszene, herangewachsen und hatte bekannte Stars wie Alina Bühl oder Yvette längst weit hinter sich gelassen. Das musste ihr erst mal einer nachmachen. Da konnte Torsten noch so über ihre Musik lästern, darüber, dass angeblich die Texte doof wären und der Beat immer der gleiche. Lenka war mit ihren Songs eben unglaublich erfolgreich. Die Aussicht, ihr gleich persönlich gegenüberzustehen und für sie arbeiten zu dürfen, war für Siggi, als fielen Ostern, Weihnachten, ihr Geburtstag und der Black Friday Sale auf einen Tag, als zeigte die Waage fünf Kilo weniger und außerdem hätte sie noch im Lotto gewonnen. Nach einem weiteren kritischen Blick in den Spiegel und einem beherzten Griff in die Wuschelmähne für noch mehr Root Lift, den sie rasch noch mit ein paar Sprühstößen aus der Haarspraydose zementierte, verließ Siggi das Haus.

Als sie Hildes altes Hollandrad aus dem Schuppen holte, das Torsten dankbarerweise bereits in einen fahrtüchtigen Zustand versetzt hatte, fiel ihr ein, dass Pumps vielleicht nicht die ideale Wahl gewesen waren. Egal, es war nicht weit bis zu der Adresse, die Karstens ihr genannt hatte. Dafür würde es schon gehen.

Siggi schwang sich in den Sattel und radelte durch hübsche Sträßchen mit echten und nachgemachten Friesenhäusern, die heimelige Inselromantik verbreiteten, vorbei an der alten Kirche St. Severin, in der sich diverse Stars, Sternchen und Größen aus Wirtschaft und Politik das Jawort gegeben hatten, in Richtung Munkmarsch. Schließlich erreichte sie die Zufahrt zum Anwesen. Es lag in der zweiten Reihe, direkt am Watt, und war von der Straßenseite her durch einen mit dichten Hecken bepflanzten Wall vor Blicken geschützt. Siggi stellte das Rad an einem Mäuerchen ab und sicherte es mit dem Speichenschloss. In dieser Gegend würde das ganz bestimmt reichen.

Die letzten Meter die Auffahrt hinauf bis zum Tor ging sie zu Fuß. Rechts versperrte ein zweiflügeliges Metallgitter die Zufahrt, links daneben gab es ein Törchen mit einer Klingelanlage. Sie zupfte ihre Kleidung zurecht und legte noch einmal Hand an die Frisur, bevor sie den Klingelknopf betätigte.

Das starre Auge einer Überwachungskamera blickte ihr entgegen. Sie lächelte nervös. Dann ertönte eine Stimme aus der Gegensprechanlage.

»Ja bitte?«

»Ich … äh, Sigrid Pizolka mein Name. Ich komme wegen der Stelle. Ich habe einen Termin.«

Anstelle einer Antwort summte es, und Siggi konnte das Tor aufdrücken. Sie umrundete die hohen Büsche, die den Eingang vor neugierigen Blicken abschirmten, und lief auf die weiß gestrichene Haustür des hübschen, reetgedeckten Friesenhauses zu, das nun sichtbar wurde. Es bestand aus zwei Gebäudeteilen, die im rechten Winkel zueinander angeordnet waren. Weiße Sprossenfenster zierten die geklinkerte Fassade und die vorspringenden Erker, über die das Reetdach wie eine zu große Kapuze hinausragte. Der Rasen war ordentlich gestutzt und hätte zum Golfspielen getaugt. Es war größer als

Siggis Haus, jedoch bei Weitem nicht so luxuriös, wie sie sich die Behausung eines echten Stars ausgemalt hätte.

Die Tür öffnete sich, und eine Frau mit braunen Haaren und Brille trat heraus. Sie trug ein Twinset in einem Nude-Ton zu einer schwarzen Stoffhose und erinnerte Siggi ein wenig an eine Lehrerin oder Bibliothekarin.

»Guten Tag, Frau Pizolka.« Die Frau lächelte und streckte ihr die Hand hin. Dabei musterte sie kritisch Siggis Outfit. Es entsprach offenbar nicht ihren Vorstellungen, zumindest spiegelte sich Skepsis in ihrem Blick. »Ich bin Polina Rybakova. Kommen Sie doch herein.«

Natürlich! Das war Polina, Lenkas ominöse Schwester, die versuchte, sie so weit wie möglich aus der Öffentlichkeit herauszuhalten. Das hatte Siggi irgendwann mal in der *Goldenen Gazette* gelesen, oder war es in *Deine Welt* gewesen? Wie dem auch sei, Polina war jedenfalls Lenkas Schwester, auch wenn man rein vom Äußeren her nie auf diesen Gedanken gekommen wäre. Im Gegensatz zu der Schlagersängerin war Polina groß, ihr Körperbau sportlich und kantig und das Gesicht mit den dichten dunklen Augenbrauen herb, fast ein wenig männlich. Siggi konnte so wenig Ähnlichkeit feststellen, dass sie sich fragte, ob die beiden möglicherweise nur Halbgeschwister waren.

Polina führte sie durch die lichtdurchflutete Eingangshalle in den Wohnbereich, der ähnlich angeordnet war wie in Siggis Haus, nur wesentlich großzügiger geschnitten. Es gab eine offene Küche, einen großen Esstisch und eine Sitzecke mit hellen Polstermöbeln, auf denen Dekokissen mit maritimen Mustern in unterschiedlichen zarten Blautönen drapiert waren, die einzigen Farbtupfer in einem ansonsten eher farbneutralen Raum. Der Boden war hell gefliest, Wände, Vorhänge und Polster in verschiedenen Schattierungen von Beige und Taupe gehalten. Cremeweiße Kunstblumen waren in Vasen aus gehämmertem Metall drapiert. Siggi fand, dass es etwas unterkühlt wirkte, wenn auch modern und elegant. Hier war bestimmt ein teurer Innenausstatter am Werke gewesen, auch wenn es für Siggis Geschmack deutlich bunter hätte sein können. Polina führte sie zu der Sitzgruppe, und Siggi nahm vorsichtig Platz. Der Raum wirkte so neutral und klar, dass man Angst hatte, Spuren zu hinterlassen.

»Möchten Sie vielleicht etwas trinken, Frau Pizolka?«

»Ach, sagen Sie doch Siggi zu mir. Ein Wasser wäre nicht verkehrt, wenn es keine Umstände macht. Vielen Dank.«

»Also gut, Siggi. Ich bin Polina«, entgegnete ihr Gegenüber und lächelte. Nun konnte Siggi doch eine gewisse Ähnlichkeit erkennen. Sie hatte die gleiche Nase, und die Partie um die Oberlippe erinnerte ebenfalls entfernt an das Gesicht der berühmten Schwester. Polina stand auf und ging in die Küche hinüber. Die stylishe zylinderförmige Flasche, die sie kurze Zeit später mit zwei schlichten Kristallgläsern auf den Tisch stellte, ließ vermuten, dass es sich um irgendein teures Designerwasser handelte.

»Meine Schwester hat sich etwas hingelegt. Sie fühlte sich heute nicht so besonders«, erklärte Polina, während sie Wasser einschenkte.

»Richtig, ja«, rief Siggi. »Ich habe darüber gelesen. Sie musste das letzte Konzert ihrer Tournee absagen, wegen einer Magen-Darm-Grippe. So ein Pech aber auch. Ich hoffe, es geht ihr bald besser.«

»Es geht mir gut, ich war nur ein wenig müde«, ertönte eine ihr nur allzu bekannte Stimme von der Tür her. Siggis Herz machte einen kleinen Stolperer. Und tatsächlich erschien die leibhaftige Lenka im Wohnzimmer.

Ohne glamouröses Bühnen-Outfit und aufwendiges Make-up sah sie anders aus als die Frau, die Siggi aus dem Fernsehen und aus Hochglanzmagazinen kannte. In pastellfarbenen Sweatpants, einem locker sitzenden weißen Top und einer kuschelig aussehenden hellen Strickjacke, das lange weizenblonde Haar zu einem voluminösen Fischgrätzopf geflochten, der seitlich über die Schulter herabfiel, wirkte sie beinahe wie ein kleines Mädchen, zart, süß und zerbrechlich.

»Hallo, ich bin Lenka.« Freundlich lächelnd streckte sie Siggi die Hand hin.

»Ich ... ich weiß«, stammelte Siggi und ärgerte sich über sich selbst. »Ich bin Siggi. Ich komme wegen der Stelle. Herr Karstens hat mich angerufen.«

»Freut mich, Siggi.« Wenn Lenka ihr peinliches Gestotter bemerkt hatte, so ließ sie sich nichts anmerken. »Ich hatte mich etwas hingelegt, aber jetzt geht es wieder. Meine große Schwester macht sich immer solche Sorgen um mich.«

Sie drückte Polina einen flüchtigen Kuss auf den Scheitel. »Danke, Poli. Ich wüsste nicht, was ich ohne dich machen würde.«

Die Ältere lächelte und legte ihrer Schwester kurz die Hand aufs Knie. »Ach was, übertreib nicht.«

»Ohne Poli wäre das Haus nie rechtzeitig bezugsfertig geworden«, erklärte Lenka lächelnd. »Ich war ja noch auf Tour, und sie hat sich hier um alles gekümmert. Ihretwegen bin ich überhaupt auf die Idee gekommen, mir hier etwas zu kaufen. Poli hat schon seit ein paar Jahren eine Ferienwohnung auf Sylt und hat immer so geschwärmt. Vorletzten Herbst bin ich dann selbst zum ersten Mal hergekommen und habe mich direkt verliebt. Ich fühle mich so wohl hier! Aber ich plappere und plappere ... Sie kommen wegen der Stelle. Frau Ehricken hat

Sie mir empfohlen. Es geht mir hauptsächlich darum, dass jemand zwei- bis dreimal die Woche hier ein bisschen saubermacht: Böden, Bäder, Oberflächen, Fenster, wenn nötig.«

»Was eben so anfällt.« Siggi nickte. »Im Moment sieht es ja noch aus wie aus dem Ei gepellt. Doch auf den hellen Böden fällt natürlich jeder Fussel auf.«

Lenka lachte. »Ich merke schon, Sie sind eine patente Frau. Genau was ich suche. Wissen Sie, mir ist vor allem wichtig, dass ich Ihnen vertrauen kann. Bitte erzählen Sie nicht, für wen Sie arbeiten. Sie glauben nicht, wie schnell sich so etwas herumspricht. Und dann werden wir hier ruckzuck von Fans und Presse belagert. Der Rummel war ein bisschen viel in letzter Zeit, und ich würde einfach gern einmal eine Weile zur Ruhe kommen.«

»Das verstehe ich.« Tatsächlich sah Lenka müde und erschöpft aus. Sie tat Siggi fast ein wenig leid. »Ständig überall erkannt, fotografiert und vollgequatscht zu werden stell ich mir nicht so angenehm vor.«

»Alles hat seinen Preis, auch der Erfolg«, entgegnete Lenka. »Ich möchte gar nicht jammern. Insgesamt macht es Spaß, aber ich brauche einfach eine Weile für mich. Die Presse wird früh genug Wind davon bekommen, dass ich hier untergekommen bin. Doch bis dahin möchte ich mich ein bisschen von allem erholen und die Ruhe genießen. Deswegen wollte ich auch keine Reinigungsfirma engagieren. Ständig wechselndes Personal, da weiß man nicht, wer ins Haus kommt. Frau Ehricken sagte mir, Sie kennen sich persönlich?«

»Richtig, wir sind um ein paar Ecken verwandt. Inges Schwägerin war eine Cousine meiner Mutter.« Siggi nahm einen Schluck Wasser. Schmeckt auch nicht besser als Kraneberger Urquell, dachte sie. Kostet aber wahrscheinlich 'nen Arm und 'n Bein. Immerhin, so ein bisschen Chichi und Starallüren musste doch sein. Sie war fast ein wenig enttäuscht, wie nett und normal Lenka wirkte.

Siggi zuckte überrascht zusammen, als *Enter Sandman* von Metallica ertönte. Sie tastete nach dem Handy in ihrer Blazer-Tasche. Das war Törtchens Klingelton. Hatte sie versehentlich sein Handy eingesteckt?

»Das ist meins. Entschuldigen Sie.« Lenka zog ein Smartphone aus der Tasche und warf einen Blick auf das Display. Sie verdrehte die Augen und drückte den Anruf weg.

»Fabi?«, fragte Polina, und Lenka nickte bestätigend. »Wann wird der es mal begreifen?« Polina schüttelte den Kopf.

Siggi war voll im Bilde. Bei Fabi konnte es sich nur um Fabian Guldsteen handeln, Lenkas langjährigen Freund, von dem sie sich im Frühjahr getrennt hatte. Sie hatten als absolutes Traumpaar gegolten, und die Öffentlichkeit hatte jederzeit mit Verlobung und Hochzeit gerechnet. Natürlich hatte die Presse die Trennung und die mutmaßlichen Gründe dafür endlos ausgebreitet, die beiden hatten sich dazu allerdings ausgeschwiegen. Wer wollte schon sein Privatleben in aller Öffentlichkeit auseinandergepflückt und analysiert sehen? Kein Wunder, dass Lenka dringend eine Auszeit brauchte. Und offenbar belästigte Fabian sie nach wie vor mit Anrufen. Tja, so ein Beziehungsende war wohl bei den Reichen und Schönen genauso kacke wie bei jedem anderen. Das hatte irgendwie etwas Beruhigendes, fand Siggi. Da wurde letztlich auch nur mit Wasser gekocht, wenn auch aus schicken Glaszylindern. Bei dem Gedanken musste sie ein Lachen unterdrücken.

Nachdem sie noch ein paar Details zu Aufgaben, Bezahlung und Bedingungen geklärt hatten, ging Siggi mit den beiden Schwestern den Vertrag durch. Sie hatte noch nie einen Arbeitsvertrag mit einer Verschwiegenheitsklausel unterzeichnet und kam sich vor wie eine Geheimagentin. Wenn man in so einem Haushalt arbeitete, bekam man eine Menge mit. Es war also nur verständlich, wenn Lenka sich absichern wollte. Natürlich hätte Siggi zu gern ihren Freundinnen davon erzählt, aber sie wusste, dass Lenkas Geheimnis dann nicht mehr lange eines bleiben würde. Nicht, dass sie ihren Freundinnen nicht vertraute, doch wie schnell hatte man sich verplappert und etwas unbeabsichtigt preisgegeben? Mit jedem Mitwissenden stieg das Risiko, dass etwas versehentlich durchsickerte. Das wollte Siggi auf jeden Fall verhindern. Lenka hatte ihr volles Mitgefühl. Sie verdiente eine Ruhepause von dem Rummel, der um ihre Person und ihre Trennung gemacht wurde.

»Kommen Sie, Siggi, ich zeige Ihnen noch rasch den Hauswirtschaftsraum. Dort finden Sie alle Putzutensilien, die Sie benötigen«, sagte Polina schließlich, als sie die Einzelheiten geklärt und den Vertrag unterschrieben hatten, und bedeutete Siggi, ihr zu folgen.

Gerade als sie in der Eingangshalle standen, ertönte ein elektronisches Läuten.

»Einen Augenblick. Ich sehe mal schnell, wer da ist«, sagte Polina und trat an die Gegensprechanlage mit dem kleinen Monitor, der das Bild der Überwachungskamera wiedergab. Über ihre Schulter erkannte Siggi einen jungen Mann in Overall und Baseballmütze.

»Ja, bitte?«, fragte Polina in den Hörer, wie zuvor bei Siggi.

»Moin! Firma TelSecure, Frau Rybakova. Ich komme wegen der Alarmanlage. Wir hatten einen Termin.«

Polina drückte auf den Türsummer. »Richtig. Der

Alarmanlagen-Mensch wollte heute auch noch vorbeikommen«, sagte sie mehr zu sich selbst. Dann wandte sie sich wieder Siggi zu. »Entschuldigen Sie, es ist alles noch ein bisschen chaotisch: viele Termine, viel zu organisieren.« Sie öffnete eine schmale Tür, die in einen gefliesten Raum führte. Hier befanden sich Waschmaschine und Trockner, ein großer Edelstahl-Gastronomiekühlschrank, eine Kühltruhe und ein gut gefüllter Getränkekühlschrank mit Glastür, wie man ihn aus Supermärkten kannte. So einen hätte sich Törtchen für die Fußball-WM gewünscht, dachte Siggi. An der anderen Wand stand ein großer Metallschrank, den Polina nun öffnete. Darin befanden sich Eimer, Schrubber, Putzmittel und diverse Lappen, Bürsten und Tücher.

»Hier finden Sie alles, was Sie brauchen«, erklärte sie, dann ging sie zur Haustür, um dem Techniker aufzumachen.

»Moin! Lukaszek von der Firma TelSecure«, grüßte der junge Mann noch einmal freundlich. Er sah nett aus, ein wenig wie Prinz Harry. »Ich soll die Alarmanlage abnehmen.«

»Richtig. Warten Sie einen Augenblick, dann zeige ich Ihnen alles«, sagte Polina und wandte sich wieder Siggi zu. »Ich denke, wir haben dann alles so weit geklärt. Wenn Sie noch Fragen haben, rufen Sie einfach an. Magdalenas Handynummer haben Sie ja jetzt. Ich muss Sie noch einmal bitten, sie auf keinen Fall herauszugeben. Meine Karte habe ich Ihnen zur Sicherheit auch noch zu den Vertragsunterlagen gesteckt.« Sie schüttelte Siggi die Hand und öffnete ihr die Tür. »Ansonsten bis Montag.«

Eine andere Welt

An diesem Samstag wollten Siggi und Törtchen eine Radtour unternehmen, um ihre neue Heimat zu erkunden. Torsten war extra früh aufgestanden, hatte Brötchen geholt und den Tisch gedeckt.

»Das ist doch mal ein richtig guter Kaffee«, sagte er selbstzufrieden. »Merkste? Kein stumpfes Gefühl auffe Zähne, kein Herzrasen …«

Siggi verdrehte die Augen, würdigte die spitze Bemerkung aber keines Kommentars. Stattdessen deutete sie auf die Zeitung, die er mitgebracht hatte. »Gibste mir auch einen Teil? Dich interessiert doch sowieso nur der *Sport.*«

»Du kannst dir meinetwegen *Kultur, Unterhaltung* und *Buntes aus aller Welt* und diesen Krempel nehmen. Den Rest wollte ich noch lesen.«

Siggi nahm die Seiten heraus und begann zwischen herzhaften Bissen vom Honigbrötchen darin zu lesen, während Törtchen seinen Teil studierte.

»Krass!«, murmelte er.

»Wat denn?«, wollte Siggi wissen.

»Ach, hier steht, dat vor allem im Süden immer mehr

von der Insel weggespült wird. Und neulich beim Sturm ist durch so einen Dünenabbruch wieder ein Teil einer alten Bunkeranlage freigespült worden und auf den Strand gekracht. Da ist jetzt abgesperrt und so, bis die den Betonklotz abgetragen haben.«

»Ach was!« Siggi staunte. »Ein Bunker? Aus'm Zweiten Weltkrieg oder was?«

»Ja, die haben hier noch ganz viele ehemalige Bunkeranlagen. Ich les grad, dat die *Kupferkanne* – weißte, dieses Kultcafé, von dem du neulich geredet hast – auch früher mal ein Bunker war. Wusstest du das?«

»Nee. Ist ja ein Ding. Da müssen wir unbedingt mal hin, uns das angucken.«

»Klar, machen wir irgendwann einmal. Wie es aussieht, sind wir ja noch 'ne Weile hier.« Torsten knickte die Ecke der Zeitung herunter und grinste Siggi an.

Sie lächelte zurück. »Krieg ich immer noch nicht ganz klar mit meinem Verstand, dat wir hier nicht nur mal nett Urlaub machen und morgen wieder Koffer packen. Geht dir dat auch so?«

Torsten nickte. »Ja, klar. Aber ist auch schön, das Gefühl. In unserm Alter noch mal was komplett Neues anfangen, wo se einen alle für verrückt erklären.«

»Da hasse recht. Und dat Schönste ist, dat wir das gemeinsam machen, Törtchen. Du und ich.«

»Hör auf, ich werd' ja noch sentimental.« Torsten knickte die Ecke der Zeitung wieder hoch und verschwand dahinter. Es war ihm unangenehm, wenn Siggi zu gefühlsduselig wurde, aber sie wusste, dass er so etwas im Grunde doch gern hörte. Auch Siggi kehrte zu ihrer Zeitungslektüre zurück.

»Das ist ja der Hammer!«, rief sie nach einer Weile. »Törtchen, das musst du dir anhören.«

»Muss ich wirklich?«, fragte er süffisant und knickte seinen Zeitungsteil am Rand herunter.

»*Peinliche Mikrofonpanne bei Alina Bühl: So denkt sie wirklich über Konkurrentin Lenka.*«

»Och nö! Ehrlich jetzt?« Torsten klappte die Zeitung wieder hoch. »Muss ich mich nun schon am frühen Morgen mit deinem Schlagerkram auseinandersetzen?«

Unbeirrt fuhr Siggi fort: »Unfassbar! Diese neidische Ziege! Die kann es ja nur nicht verknusen, dass Lenka sie von ihrem Sockel geholt hat. Hier, hömma: … *hatte die Fünfunddreißigjährige wohl nicht bemerkt, dass das Mikrofon noch lief, und lästerte freimütig über Konkurrentin Lenka. In dem Ausschnitt, der sofort in den sozialen Medien viral ging, ist zu hören, wie sie die Kollegin als 'talentfreie Hupfdohle' bezeichnet, die sich 'kleidet wie auf dem Straßenstrich'*. Das ist doch wohl die Höhe, oder nicht?«

»M-hm«, machte Torsten und nahm einen Schluck Kaffee.

Siggi war sich sicher, dass er nicht zugehört hatte, dennoch musste sie ihrem Ärger Luft machen und sprach weiter. »Dabei ist Lenka so eine tolle Künstlerin. So sympathisch, unglaublich hübsch und auch noch privat so wat von freundlich und bodenständig. Die Bühl, die olle Schabracke, kann es nur nicht vertragen, dass ihr Stern am Sinken ist. Die hat doch in den letzten Jahren nur noch Müll produziert und macht krampfhaft auf jugendlich. Dabei tät se besser dran, die Tatsachen zu akzeptieren und wat gesetzter aufzutreten.«

»M-hm«, murmelte Torsten wieder und tastete auf seinem Teller nach dem Brötchen. Wahrscheinlich war er in den Sportteil vertieft. Seltsamerweise gab es auch außerhalb der Bundesligasaison noch genug, was unbedingt gelesen oder gesehen werden musste. Das wiederum fand Siggi mindestens genauso befremdlich wie

Törtchen ihr Interesse für Schlagerstars, Adlige und diverse europäische Königshäuser.

Schließlich waren die Brötchen verputzt, der Kaffee war getrunken und die Zeitung ausgelesen, und die beiden machten sich bei schönstem Sonnenschein auf den Weg.

Candy war bei Ingeborg geblieben, die sich auf Anhieb in die freche Yorkshire-Dame verliebt hatte. Siggi wollte noch einen Fahrradkorb besorgen, damit Candy in Zukunft mitfahren konnte. Torsten hatte inzwischen auch Hannos Rad wieder flottgemacht. Als Ziel hatte Siggi Kampen ausgesucht, denn sie war neugierig auf das Sylt der Schickeria. Törtchen hatte sie mit der Aussicht locken können, dass womöglich Kloppo gerade in seinem Sylter Domizil Urlaub machte. Deshalb hatte Torsten sich zum Schutz seiner nur noch recht dünn besiedelten Schädeldecke für die Radtour extra seine gelbschwarze »Pöhler«-Baseballmütze aufgesetzt.

»Vielleicht bringt se mir ja Glück«, verkündete er optimistisch. »Jetzt im Juli könnt dat glatt noch sein. Die Saison fängt schließlich erst im August an. Und überhaupt, Susi Zorc soll ja auch ein Haus auf Sylt haben.«

Guter Dinge radelten sie also los über Munkmarsch und Braderup, vorbei am Langen Christian, dem schwarz-weißen Leuchtturm von Kampen, wo sie kurz Station machten und sich auf das Mäuerchen davor hockten, um etwas zu trinken.

»Klingt so 'n bisschen pornös, 'Langer Christian', findste nicht?«, witzelte Torsten, als er das Schild las. »Hömma, wär doch 'ne Idee für deine Dildo-Partys: 'Neu, jetzt in der Sylt-Edition. Hol dir den »Langen Christian« für extralanges Vergnügen'.«

»Ha, ha!« Siggi schüttelte den Kopf. »Da kann ich überhaupt nicht drüber lachen. Der Gag war so flach, den kannste unter der Tür durchschieben.« Trotzdem musste sie grinsen. Törtchen konnte man einfach nichts übel nehmen.

»Schön is' dat hier!«, stellte der zufrieden fest und ließ den Blick über die Felder zum Watt hinüber schweifen. »So friedlich, kein Lärm, keine Strallerbahn …«

»… kein Frittenmief vom *Europa-Grill* …«, ergänzte Siggi schmunzelnd, legte den Arm um Torstens Rücken und schmiegte sich an seine Seite. »Ich denke, ich werde mich wohl dran gewöhnen.«

Sie radelten weiter, entlang der Hauptstraße mit ihren Boutiquen und Restaurants, über den Strönwai, die sogenannte »Whiskymeile«. Kampen überraschte Siggi ein wenig. Bei Schickimicki und High Society musste sie an Jachten denken, an Palmen und Bikinimädchen, an Saint-Tropez oder die vergoldeten Luxushochhäuser in Dubai. Dagegen wirkte Kampen beinahe bescheiden und bodenständig mit den romantisch anmutenden niedrigen Häusern, den gepflegten Gärtchen, in denen wenig Exotisches wuchs, und den aufgeräumt und schlicht erscheinenden Außenbereichen der Restaurants und Cafés. Und immer, wenn sie das Gefühl hatte, dass es gar nicht so überkandidelt und »Bussi-Bussi« war, wie man allgemein glaubte, entdeckte sie etwas, das jedes Klischee bestätigte. Auch jetzt stöckelte eine mit reichlich Silikon ausgekleidete Dame mit Handtaschenhündchen, Sprühbräune und Hermès-Tasche vorbei. Nicht, dass Siggi etwas gegen kleine Hunde gehabt hätte, sie liebte ihre Candy über alles. Doch die Yorkshire-Hündin war ein Familienmitglied, kein Modeaccessoire, und es wäre Siggi im Traum nicht eingefallen, sie in irgendwelche Tüllröckchen oder Kostümchen zu stecken. Manches hier wirkte jedenfalls fast wie eine Hitparade der Sylt-Klischees: wenn in einer kleinen Straße vier oder fünf

Porsches parkten, man an den Geschäften große Markennamen entdeckte, Burberry-Karos hier, Tod's Noppen-Loafers da, straff gespannte, mimikfreie Botox-Gesichter, Kaschmir, Gucci, *Manne Pahl, Pony Club, Gogärtchen* und tatsächlich das eine oder andere prominente Gesicht. Eine berühmte Persönlichkeit im Garten eines Restaurants oder Cafés zu sichten weckte eine seltsame Neugier darauf zu sehen, wie dieser Mensch, den man aus Zeitschriften und Fernsehen kannte, wohl aussah, wenn er so profane Dinge tat, wie einen Cappuccino zu trinken oder Salat zu essen. Diesem Sog konnte Siggi sich nicht entziehen, denn zu ihren heimlichen Vergnügen gehörte, in Klatschblättern alles über Skandale, Affären und das alltägliche Leben von Adel, Stars und Sternchen zu lesen.

Sie stellten die Räder ab und bummelten ein wenig durch die Straßen, um sich umzusehen. Nachdem Siggi einen bekannten Schauspieler aus einer Vorabendserie auf der Terrasse eines Eiscafés entdeckt hatte, ertappte sie sich dabei, wie sie die Restaurants, Cafés und Geschäfte förmlich nach Promis abscannte, in der Hoffnung, jemand Bekanntes zu entdecken und später darüber berichten zu können. Eigenartig, was für eine Faszination diese Personen ausübten, obwohl sie letztlich doch auch nur Menschen mit normalen Bedürfnissen waren, die hier und da Hilfe benötigten, zum Beispiel, um ihre Bude sauber zu halten. Siggi musste an Lenka denken und daran, wie erfrischend normal und zugänglich sie gewirkt hatte. Keine Spur von Arroganz oder Überheblichkeit und Stargehabe, da gab es bestimmt ganz andere.

Plötzlich entdeckte Siggi im Schaufenster einer Boutique, an der sie vorbeikamen, etwas, das ihr Interesse auf sich zog. »Du, Törtchen, warte mal. Ich möchte da mal gucken.« Sie blieb stehen und betrachtete hingerissen die Auslage. An einer viel zu schlanken Puppe aus weißer Keramik war ein Kleid in einem auffälligen Magentaton drapiert. Es hatte einen runden Halsausschnitt, Dreiviertelarm und reichte etwa bis zu den Waden. An den Seiten war es leicht geschlitzt, und die Taille wurde von einem interessanten Knotendetail betont, ein Hingucker an dem ansonsten schlichten Stück. Zwei seitlich angenähte schmale Stoffbahnen waren vorne zu einem eleganten Knoten verschlungen, der dem Kleid Form und Struktur gab. Zunächst hatte nur die knallige Farbe Siggi angezogen. Sie liebte kräftige Pink- und Rottöne. Jetzt, bei genauerer Betrachtung, war sie schockverliebt. Das Kleid war ein Teil, das sie für sich nie in Betracht gezogen hätte. Es war von einer schlichten, geradlinigen Eleganz. Sie hätte sich Herzogin Catherine darin vorstellen können.

Torsten war inzwischen neben sie getreten und sah sich ebenfalls das Schaufenster an. »Was gibt es denn so Interessantes?«

»Na, das Kleid. Ist das nicht ein Traum?«

Törtchen legte die Stirn in Falten und den Kopf schief und betrachtete es. »Weiß nicht, sieht irgendwie ein bisschen aus wie ein Bademantel mit dem Knoten vorne, meinste nicht?« Er entdeckte ein Preisschild. »Ein Bademantel für vierhundertfuffzig Euro. Aber hier ist das wahrscheinlich noch günstig.«

»Ich wüsste ja gern mal, ob mir so was steht«, überlegte Siggi laut. »Wenn ich jetzt demnächst zu den Jetset-Damen muss wegen meiner *Girlfriendz*-Partys, sollte ich mir vielleicht ein paar etwas seriösere Teile zulegen. So ein bisschen erwachsener halt. Nur natürlich nicht so teuer. Dafür reicht das Budget nicht.«

»Probier den Fummel doch einfach mal an«, schlug Torsten vor.

»Nee, ich kann nicht da reingehen und das Teil anprobieren. Die riechen doch auf eine Meile gegen den Wind, dass ich nicht die Kohle dafür habe.«

»Papperlapapp. Und selbst wenn. Anprobieren ist nicht verboten. Steht nirgendwo geschrieben, dass du die Plünnen kaufen musst, wenn du se einmal anprobierst.«

»Ja, stimmt schon. Meinste, ich soll wirklich?«

»Na klar, warum denn nicht?«

»Also gut, dann komm. Wir gehen rein.«

»Nee, geh du mal allein«, wehrte Torsten ab. »Mich kriegste in so 'ne Chichi-Bude nicht rein. Ich setz mich da drüben auf die Bank, genieße die Sonne und guck mir die Leute an.«

Siggi musste grinsen. Er hatte zwar gerade noch so getan, als stünde er völlig über den Dingen und als gehörte kein Mut dazu, in diese teure Boutique zu spazieren und einfach etwas anzuprobieren, das man sich eigentlich nicht leisten konnte. Aber es war ihm offenbar doch unangenehm, in seiner ausgebeulten Cargo-Bollerbuxe, dem verwaschenen *Star Wars*-T-Shirt und dem »Pöhler«-Käppi in den Laden zu gehen.

Mit einem unsicheren Gefühl steuerte Siggi den Eingang an. So ähnlich fühlte sie sich, wenn sie an Weihnachten die Christmette in der katholischen Kirche besuchte. Sie mochte einfach das Feierliche, Prunkvolle und das Weihrauchgeschwenke. Dabei war sie sich aber unangenehm bewusst, dass sie nicht wirklich dazugehörte, und beobachtete krampfhaft die anderen Leute, um zu sehen, wann man sich bekreuzigen, hinknien oder aufstehen musste. So, als könnte jeden Moment jemand mit dem Finger auf sie zeigen und rufen: »Seht, diese unverschämte Person hat sich hier eingeschlichen und nimmt an unserer heiligen Messe teil, obwohl sie evangelisch ist und nur an Weihnachten in die Kirche geht!« Natürlich war das ausgemachter Blödsinn, doch das Gefühl, eine Hochstaplerin zu sein, blieb.

Möglichst unauffällig huschte Siggi durch die Tür, was aber von dem elektronischen Glockenspiel sabotiert wurde, das die Ankunft neuer Kundschaft begleitete. Prompt stürzte eine Verkäuferin auf sie zu.

»Guten Tag. Kann ich Ihnen helfen?«

Zu einer blitzweißen Off-Shoulder-Bluse trug sie einen lässigen braunen Wildlederrock und hatte die Haare zu einem ordentlichen Knoten aufgesteckt, aus dem nur an den Schläfen keck ein paar Strähnchen heraushingen. Die ungezwungene Eleganz der jungen Dame wirkte einschüchternd.

»Äh, nein danke. Ich schau nur mal«, murmelte Siggi und wandte sich den Kleiderständern zu, wo sie rasch fündig wurde. Während sie sich noch fragte, welche erwachsene Frau ernsthaft die Kleidergröße 32 tragen konnte, startete die Verkäuferin einen weiteren Versuch.

»Das ist ein traumhaftes Kleid, nicht wahr?«

»Ja, äh … das ist es. Absolut«, stimmte Siggi zu. Sie hatte das Modell inzwischen in Größe 38 gefunden und zog den Bügel heraus, um es zu betrachten. »Ich würde … also, wenn es geht, würde ich das gern mal anprobieren.«

»Natürlich. Kommen Sie, ich zeige Ihnen die Kabine.«

Siggi entspannte sich ein wenig. Die junge Frau schien nicht zu finden, dass Siggi für diese Boutique nicht exklusiv genug aussah.

Als sie aus der Kabine trat und sich in dem langen Spiegel davor betrachtete, musste sie zugeben, dass ihr das Kleid ausgenommen gut stand. Es wirkte seriös und elegant, ohne dass sie darin verkleidet ausgesehen hätte. Die kräftige Farbe passte zu ihrem eigenwilligen Stil. Sofort kam auch die Verkäuferin wieder herbeigeeilt.

»Das steht Ihnen wunderbar!«, rief sie begeistert aus, ob aus echter Überzeugung oder Profitinteresse. »Darf ich?« Sie stellte sich hinter Siggi und zupfte das Kleid an den Schultern zurecht. Unterdessen kündigte das elektronische Gebimmel der Türglocke weitere Kundschaft an. Die Verkäuferin wandte sich um. »Ach! Guten Tag, Gräfin! Wie schön, Sie einmal wieder zu sehen!«, grüßte sie die neue Kundin und wandte sich ihr zu. »Was kann ich für Sie tun?«

Die ältere Dame trug einen schlicht geschnittenen cremeweißen Hosenanzug und dazu ein leuchtend orangerotes Schaltuch. Ihr kinnlanges silbrig weißes Haar war kunstvoll zu einer Art Helm frisiert, und an ihrem Arm baumelte eine ebenfalls orangerote Henkeltasche. Siggi erkannte das Logo einer exklusiven Designermarke darauf. Die Dame klappte den dunklen Sonnenbrillenclip ihrer Brille hoch und hatte so ein wenig Ähnlichkeit mit einem Insekt. Sie musterte Siggi mit einem ungeniert aufmerksamen Blick, der gleich ihre Unsicherheit wieder aufwallen ließ.

»Nein, nein, bedienen Sie zuerst die Kundin. Ich sehe mich ein wenig um«, verkündete die Dame in einer Stimmlage, die Siggi an grobes Sandpapier denken ließ.

Bevor sie jedoch unauffällig in die Kabine huschen und das Kleid wieder ausziehen konnte, wandte sich ihr die Verkäuferin erneut zu.

»Kommt das Kleid für Sie infrage?«

»Äh … na ja.« Siggi kam sich blöd vor. Sie mochte nicht zugeben, dass sie es sich nicht unbedingt leisten konnte, und suchte nach einem anderen Grund, warum sie es nicht kaufen wollte. »Ich bin mir nicht so sicher wegen der Länge. Macht es mich nicht ein wenig klein?«

»Die Midi-Länge ist zurzeit sehr angesagt«, erklärte die Verkäuferin beflissen, »und wenn man dazu einen Schuh mit Absatz kombiniert, streckt das die Silhouette optisch wieder.«

Sie griff ins Regal und nahm eine violette Stiefelette heraus, die aussah wie eine gestrickte Socke mit Zopfmuster, an die jemand einen Stiletto-Absatz geklebt hatte.

»Ganz trendy dazu ist zum Beispiel unser neuer Sock Boot. Warum probieren Sie ihn nicht einmal an?« Ohne Siggis Antwort abzuwarten, fummelte sie bereits die Pappe und das Seidenpapier heraus, die dem Sockenschuh seine Form verliehen.

»Also, ich weiß nicht, ich …«, begann Siggi. »Ich glaube nicht, dass ich so etwas tragen kann.«

»Unsinn, Herzchen!« Die Gräfin war inzwischen ebenfalls in den hinteren Bereich des Ladens vorgedrungen und baute sich neben ihnen auf. »Das Kleid ist wie für Sie gemacht. Und Sie probieren jetzt die Schuhe dazu. Sie machen einer alten Frau damit eine Freude. Ich denke, Sie haben doch wohl noch Respekt vor dem Alter und werden mir diesen Wunsch nicht abschlagen.«

Ihre Miene war streng, so wie sich Siggi die der Leiterin eines Mädchenpensionats vorgestellt hätte. Diese Frau sah aus, als duldete sie keinen Widerspruch.

»Äh … na ja, also, wenn Sie meinen …« Siggi griff nach den Schuhen und den Probiersöckchen, die ihr die Verkäuferin reichte, und schob den Vorhang der Kabine beiseite, um sich auf den Schemel zu setzen und sie anzuziehen.

»Na also, *brava!*«, kommentierte die Gräfin, als Siggi schließlich unter ihrem kritischen Blick aus der Kabine stöckelte. Sie deutete Applaus an. »Wie für Sie gemacht, *ma minette.* Dieses Kleid hat hier auf Sie gewartet.«

»Ich finde auch, dass es Ihnen hervorragend steht«, pflichtete die Verkäuferin eifrig nickend bei.

»Also, ich weiß nicht …« Siggi suchte verzweifelt nach einem Einfall, wie sie sich aus der Situation herauswinden konnte, ohne zugeben zu müssen, dass sie überhaupt nicht genug Geld dabeihatte, um das Kleid zu bezahlen, und es auf ihrem Konto aktuell auch nicht so viel besser aussah als in ihrem Portemonnaie. »Ich würde mir das gern noch einmal überlegen und ein anderes Mal vorbeikommen.«

»Ich kann das Kleid gern bis Dienstag für Sie zurückhängen«, bot die Verkäuferin an.

Dankbar griff Siggi nach diesem Rettungsanker. »Ja, danke, das wäre sehr freundlich«, sagte sie und verschwand eilig wieder in der Kabine, um sich umzuziehen.

Als sie schließlich in Zivil wieder aus der Umkleide trat, war die seltsame Gräfin verschwunden.

Siggi trug Schuhe und Kleid zum Verkaufstresen und legte sie dort ab. »Ich komme dann später noch einmal«, beeilte sie sich zu sagen und wollte schnell den Laden verlassen, doch die Verkäuferin hielt sie zurück.

»Halt, warten Sie bitte. Sie können das Kleid und die Schuhe gleich mitnehmen. Sie sind bereits bezahlt. Ich packe sie Ihnen nur schnell ein.«

»Aber … ich kann doch nicht …«, stammelte Siggi.

Die Verkäuferin lachte nur. »Die Gräfin hat darauf bestanden. Machen Sie sich keine Gedanken. Sie hat mehr Geld, als man sich vorstellen kann. Die Dame ist ein wenig exzentrisch und immer für eine Überraschung gut.«

»Aber ich kann das doch überhaupt nicht annehmen«, protestierte Siggi, der die Tatsache, dass eine vollkommen Fremde ihr einfach so ein so teures Kleid und dazu noch die passenden Schuhe kaufte, reichlich unheimlich war. Sie lief zur Tür und schaute hinaus. Gerade noch sah sie das orangerote Schaltuch hinter dem Steuer eines altmodischen Sportwagens davonflattern, der sie an einen klassischen *James Bond*-Film erinnerte. Sie zuckte mit den Schultern. Wenigstens bedanken hätte sie sich wollen. Kurz darauf verließ sie, noch immer vollkommen verdattert, mit einer großen Papiertragetasche das Geschäft.

Törtchen schaute auf und kam ihr mit gerunzelter Stirn entgegen. »Du hast das jetzt nicht allen Ernstes gekauft?!«, rief er.

Siggi schüttelte den Kopf und erzählte ihm, was passiert war.

»Die Lady, die gerade in dem Vintage BMW Roadster abgebraust ist?«

»Keine Ahnung, was dat für ein Auto war. Für so was bist du zuständig.« Siggi grinste. »So 'n Oldtimer-Cabriolet halt.«

Torsten schüttelte den Kopf. »Krass. Was es nicht alles gibt! Die hat echt einfach die Klamotten bezahlt und ist abgerauscht?«

»Ja, wenn ich es dir doch sage!«

»Du weißt, dass ich die Kontoauszüge sehe, ne? Wenn du mich veräppelst und da fehlen nachher ein paar Hundert Euro auf'm Konto …«

»Nee, ehrlich nicht!«, protestierte Siggi. »Du traust mir aber auch Sachen zu!«

»Meinste, wenn ich mich jetzt lange genug vor so 'nen Autohändler stelle, kommt ein Graf vorbei und schenkt mir 'ne Luxuslimousine?« Torsten lachte. »Ich mein, weil se mir so gut zu Gesicht steht und genau für mich gemacht zu sein scheint und so? Macht ja ‘nen schlanken Fuß, so was.«

Siggi prustete. »Träum weiter. Komm, wir holen die Räder. Ich möchte zum Strand und vielleicht noch ein bisschen über die Heide spazieren.«

Der erste Arbeitstag

Am Montag machte Siggi sich nach einer langen Hunderunde bereit für ihren ersten Arbeitstag bei Lenka. Sie trug heute Jeans und T-Shirt. Zum Putzen musste es bequem und pflegeleicht sein. Die Haare hatte sie zum Pferdeschwanz gebunden und nur ein wenig Wimperntusche aufgelegt. Torsten hatte früher am Morgen Candy schon kurz in den Garten gelassen und war aus dem Haus gegangen, um seinen ersten Arbeitstag in der neuen Firma anzutreten.

Um diese Uhrzeit war auflaufendes Wasser, und Siggi entschloss sich, den Weg am Watt entlang zu nehmen. Es versprach ein sonniger Tag zu werden, der Himmel war blau und beinahe wolkenlos, und die Sonne glitzerte auf dem Wasser zu ihrer Rechten. Am Meer entlang zur Arbeit zu radeln, die Luft würzig und frisch, nicht begleitet von einer Großstadtsoundkulisse aus Baustellenlärm, Motorengeräuschen und dem Rattern der Straßenbahn, sondern von sanftem Meeresrauschen und Möwengeschrei, das hatte definitiv etwas. Vergnügt trat Siggi in die Pedale und hatte bald das Anwesen erreicht.

Offenbar gab es auch auf der Rückseite des Grundstücks einen Zugang, jedenfalls bemerkte Siggi ein Tor und hielt an. Allerdings schien man für diesen Eingang einen speziellen Code zu benötigen, wie sie feststellte. Eine Klingel gab es auf dieser Seite nicht. Also radelte sie noch ein Stückchen weiter, bis sie den von Hecken gesäumten Weg erreichte, der zur Straße hinaufführte.

Heute öffnete ihr Lenka selbst die Tür. »Guten Morgen, Siggi! Hatten Sie ein schönes Wochenende?«

»Ja, sehr. Wir haben eine Radtour nach Kampen gemacht und sind in der Heide spazieren gegangen.«

»Die Heide und die Dünenlandschaft am Kliff sind traumhaft, nicht wahr?«, schwärmte Lenka. »Und wenn man ein bisschen aus dem Ort hinausläuft, hat man selbst in der Hochsaison noch seine Ruhe. Die meisten sind ja zu faul, ein paar Schritte zu laufen. Es ist einfach wunderschön dort. Die raue Landschaft, der Wind, die Weite, das Meer. Genau da habe ich mich verliebt.«

»In wen?«, rutschte es Siggi heraus.

Lenka lachte auf. »In Sylt, Siggi. In Sylt.«

»Aber bestimmt werden Sie doch dauernd angequatscht, wenn Sie spazieren gehen. Nervt das nicht?«

»Ich tarne mich immer, wenn ich rausgehe. Das hat bisher ganz gut funktioniert. In Kampen laufen genug Leute herum, die gern gesehen werden möchten. Da schlüpfe ich quasi unerkannt durch die Maschen. Ich möchte, dass das möglichst lange so bleibt. Deswegen bin ich so darauf bedacht, dass niemand weiß, dass ich hier ein Haus gekauft habe.«

»Von mir wird es keiner erfahren, großes Pfadfinderinnenehrenwort.« Siggi hielt drei Finger zu einer Schwurhand hoch. »Aber ich hör mal auf, Sie vollzuquatschen, und hol mir das Putzzeug raus.« Sie deutete auf die Tür zum Hauswirtschaftsraum.

»Prima. Ich lege mich draußen ein wenig in den

Strandkorb und lese, falls jemand nach mir fragen sollte«, verkündete Lenka. »Ich bin in der letzten Zeit immer schrecklich müde und antriebslos.«

»Das verstehe ich. So eine Tournee ist ja auch ungemein anstrengend«, entgegnete Siggi.

»Das können Sie laut sagen. Sie kommen zurecht?«

»Na klar. Ich finde schon alles.«

Siggi machte sich frisch ans Werk und begann im unteren Geschoss des Hauses. Sie war gerade dabei, die Eingangshalle zu wischen, als es an der Haustür klingelte. Unsicher stellte sie den Wischer ab. Sollte sie öffnen? Lieber nicht. Sie ging zur Terrassentür. »Es hat gerade geklingelt«, rief sie hinaus.

»Ich sehe mal nach, wer es ist.« Lenka stand aus dem Strandkorb auf und ging zur Haustür.

Siggi nahm ihren Wischer wieder in die Hand und arbeitete weiter.

»Moin! Eine Blumenlieferung von *Stilblüten* für Sie«, tönte eine Stimme aus der Gegensprechanlage.

»Aber ich habe keine Blumen bestellt«, wehrte Lenka ab.

»Wurde bei uns im Laden in Auftrag gegeben. Von einem Herrn«, sagte der Lieferant. »Liegt ein Kärtchen bei.«

»Oh! Ja, sicher, natürlich. Es kommt gleich jemand.« Lenka wandte sich an Siggi. »Könnten Sie bitte zum Tor gehen und die Blumen entgegennehmen?«

»Aber natürlich, gern. Sicher ist sicher, nicht wahr?« Siggi entging nicht das erwartungsfrohe Lächeln auf Lenkas Gesicht, und sie fragte sich, wer denn der ominöse Herr sein mochte, der ihr Blumen schickte.

Sie stellte den Wischer wieder ab und lief hinaus zum Tor, nahm den Strauß entgegen und bedankte sich. Er war recht üppig und geschmackvoll arrangiert: cremeweiße und pfirsichfarbene Rosen und Frauenmantel als Füllgrün. Gewiss von einem Verehrer. Siggi juckte es in den Fingern, das Kärtchen zu lesen, doch das hätte sich nicht gehört.

Lenka strahlte, als sie ihr den Strauß überreichte. Sofort zupfte sie das Kärtchen heraus und begann, es zu lesen. Das Lächeln rutschte von ihrem Gesicht. Eine steile Falte bildete sich über ihrer Nasenwurzel. »Der treibt mich in den Wahnsinn!«, rief sie und drückte Siggi den Strauß wieder in die Hand. »Hier, den dürfen Sie sich nachher mitnehmen. Ich will ihn nicht.«

»Ist alles in Ordnung?«, fragte Siggi besorgt. Lenka wirkte verzweifelt.

»Ja, ich kriege mich schon wieder ein. Es ist nur, mein Ex bringt mich noch um den Verstand.« Sie verdrehte die Augen. Dann sah sie Siggi an. »Möchten Sie einen Kaffee mit mir trinken?«

»Aber ich muss oben noch saubermachen«, sagte Siggi zögerlich, obwohl die Aussicht, mit Lenka über einer Tasse Kaffee ein bisschen zu plaudern, nur allzu verlockend war. Allerdings wollte sie auch nicht faul oder unzuverlässig erscheinen.

»Sie haben hier unten doch schon gewirbelt. Ich finde, Sie haben sich eine kleine Kaffeepause verdient.« Sie sah auf die Uhr. »Außerdem ist jetzt Zeit für mein Frühstück. Da können Sie mir ein bisschen Gesellschaft leisten. Es gibt nichts Deprimierenderes, als allein zu frühstücken, finden Sie nicht?«

»Frühstück? Es ist doch schon elf Uhr«, entfuhr es Siggi. Im gleichen Augenblick verwünschte sie sich dafür. Das klang so was von unlocker und bevormundend.

»Ich frühstücke immer erst um elf. Ich mache 16:8, intermittierendes Fasten«, erklärte Lenka und ging voraus in die Küche. »Ich muss aufpassen, dass ich nicht aus der Form gerate. Kaffee ist allerdings ein Laster, das ich mir einfach nicht abgewöhnen kann.«

Sie holte zwei Tassen aus dem Schrank und schaltete den Vollautomaten an, der mit großem Getöse in Betriebsbereitschaft sprang.

»Dabei leide ich oft unter Schlafstörungen. Wahrscheinlich wäre es besser, nur Kräutertee zu trinken.« Sie lachte und stellte die erste Tasse unter die Düse des Geräts.

»Na ja, Sie haben ja auch ein aufregendes Leben. Klar, dass Sie da Schwierigkeiten haben, zur Ruhe zu kommen«, meinte Siggi.

»Wem sagen Sie das?« Lenka seufzte, während Kaffee in die Tasse blubberte. »Aber ich habe ein absolutes Wundermittel zum Entspannen. Abends zwei Lavendelölkapseln und ein schönes warmes Bad. Danach schlafe ich wie ein Baby. Früher hab ich regelmäßig Schlaftabletten nehmen müssen. Doch das habe ich aufgegeben, weil … na ja, auf Dauer kann so etwas ja nicht gesund sein, nicht wahr? Nehmen Sie Milch oder Zucker?«

»Nur Milch, bitte«, entgegnete Siggi. »Ich versuche, auch ein bisschen auf meine Linie zu achten, und habe mir den Zucker im Kaffee mühevoll abgewöhnt.«

Lenka brühte sich auch eine Tasse Kaffee auf, öffnete dann den Kühlschrank und nahm eine Müslischale heraus, in der sich eine graue gallertartige Masse befand, die Siggi entfernt an Tapetenkleister erinnerte. Lenka nahm eine Banane aus der Obstschale, schälte sie und begann, Bananenstücke in die graue Pampe zu schneiden.

»Chia-Pudding«, erklärte sie lachend. Sie schien Siggis skeptischen Blick bemerkt zu haben. »Chia-Samen mit etwas Mandelmilch, die ich im Kühlschrank quellen lasse. Schmeckt besser, als es aussieht, und soll irre gesund sein.«

Siggi dachte, dass sie Lenka nicht beneidete. Es ging schließlich nichts über ein knackiges Brötchen mit ordentlich Butter und Marmelade oder einer dicken Scheibe Käse.

Lenka betrachtete den Strauß, den Siggi in die Spüle gelegt hatte. »Ich hole mal eine Vase. Die Blumen können ja nichts dafür«, sagte sie, »aber bitte nehmen Sie sie nachher mit, ja? Die sind von meinem Ex. Der will einfach nicht verstehen, dass es endgültig aus ist.«

Sie klappte einen der Oberschränke auf und nahm eine große Glaskaraffe heraus, in die sie den Strauß stellte. Sie betrachtete ihn und seufzte. Dann wandte sie sich ihrem Frühstück und dem Kaffee zu. »Wissen Sie, er macht sich noch Hoffnungen, dass es mit uns noch einmal etwas werden könnte, dabei habe ich längst … also, für mich kommt das überhaupt nicht mehr infrage. Ich habe damit abgeschlossen.« Sie nahm einen Löffel von dem Bananen-Chia-Pudding.

»Haben Sie ihm das klar und deutlich gesagt? Männern muss man die Dinge manchmal mit dem Holzhammer klarmachen. Wenn man höflich sein möchte und sich vorsichtig ausdrückt, um ihre Gefühle nicht zu verletzen …«

»Glauben Sie mir, ich war deutlich!«, unterbrach Lenka sie. »Vor allem nach dem Anruf neulich. Ich ärgere mich jetzt noch, dass ich überhaupt drangegangen bin. Fabi war ziemlich betrunken und hat rumgeschrien und geheult. Er meinte, er könne ohne mich nicht leben und ertrage den Gedanken nicht, ich könnte mit jemand anders zusammen sein. Lauter so ‘n Zeug. Und dann wurde er sogar richtig wütend und sagte, ich hätte meinen Erfolg nur ihm zu verdanken, weil er mich schließlich entdeckt und Udo – also Herrn Karstens, den kennen Sie ja – vorgestellt hätte. Gruselig. Ich hab richtig Angst bekommen, dass sich das bei ihm zu einer regelrechten Obsession auswächst.« Sie löffelte noch etwas von ihrem Frühstück, kaute, schluckte und fuhr dann fort: »Am nächsten Morgen habe ich ihn dann noch einmal angerufen und ordentlich zur Schnecke gemacht. Seitdem schickt er wenigstens nur noch Textnachrichten.«

»Und Blumen«, ergänzte Siggi mit einem Blick auf den Strauß.

»Richtig. Und Blumen.« Lenka lachte. »Irgendwie tut er mir ja auch leid. Wir waren sieben Jahre zusammen, und für Fabi kam die Trennung, glaube ich, ziemlich plötzlich. Ich hätte möglicherweise früher mit ihm sprechen sollen. Bei mir gärte es schon seit einer ganzen Weile.«

»Sie waren ja auch erst einundzwanzig, als Sie sich kennengelernt haben.« Siggi registrierte den erstaunten Blick ihres Gegenübers. »Ich bin ein ganz großer Fan von Ihnen und lese viel. Was ich sagen will, ist, wenn man noch so jung ist, entwickelt man sich ja auch noch sehr stark. Da halten Beziehungen nicht unbedingt für die Ewigkeit.«

»Siggi, versprechen Sie mir, dass Sie Stillschweigen darüber bewahren, ja?«, versicherte sich Lenka.

Siggi nickte. »Unbedingt. Da können Se sich auf mich verlassen. Ich bin ein Plappermaul, aber wenn mir jemand ein Geheimnis anvertraut, kann ich auch die Klappe halten.«

»Das glaube ich Ihnen.« Lenka lächelte ihr zu und nahm einen Schluck Kaffee. »Sie haben so etwas Mütterliches. Haben Sie Kinder?«

»Eine Tochter, Denise. Die ist jetzt ungefähr in dem

Alter wie Sie damals, wird im September zwanzig und ist auch gerade mit ihrem Freund zusammengezogen. Wobei – den beiden trau ich sogar zu, dass sie zusammenbleiben. Die sind wie füreinander gemacht.«

»Das klingt schön. So etwas gibt es, nicht wahr? Menschen, die füreinander geschaffen sind.« Einen kurzen Augenblick erschien ein Lächeln auf ihrem Gesicht, das Siggi schwer deuten konnte. »Na ja, bei Fabian hatte ich anfangs auch das Gefühl, aber ich war wirklich noch sehr jung und leicht zu beeindrucken. Er war für mich ein toller Typ. Gut aussehend, erfolgreich, zehn Jahre älter – anscheinend habe ich einen Hang zu älteren Männern.« Lenka schüttelte den Kopf und lachte. »Wie dem auch sei, ich hoffe, Fabian begreift irgendwann, dass es mit uns wirklich aus und vorbei ist.«

»Bestimmt wird er das. Ich drücke Ihnen jedenfalls die Daumen.« Siggi nahm noch einen Schluck Kaffee. »Aber ich sollte mich langsam wieder an die Arbeit machen.«

»Richtig, es tut mir leid. Sie haben bestimmt noch etwas vor, und ich halte Sie auf«, entschuldigte sich Lenka. »Doch es tat gut, sich mal ein bisschen auszusprechen.«

»Gern«, entgegnete Siggi. »Und seien Sie ganz beruhigt: Ich werde mit niemandem darüber sprechen.«

»Das ist lieb, danke.«

Siggi begann im oberen Stockwerk mit dem Arbeitszimmer, das allerdings den Namen kaum verdiente, denn es sah nicht aus, als würde darin viel gearbeitet. Dafür war es viel zu ordentlich. Von ein paar sorgfältig ausgewählten Dekorationsobjekten und Schreibutensilien abgesehen, die eher stylish als praktisch wirkten, war der Schreibtisch leer und aufgeräumt. Darin unterschied sich dieser Raum deutlich von Siggis kreativem Chaos und ihrer Zettelwirtschaft, die ein Fremder kaum überblicken konnte. Sie wischte über die gläserne Schreibtischplatte und entstaubte die Regale, in denen, ordentlich beschriftet, eine Reihe Aktenordner standen. Doch auch sie konnten nicht den Eindruck von viel Büroarbeit erwecken. Mit einem gewissen Neid schloss Siggi, dass Lenka es sich wohl leisten konnte, ihre Ablage und Buchhaltung anderen zu überlassen, vermutlich Udo Karstens.

Danach machte sich Siggi an Schlafzimmer und Bäder, die ihr ähnlich farblos und unpersönlich vorkamen wie das Wohnzimmer. Die Einrichtung war chic und modern, Details und Farben perfekt aufeinander abgestimmt, doch gerade diese Perfektion hätte es Siggi unmöglich gemacht, sich hier wohlzufühlen. Sie brauchte ihre chaotische Gemütlichkeit und ihren zusammengewürfelten Nippes. Hier erinnerte sie alles eher an ein Musterhaus oder eine Möbelausstellung. Sie konnte nicht anders, als ein bisschen Mitleid mit der jungen Schlagersängerin zu empfinden. Vermutlich gab es in ihrem Leben wenig Zeit für Privates, wenig Raum, einfach nur sie selbst sein zu können, und keine schrägen Freunde und Verwandten, die ihr Dinge schenkten, die zwar nicht zum Einrichtungsstil passten, ihr dafür aber am Herzen lagen und den persönlichen Charakter der Wohnung ausmachten. In diesem Haus war offenbar alles von einer Person ausgesucht worden, die viel Sinn für Farben und Stil hatte, die aber nicht selbst hier wohnte. Irgendwie war das schon ein wenig traurig.

Als Siggi schließlich im oberen Stockwerk fertig war, wollte sie ihrer Arbeitgeberin Bescheid sagen, dass sie jetzt gehen würde. Sie schickte sich schon an, nach unten zu gehen, doch dann hörte sie ihre Stimme aus dem Arbeitszimmer.

»… jedenfalls sehr merkwürdig. Ich werde mir das

noch einmal genau ansehen. Ich weiß, ich habe dir viel zu verdanken, aber ich muss mir wirklich überlegen, ob das mit uns so noch funktioniert, Udo.«

Siggi blieb unschlüssig im Flur stehen. Sie wollte nicht lauschen, aber wenn sie weiterging, würde sie die Aufmerksamkeit auf sich lenken, und dann könnte Lenka erst recht glauben, sie belausche sie. Siggi schlich vorsichtig ein paar Schritte zurück in die Richtung, aus der sie gekommen war, und hatte gerade die Schlafzimmertür erreicht, als sich die Bürotür am anderen Ende des Flurs öffnete und Lenka erschien.

»Oh, hallo, Siggi!«, rief sie. »Jetzt habe ich mich aber erschreckt. Ich hatte fast vergessen, dass noch jemand im Haus ist.«

»Ich bin hier oben fertig. Liegt noch etwas an, oder kann ich dann gehen?«, fragte Siggi. Obwohl es vollkommen unbeabsichtigt gewesen war, hatte sie ein schlechtes Gewissen, weil sie das Telefonat mitgehört hatte. Sie konnte sich denken, worum es dabei ging. In *Deine Welt* hatte sie neulich gelesen, dass Lenka angeblich darüber nachdachte, sich von ihrem Management zu trennen. Sie hatte deutlich den Namen *Udo* aufgeschnappt. Der Gesprächspartner war also mit einiger Sicherheit Udo Karstens gewesen, und was Lenka gesagt hatte, klang ganz so, als bestätigten sich die Gerüchte.

»Wunderbar«, sagte Lenka. Offenbar hatte sie nicht bemerkt, dass Siggi nicht aus dem Schlafzimmer gekommen war. »Bis Mittwoch dann. Ich wünsche Ihnen noch einen schönen Tag, Siggi. Haben Sie noch etwas Nettes vor?«

Das war eigentlich eine gute Frage.

»Ich habe noch nichts geplant, vielleicht radel ich heute mal nach Westerland oder zum Strand nach Wenningstedt.«

»Das klingt hevorragend. Viel Spaß dabei!«

Zu Hause angekommen, widmete Siggi sich ausführlicher dieser Frage. Sie hätte Lust gehabt, Denise anzurufen, aber die war bestimmt noch auf der Arbeit. Törtchen würde auch frühestens um fünf nach Hause kommen. Siggi beschloss, zunächst einmal eine Runde mit Candy zu drehen, und lief hinunter zum Watt und an der Wasserkante bis zum Hünengrab Harhoog. Dabei dachte sie darüber nach, wie sie am besten ihr Geschäft ins Rollen bringen könnte. In Kampen hatte sie jede Menge Cafés, Restaurants und Boutiquen gesehen, in denen ein bunt gemischtes Publikum verkehrte, von stinknormalen Touristen über Promis bis hin zu exzentrischen Gestalten wie der seltsamen Gräfin. Siggi hatte sich extra Flyer und Kärtchen drucken lassen, die konnte sie möglicherweise dort auslegen.

Ihr kam eine hervorragende Idee: Wenn sie sich ein bisschen aufbrezelte und das neue Kleid anzöge, würde sie dabei gleich einen exklusiveren Eindruck machen. Vielleicht waren dann die Inhaber eher gewillt, ihre Werbeflyer auszulegen. »Durch den Schein zum echten Sein«, das hatte sie schließlich auch im Kosmetiksalon immer Kundinnen geraten, denen es an Selbstbewusstsein mangelte. Wenn man sich ein bisschen aufdonnerte und so tat, als fühlte man sich unglaublich kompetent, selbstbewusst und sexy, wurde man ganz anders wahrgenommen. Nicht selten führte das zum Erfolg und damit am Ende tatsächlich zu mehr Selbstbewusstsein.

Genau so würde sie es machen. Sie musste überzeugend so tun, als wäre sie schrecklich wichtig und vielbeschäftigt. Das würde sie schon hinkriegen. Mit Hildes altem Hollandrad konnte sie da aber nicht aufschlagen, das würde den Eindruck gleich wieder zunichtemachen.

Sie würde Ingeborg fragen, ob sie sich für diese Mission deren BMW ausleihen durfte.

»Candymaus, ich fürchte, du musst dann aber zu Hause bleiben. Komm, wir drehen um.«

Und der Haifisch, der hat Zähne

Mischa läuft durch den gläsernen Tunnel und betrachtet die Fische, die über ihm schwimmen. Das bläuliche Licht lässt die Gesichter der Menschen ungesund erscheinen. Wie Wasserleichen. Wasserleichen, denkt Mischa. Ein Rochen segelt über ihn hinweg. Er betrachtet das Gesicht mit dem schnappenden Mund, die pulsierenden Kiemen. Schon komisch, dass es so ein Tier gibt, platt wie ein Pfannkuchen. Ein Hai zieht vorbei. Starre, kalte Augen, ein nach unten gebogenes Maul, das ihn grimmig und hinterhältig aussehen lässt. Haie, lautlose Killer, denkt Mischa. Irgendwie gefällt ihm das. So ein Hai, der grübelt nicht lange nach: richtig, falsch, gut, böse. Der will einfach nur fressen. Instinkt und purer Überlebenswille. Schnapp! Mischa will doch auch nur überleben, hat keine Lust, Bekanntschaft mit »Rosen-Kalles« Gartenschere zu machen oder von Bela, dem »Chirurgen«, verhackstückt zu werden. Dann doch lieber so.

Mischa verlässt das Aquarium und läuft zum Strand, zieht die Schuhe aus, genießt das Gefühl, barfuß durch den warmen Sand zu laufen. Am Wassersaum lässt er die Wellen an seinen Füßen lecken, krempelt die Hosenbeine auf und watet ein Stück in die kühle Nordsee hinein. Nachdem er ein bisschen am Wasser entlanggelaufen ist, sucht er sich ein freies Plätzchen, wo er sich in den Sand fallen lässt.

In der Stadt hat er sich vorhin ein Fischbrötchen gekauft. Das möchte er jetzt essen. Er holt die Tüte aus dem Rucksack, packt es aus und beißt hinein. Das schmeckt! Und dazu die Sonne, das Meer. Gar nicht so übel, so ein bezahlter Urlaub, denkt er. Wenn nur der Job nicht wäre. Der liegt ihm schon schwer im Magen. So etwas hat er noch nicht gemacht. Er hat mal zugeguckt, Schmiere gestanden. Hinterher hat er sich übergeben müssen. Für so was ist er nicht gemacht. Wenigstens wird die Sache nicht blutig, denkt er. Wird schon nicht so schlimm werden. Ist eigentlich ja schade drum, so ein junges Mädel, noch dazu so erfolgreich und hübsch. Die hätte er auch nicht von der Bettkante geschubst. Na ja, egal. Irgendwem hat die Kleine offenbar mächtig in die Suppe gespuckt, dass er sie aus dem Weg haben will. Geht ihn ja auch nichts an, er stellt keine Fragen. Und Dariusz hätte ihm auch keine beantwortet, wenn er sie denn gestellt hätte. Mit dem Auftraggeber hat er ohnehin keinen direkten Kontakt. Hat bestimmt gute Gründe.

Er weiß, was er wissen muss. Weiß, wie er sich Zutritt verschaffen kann, kennt die räumlichen Gegebenheiten und weiß, was genau er zu tun hat. Eigentlich ist es eine sichere Bank. Je schneller er die Sache hinter sich bringt, desto eher kann er Rocco die Kohle zurückzahlen, und alle seine Probleme werden sich in Wohlgefallen auflösen. Jetzt muss er nur noch warten. Warten, bis er das Okay bekommt.

In seiner Tasche klingelt das Handy. Mischa lässt das Brötchen zurück in die Tüte rutschen, legt sie ab und zieht das Telefon heraus. Er sieht aufs Display. *Dariusz.*

»Ja?«, meldet er sich. »Heute? Verstehe. Alles klar, exakt so, wie wir es besprochen haben. Nein, keine Sorge, du kannst dich auf mich verlassen. Sicher. Ich melde mich dann später, wenn alles erledigt ist.«

Mischa legt auf und steckt das Handy wieder in die Tasche. Showtime, denkt er.

Siggi startet durch

Am späten Nachmittag brachte Siggi Ingeborg den BMW zurück.

»Moin! Mensch, toll siehst du aus«, begrüßte Ingeborg sie gut gelaunt. »Sehr chic ist das Kleid. Die Haare gefallen mir auch gut. Dreh dich doch bitte einmal für mich.«

»Danke. War gar nicht so schwer«, entgegnete Siggi und vollführte eine Drehung. »Habe ich aus einem Online-Tutorial zu Hochsteckfrisuren.«

»Und? Warst du erfolgreich?«, fragte Inge, als Siggi ihr den Autoschlüssel in die Hand drückte.

»Das weiß ich noch nicht. Immerhin durfte ich mein Werbematerial in einer Reihe Läden auslegen. Jetzt hoffe ich nur, dass sich potenzielle Kundschaft meldet.«

»Möchtest du kurz reinkommen? Ich hab mir gerade einen Tee gemacht. Dann können wir noch ein bisschen klönen. Ich hab ja immer gern Besuch.«

Siggi folgte Inge in die Küche, wo diese Tee und Kekse servierte und sich von ihr über die Ereignisse der vergangenen Tage auf den neuesten Stand bringen ließ.

»Das wundert mich gar nicht«, kommentierte sie die

Geschichte über das geschenkte Kleid. »Die Gräfin ist hier bekannt wie ein bunter Hund. Alix Renata von Eulenwitz. Alter Adel, Ländereien, ein Riesenvermögen, da ist ein bisschen Exzentrik schon beinahe ein Muss. Sie ist bestimmt schon über achtzig, so genau weiß man das nicht. Das ist ihr großes Geheimnis, und ich glaube, sie hat das eine oder andere machen lassen, doch sie gibt noch immer gern wilde Partys und hat ein Faible für Sportwagen.«

»Geliftet sah sie für mich aber nicht aus.«

»Nee, die nicht. Die hat Klasse. Die lässt nur Kleinigkeiten machen und übertreibt es nicht. Ein bisschen verrückt ist sie allerdings schon.«

»Das kann man wohl sagen. Na, ich möchte mich nicht beschweren. So bin ich schließlich zu diesem tollen Outfit gekommen.«

»Schön, dass es mit dem Job bei Frau Rybakova geklappt hat«, sagte Inge. »Sie und ihre Schwester sind sehr angenehm, findest du nicht? Ich habe da häufig ganz andere Kunden, verwöhnt, launisch und überheblich. Man erlebt schon eine Menge in dem Beruf.«

»Das glaube ich dir«, entgegnete Siggi. »Lenka und Polina sind wirklich sehr nett und umgänglich. Man kann kaum glauben, dass sie Schwestern sind, oder?«

»Ein bisschen wie Goldmarie und Pechmarie«, meinte Inge lachend. »Sie sehen schon sehr unterschiedlich aus. Aber Polina ist auch eine sehr erfolgreiche Frau. Sie ist zwar erst siebenunddreißig, doch bereits Chefärztin in einer Klinik in Hamburg.«

»Ist sie tatsächlich so viel älter als ihre Schwester? Ich hätte gedacht, vielleicht vier oder fünf Jahre, aber neun? Da sieht se nicht nach aus. Woher weißt du überhaupt so viel über sie?«

»Ich habe ihr vor drei Jahren die Ferienwohnung verkauft. So bin ich ja überhaupt an den Kontakt mit Lenka gekommen. Eine bezaubernde kleine Maisonette-Wohnung war das. Gerade passend für eine oder auch zwei Personen, richtig muckelig. Natürlich kein Vergleich zu dem Objekt, das ihre Schwester erworben hat. Wir sind damals ein wenig ins Gespräch gekommen. Sie arbeitet natürlich sehr viel und suchte etwas, wo sie schnell mal am Wochenende zur Erholung hinfahren kann. Sie erschien mir sehr ehrgeizig und zielstrebig, aber nicht unnett.«

In diesem Moment ertönte *Spiel um die Liebe*, Siggis neuer Klingelton. Sie kramte das Handy hervor.

»Hallo?«, meldete sie sich.

»Von Gnietschfleth, guten Tag, Frau … äh, Pizolka? Ist das richtig?«

»Ja, genau, richtig.«

»Ich habe Sie heute in der Boutique *Glitterati* gesehen. Sie haben dort Flyer und Ihr Kärtchen ausgelegt, nicht?«

»Stimmt, ja.«

»Nun, ich hoffe, Sie sind nicht böse, dass ich ein bisschen gelauscht habe. Das Konzept von Ihren Partys hört sich sehr interessant an. Das ist wirklich einmal etwas anderes. Hätten Sie denn kurzfristig noch Termine frei?«

»Oh, da müsste ich mal eben im Kalender nachschauen. Ich bin aktuell ziemlich ausgebucht«, flunkerte sie und gestikulierte hektisch zu Inge hinüber, die blitzschnell schaltete, den Küchenkalender von der Wand nahm und Zettel und Stift danebenlegte. »Was schwebt Ihnen denn terminlich vor?«

»Ich weiß, es ist etwas kurzfristig, aber wie wäre es am übernächsten Wochenende? Samstag wäre natürlich ideal, doch ich gehe davon aus, dass Sie da keinen Termin frei haben. Es ginge also auch Freitagabend.«

»Lassen Sie mich schauen, einen Moment bitte.« Siggi

klackerte mit den Fingernägeln auf der Tischplatte. »Sie haben Glück! Am Samstagabend hätte ich tatsächlich noch etwas frei. Eine Kundin hat gestern abgesagt, weil Sie spontan geschäftlich nach New York muss.«

»So ein Glücksfall! Da freue ich mich aber. Ich habe nämlich etwas zu feiern, den erfolgreichen Abschluss eines Projekts. Und da dachte ich mir, ich könnte mir mit ein paar engen Freundinnen einen schönen Abend machen.«

»Prima, möchten Sie, dass ich Catering dazubuche?«, fragte Siggi.

»Nein, vielen Dank, das erledige ich. Ich habe sozusagen meinen Haus- und Hoflieferanten. Und natürlich werde ich für ausreichend Champagner sorgen. Ach, das wird nett! Ich freue mich.«

»Dann notiere ich mir noch rasch Ihren Namen und die Anschrift, wenn es recht ist.« Siggi grinste Inge an und machte eine Siegerfaust. »Wie war der Name noch gleich? Von …«

»Von Gnietschfleth.«

Nachdem Siggi Namen und Adresse auf den Zettel geschrieben hatte, verabschiedete sie sich und legte auf.

»Eine erste Kundin, Inge!«, jubelte sie. »Du bist übrigens als Assistentin eingestellt. So zackig, wie du geschaltet und reagiert hast, das war ganz großes Damentennis.«

»Vielen Dank! Zeig mal. Von Gnietschfleth, in Kampen?« Inge pfiff durch die Zähne. »Da hast du dir aber einen dicken Fisch an Land gezogen, gratuliere!«

»Ich habe das Gefühl, den Namen schon mal irgendwo gehört zu haben. Kennst du die?«

»Nicht persönlich. Aber den Namen hast du garantiert mal gehört. Tatjana von Gnietschfleth ist die Frau von Dr. Gabriel Gero Godebrecht von Gnietschfleth.«

»Aaach! Das ist doch dieser Politiker! Dieser gelackte, der immer aussieht wie Ken.«

»Genau, der Parteivorsitzende der Neuen Konservativen. Die von Gnietschfleths sind extrem wohlhabend und politisch einflussreich. Der Vater, Gunther Freiherr von Gnietschfleth, entstammt einem alten Holsteiner Adelsgeschlecht, die Mutter ist eine bekannte Opernsängerin.«

»Gunther? Mehr nicht?« Siggi grinste.

»Doch, natürlich, die von Gnietschfleths haben alle zig Vornamen.«

»Und diese Tatjana?«, fragte Siggi. »Wie ist die so drauf? Ist die auch so stockkonservativ? Wundert mich, dass sie dann eine *Girlfriendz*-Party buchen möchte.«

»Nein. Tatjana von Gnietschfleth war so was wie ein It-Girl, von Beruf Tochter und auf jeder Party dabei«, erklärte Inge. »Die Eltern sind die Meyer-Langenbecks, ich weiß nicht, ob dir das was sagt. Denen gehört eine große Einzelhandelskette. Schwerreich. Sie hat eine Modelkarriere angefangen, betreibt einige exklusive Nachtclubs in Hamburg, hat eine eigene Schmucklinie herausgebracht und später, nach ihrer Heirat, dann eine Luxus-Modelinie für Kinder und Mütter, *Gil & Gia*.«

»Na, du kennst dich ja gut aus«, stellte Siggi fest.

»Selbstverständlich«, entgegnete Inge. »Wenn man so lange im Geschäft ist, kommt man gar nicht drumherum, sich ein bisschen mit dem Who's Who auf der Insel auseinanderzusetzen. Auch wenn die von Gnietschfleths mein Kaliber deutlich übersteigen. Luxusimmobilien in der Größenordnung überlasse ich Leuten wie Joost Katz. Zu viel Bussi-Bussi, Pomp und Protz muss ich auch nicht haben. Lenka war da eher die Ausnahme.«

»Puh, ich nehme an, das wird anstrengend«, sagte Siggi. »Mir geht ja jetzt doch 'n bisschen die Düse. Bei so etepetete Tanten, da blamier ich mich doch. Vielleicht sollte ich mir dafür so einen Hosenanzug von dir leihen? Damit ich wat seriöser ausseh?«

»Schnack bloots keen dumm Tüch, Siggi!«, protestierte Inge. »Bleib du selbst. Langweilig kann jeder. Lass dir das von einer erfolgreichen Geschäftsfrau gesagt sein: Der Wert einer Marke ist nicht zu unterschätzen. Man muss etwas Charakteristisches haben, etwas, was nicht jeder hat. Hast du schon mal von Butler John gehört?«

»Nee. Wer ist das?«

»Er nennt sich selbst den 'mächtigsten Butler Deutschlands'. Wahrscheinlich zu Recht. Der ist hier eine bekannte Größe auf Sylt. Er ist nicht so erfolgreich, weil er so angepasst und unauffällig ist, Siggi. Das ist eine Type. So wie du. Das wollen die Leute. Was meinst du, wenn man den ganzen Tag eine Fassade aufrechterhalten muss, dann möchte man zwischendurch mal was Echtes, Kerniges.«

Siggi musste lachen. »Und ich bin echt und kernig? Ich mein, Törtchen würde mir da sicher widersprechen, aber ich finde mich einfach stinknormal.«

»Glaub mir, Siggi: In Kampen fällst du angenehm aus dem Rahmen. Mach da was draus. Du bist die Ruhrpott-Siggi, die kein Blatt vor den Mund nimmt und immer einen lockeren Spruch auf den Lippen hat. Und das Pink und den Barbie-Look kannst du für die Partys ruhig noch etwas übertreiben.«

»Meinste ehrlich? Ich weiß ja nicht.« Siggi war skeptisch. Aber sie musste Inge in gewisser Weise recht geben. Viele Promis wirkten fast wie Karikaturen, weil sie ihren Look und Stil bis kurz vor peinlich oder sogar darüber hinaus durchzogen.

»Sicher, Siggi. Sei einfach du selbst. Vor einer Tatjana

von Gnietschfleth musst du dir jedenfalls nicht in die Büx machen.«

»Wahnsinn, Inge!«, rief Siggi. »Ich freu mich so! Eine erste Kundin und dann gleich so eine. Wenn ich das nicht verkacke, spricht sich das bestimmt rum, und ich bekomme noch mehr Aufträge.«

»So der Plan«, sagte Inge.

Schock am Vormittag

Siggi drückte die Klingel ein weiteres Mal. Noch immer tat sich nichts. Sie lauschte, konnte aber nichts hören. Noch einmal klingelte sie und wartete. Eine Weile stand sie noch unschlüssig vor dem Tor, dann zückte sie das Handy und wählte die Nummer, die sie wie gewünscht unter einem unverdächtigen Kürzel gespeichert hatte.

»Der von Ihnen gewünschte Teilnehmer ist zurzeit nicht erreichbar. Wenn Sie eine Rückrufbitte …«

Siggi legte auf. Hm. Was nun? Da war guter Rat teuer. Sollte sie einfach wieder nach Hause fahren? Möglicherweise hatte Lenka vergessen, dass sie heute kommen sollte. Dann fiel ihr ein, dass sie ja auch Polinas Nummer hatte, und wählte sie.

»Hallo?«

»Polina! Guten Morgen. Ich hoffe, ich störe nicht. Hier ist Siggi. Ich bin beim Haus Ihrer Schwester, aber es macht niemand auf. Soll ich einfach wieder nach Hause fahren?«

»Eigenartig. Wahrscheinlich hat sie nur vergessen, dass Sie heute kommen. Magda ist in letzter Zeit ein wenig zerstreut. Können Sie noch zehn, fünfzehn Minuten warten? Dann komme ich vorbei und mache Ihnen auf.«

»Kein Problem, ich warte so lange.«

Kurze Zeit später erschien Polina in einem blauen Mini-Cabriolet. Sie hob grüßend die Hand. Das Tor öffnete sich, und sie fuhr die Einfahrt hinauf. Siggi folgte ihr, bevor sich das Tor wieder schloss.

»Hallo, Siggi. Es tut mir leid. Ich sehe unmöglich aus. Ich war gestern noch mit Freunden essen und danach auf einer Party im *Roten Kliff*. Da ging es etwas hoch her, aber ich wollte Sie nicht länger warten lassen.«

»Ach, kein Problem. Für mich müssen Se sich nicht chic machen.« Siggi lachte. »Tut mir jetzt eher leid, dass ich Sie so früh rausklingeln musste, wenn Sie gestern feiern waren.«

»Schon in Ordnung, ich kann mich ja gleich wieder hinlegen. Schließlich habe ich Urlaub.« Polina lächelte und ging zur Haustür. »Magda hat Sie bestimmt vergessen. Wie gesagt, sie ist in letzter Zeit oft etwas erschöpft und abwesend. Na ja, der ganze Rummel fordert so langsam seinen Tribut. Wahrscheinlich ist sie spazieren gegangen.«

»Bestimmt. Sie hat mir erzählt, dass sie gern draußen auf der Heide ist, weil sie da den Kopf frei bekommt von allem. Kann ich auch verstehen.« Siggi stutzte, runzelte die Stirn und lauschte. »Hören Sie das? Scheint, als wäre drinnen irgendwo Musik an.«

»Komisch …« Polina schloss die Haustür auf. »Magda? Magda, bist du zu Hause?«, rief sie, bekam jedoch keine Antwort. Dann öffnete sie den Schaltkasten für die Alarmanlage, der sich hinter einem Strandfoto befand, und tippte etwas ein. »Die Alarmanlage war aktiviert. Ich musste den Code eingeben, damit nicht gleich die Polizei vor der Tür steht«, erklärte Polina.

Das wurde ja immer mysteriöser! Siggi hatte kein gutes Gefühl bei der Sache.

Polina lauschte ins Treppenhaus. »Sie haben recht, oben läuft Musik. Vielleicht hat sie das Radio oder den Fernseher angelassen.«

»Ja, das wird es sein«, entgegnete Siggi. Dennoch war ihr mit einem Mal mulmig zumute.

»Sie kommen zurecht? Dann würde ich jetzt wieder fahren. Ich denke, dass meine Schwester bestimmt gleich zurückkommt.«

»Und falls nicht? Reicht es, wenn ich einfach hinter mir zuziehe?«, fragte Siggi ein wenig verunsichert.

Polina zuckte ein wenig ratlos mit den Schultern und massierte sich die Schläfen. »Ich fürchte, ich bin noch nicht wieder ganz klar. Zu viel Prosecco, zu wenig Schlaf.« Sie lachte kurz. »Ja, ich denke, es ist in Ordnung, wenn Sie nachher einfach zuziehen.«

Sie wandte sich gerade zur Haustür, als es klingelte. Siggi und Polina sahen sich fragend an, dann flackerte das Display auf.

Polina betrachtete stirnrunzelnd das Bild der Überwachungskamera und nahm den Hörer der Gegensprechanlage in die Hand. »Hallo, Udo. Tut mir leid, Magda ist nicht zu Hause.«

»Nicht schlimm, ich brauche nur ein paar Unterlagen aus dem Arbeitszimmer und bin sofort wieder weg.« Die Antwort war laut genug, dass Siggi sie hören konnte.

»Na gut, ich mach dir auf.« Polina drückte den Summer. »Wissen Sie was?«, sagte sie an Siggi gewandt. »Ich gehe jetzt doch eben nach oben und stelle wenigstens die Musik ab.«

»Ach, das kann ich doch machen«, schlug Siggi vor.

»Ich muss ohnehin rauf. Ich wollte heute ja die Fenster putzen.«

Siggi nahm im Hauswirtschaftsraum einen kleinen Eimer und zwei Fenstertücher aus dem Putzschrank. Dann ging sie in die Küche, um ein wenig Spülmittel und Essig ins Wasser zu geben.

Udo Karstens, der inzwischen eingetreten war, begrüßte sie. »Ah, Frau Pizolka, nicht wahr? Schön, mal das Gesicht hinter der Stimme zu sehen! Lassen Sie sich nicht stören.«

»Morgen, Herr Karstens. Ich brauch nur ein Tröpfchen Spülmittel und einen Schuss Essig, dann nerv ich Sie hier auch nicht mehr.«

»Ach was, machen Sie nur, Sie nerven uns nicht«, wehrte Polina lachend ab, die gerade eine weitere Tasse Kaffee zapfte.

»Danke, Polina. Das ist nett. Kaffee ist jetzt genau richtig.« Er blies in seine Kaffeetasse und nahm einen Schluck. »Ich bin auch gleich wieder weg, dauert wirklich nicht lange.«

»Ach was, einen Kaffee kann ich jetzt auch gut gebrauchen.« Sie massierte sich den Nacken und gähnte. »Ich hatte nicht besonders viel Schlaf.«

Siggi hatte inzwischen auch den Essig gefunden und gab etwas davon ins Wasser, dann nahm sie den Eimer mit nach oben. Sie stellte ihn auf dem Treppenabsatz ab und legte die Lappen über das Geländer. Dann lauschte sie in den Flur, um die Quelle der Musik zu orten. Sie schien aus dem Badezimmer zu kommen. Siggi erinnerte sich, dass sie dort Lautsprecher in der Decke und ein Bedienpanel an der Wand gesehen hatte. Die Badezimmertür war geschlossen. Zur Vorsicht klopfte Siggi und wartete kurz ab, bevor sie die Klinke herunterdrückte. Abgeschlossen. Siggi runzelte die Stirn, klopfte noch einmal. »Lenka? Hallo? Sind Sie da drin? Ist alles in Ordnung?«

Nichts.

Das mulmige Gefühl, das Siggi vorhin gehabt hatte, kam mit Macht zurück. Sie pochte noch einmal gegen die Tür. »Hallo? Sind Sie da drin, Lenka?«

Schritte kamen die Treppe herauf. Es war Udo Karstens, der offenbar auf dem Weg ins Arbeitszimmer gewesen war, jetzt aber auf Siggi zukam. »Was ist los? Macht sie nicht auf?« Karstens trat neben sie und rüttelte unnötigerweise an der Tür. »LENKA?!«

Wieder polterte es auf der Treppe, und Polina erschien. »Was ist denn hier los?«

»Lenka scheint im Bad zu sein und macht nicht auf.«

»Ich breche die Tür auf, wenn du dich nicht sofort meldest!«, rief Udo, wartete einen Moment und warf sich dann mit der Schulter gegen die massive Holztür, die sich allerdings nicht bewegte.

»Die Tür hat einen Notöffnungsschlitz. Die kann man im Notfall von außen öffnen«, sagte Siggi. »Man braucht nur einen großen Schraubenzieher oder eine Münze. So eine Tür haben wir auch im Bad. Nisi hat sich da mal eingeschlossen, als se klein war, und kam nicht mehr raus.«

Udo Karstens zog sein Portemonnaie heraus und reichte Siggi eine Münze, mit der sie die Tür öffnete.

»Lenka?«, rief sie, bevor sie eintrat und abrupt stehen blieb, sodass Karstens, der ihr gefolgt war, sie unsanft von hinten anrempelte. »O Gott!« Siggi schlug die Hände vor den Mund. Für einen Augenblick war sie wie gelähmt.

Lenka lag in der Wanne, den Kopf halb unter Wasser. Die langen blonden Haare trieben wie Seetang darauf.

Die Knie hatte sie leicht angezogen. Die zierliche Gestalt wirkte in der großen Wanne wie eine Puppe.

Nach der ersten Schrecksekunde war es, als hätte ein Notfallprogramm die Steuerung übernommen. Siggi stürzte zur Badewanne. »Kommen Sie, helfen Sie mir! Wir müssen sie da rausholen«, wies sie Karstens an. »Polina, rufen Sie den Notarzt.«

Als sie allerdings ins Wasser griff, um den Kopf der jungen Frau herauszuziehen, ahnte Siggi, dass es zu spät war. »Das Wasser ist kalt … und … sie auch.«

Viele Fragen, keine Antworten

Siggi griff nach der Brötchentüte, die ihr die Verkäuferin über den Tresen reichte, und wollte sich zum Gehen wenden.

»*Tragischer Unfall oder Selbstmord? LENKA: Einsamer Tod in der Badewanne*«, schrie ihr die Schlagzeile des Boulevardmagazins im Zeitungsständer entgegen.

Am liebsten hätte Siggi ihn umgestoßen. Eilig verließ sie das Geschäft und lief die Munkmarscher Chaussee entlang heimwärts. So schön der frische Julimorgen, die malerischen Kapitänshäuschen mit ihren hübschen Gärten und schattigen alten Bäumen auch waren – Siggi nahm ihre Umgebung kaum wahr. Jetzt war schon Samstag, und noch immer fühlte sie sich, als hätte jemand sie in ein Fischglas gesetzt. Es war, als drängen alle Sinneseindrücke aus der Außenwelt – der Geruch von frisch Gebackenem und Kaffee, das Zwitschern der Vögel, die Stimmen der Passanten – nur gedämpft zu ihr durch. Was in den letzten Tagen geschehen war, kam ihr so unwirklich vor: der schreckliche Moment, in dem ihre Hand durch das kalte Wasser getaucht war und die ebenfalls kalte Schulter der jungen Frau berührt hatte.

Ihre Hilflosigkeit, Polinas hysterisches Weinen, die Befragung durch die Polizei. Es war, als befände sie sich plötzlich mitten in einem Fernsehkrimi, ohne ihre Rolle darin, Text oder Regieanweisungen zu kennen.

Nachdem die Polizei sie befragt und ihre Aussage zu Protokoll genommen hatte, war Siggi nach Hause gegangen. Ganz lapidar. So, wie man nach Erledigung seiner Arbeit eben nach Hause ging. Sie hatte überlegt, Torsten anzurufen, aber sie wollte ihm keine Probleme bei seinem neuen Job machen. Auch Ingeborg war nicht zu Hause gewesen. Also hatte sie sich nach einer kurzen Gassirunde mit Candy auf die Couch gekuschelt und ihren Gedanken an Lenka nachgehangen, bis Torsten am Abend heimgekommen war.

In solchen Momenten war es hilfreich, dass Torsten nicht gern über Gefühle oder Unangenehmes sprach. Er machte nicht viele Worte, sondern hörte einfach zu und nahm sie in den Arm. Auch Candy hatte feine Antennen dafür, wann es ihrem Frauchen nicht gut ging. Dann war sie besonders schmusig und anhänglich und wich Siggi kaum von der Seite. Und so hatte sie die letzten Tage in einem beinahe traumwandlerischen Zustand verbracht und sich noch nicht einmal gebührend darüber freuen können, dass allmählich immer mehr Anfragen für *Girlfriendz*-Partys und Kosmetikbehandlungen eingingen.

Beim Frühstück stellte Siggi gerührt fest, dass Torsten den Kaffee ihr zuliebe deutlich stärker gekocht hatte, als er ihn bevorzugte. Sie fühlte sich gleich ein klitzekleines bisschen besser. »Du bist lieb, weißte das?«, sagte sie und lächelte schwach. »So was muss man echt ers' ma' verpacken. Ich bin noch immer völlig vonne Rolle.«

»Na, logisch«, bestätigte Torsten. »Klar, dass dich das

mitgenommen hat. Ist ja nicht schön, jemanden so zu finden.«

»Ich kann mich gar nicht erinnern, ob ich schon mal einen Toten gesehen habe, außer Oma Käthchen damals«, überlegte Siggi leise. »Die wurde noch richtig aufgebahrt und so. Aber dat is' ja wat anderes. Die Oma war alt und schon sehr krank. Da hatteste das Gefühl, is' ne Erlösung, weißte? Aber so 'ne junge Frau? Und gerade noch am Anfang ihrer Karriere. Die hatte doch noch so viel vor sich. Die war ja gerade mal acht Jahre älter als Nisi. Stell dir mal vor … nee, da darf ich gar nicht erst dran denken. Die armen Eltern und die arme Schwester!«

»Und du meinst, sie hat sich umgebracht?«, fragte Torsten. »Gab es denn dafür vorher irgendwelche Anzeichen?«

»Das ist es ja, was mir die ganze Zeit durch 'n Kopp geht«, entgegnete Siggi. »Eigentlich wirkte se nicht depressiv oder so. Vielleicht schon wat einsam irgendwie. Kam mir vor, als brauchte se jemanden zum Reden. Zumindest den Montag, als ich da angefangen hab. Aber auf den ersten Blick sah es so aus. Jedenfalls war die Tür abgeschlossen, Lenka muss also von innen den Knauf gedreht haben, und es lagen Schlaftabletten rum.«

»Na ja, man sagt ja immer, dass selbst nahe Verwandte und Freunde dat oft vorher nicht merken«, meinte Torsten. »Da steckste halt nich' drin. Kannst den Leuten ja nur vor den Kopp gucken.«

»Schon, aber es ist irgendwie so merkwürdig«, wandte Siggi ein. »Sie hat mir sogar erzählt, dass sie keine Schlaftabletten mehr nimmt, weil sie ein besseres Mittel gegen ihre Schlafstörungen gefunden hatte. Und warum sollte se vorher noch ein Haus kaufen, wenn se vorhat, sich das Leben zu nehmen?«

»Vielleicht wollte se Ruhe haben dafür?«, mutmaßte Torsten.

»Möglich«, entgegnete Siggi. »Oder es war ein Unfall. Vielleicht ist sie einfach eingeschlafen.«

»Wenn se die Schlaftabletten vorher abgesetzt hatte, vielleicht hat se die gewohnte Dosis nicht mehr verpackt. Kann schon sein, oder?«, überlegte Törtchen.

»Schon«, gab Siggi zu. »Aber ich kann das trotzdem nicht glauben. Dafür war die irgendwie nicht der Typ. Außerdem …« Siggis Blick fiel auf die mittlerweile reichlich gerupft aussehenden Blumen von Fabian Guldsteen, die Lenka ihr überlassen hatte. »… na ja, ich weiß nicht, da war so was in ihrem Blick … Als der Strauß ankam und sie das Kärtchen rausgenommen hat. So, als hätte se damit gerechnet, dass sie von wem anders sind. Sie sah erst ganz happy aus. Nur, als sie gesehen hat, von wem sie waren, wurde se sauer. Ich hab hinterher gedacht, vielleicht isse verliebt. Könnte schon sein, weil se sich doch ziemlich überraschend von Fabian Guldsteen getrennt hat.«

»Du meinst, sie hatte einen Neuen?«, wunderte sich Torsten.

»Keine Ahnung, aber ich hatte das Gefühl. Macht ja auch irgendwie Sinn. Wenn se einen kennengelernt hätte, dass se sich dann trennt und so.«

»Hätten das nicht deine Klatschblätter längst mitgekriegt?«, warf Törtchen ein.

»Das sind nicht *meine* Klatschblätter, und nein. Wenn es noch ganz frisch war, vielleicht nicht.« Siggi fühlte, wie die Taubheit, die sie empfunden hatte, langsam einer wachsenden trotzigen Gewissheit wich. »Jedenfalls glaub ich nicht, dass se sich umgebracht hat. Die Lenka nicht.«

»Also war's ein Unfall«, folgerte Torsten.

»Oder es war … Mord.« Siggi erschrak selbst, als ihr die Vermutung über die Lippen geschlüpft war. »Vielleicht hat jemand sie ertränkt und es wie einen Selbstmord aussehen lassen.«

»Wie soll denn das vonstattengehen, und wer sollte daran ein Interesse haben?« Torsten schüttelte ungläubig den Kopf.

»Keine Ahnung.« Siggi dachte darüber nach. »Vielleicht ihr Ex, Fabian Guldsteen. Der ist ziemlich abgedreht nach der Trennung und hat ihr wohl auch gedroht. Oder diese Bühl. Die sah ihre Felle davonschwimmen und hat die Konkurrenz aus dem Weg geräumt. Oder ihr Manager, Udo Karstens. Von dem wollte se sich offenbar auch trennen, und am Mittwoch, als wir sie gefunden haben, wollte er angeblich irgendwelche Unterlagen holen.«

»Und was ist mit der Schwester? Die könnte es doch auf das Erbe abgesehen haben, oder nicht?«

»Stimmt, daran habe ich noch gar nicht gedacht«, entgegnete Siggi. »Allerdings war die am Dienstagabend irgendwo feiern. Jedenfalls hat se das behauptet. Aber die kommt mir jetzt auch nicht gerade wie eine Mörderin vor. Sie war total am Boden zerstört. Das kann ich mir wirklich nicht vorstellen. Und außerdem weiß ich gar nicht, ob die Geschwister überhaupt was erben. Werden nicht erst die Eltern berücksichtigt, wenn es keinen Ehemann und keine Kinder gibt? Damit kenne ich mich nicht aus. Tja, jede Menge Fragen und keine Antworten. Ich schätze, bleibt nur abzuwarten, was die Polizei sagt.«

»Richtig, die werden schon wissen, was sie tun«, bestätigte Torsten. »Kannst ja eh nix anderes machen. Am besten, du lenkst dich mit deiner Arbeit ab. Du hast doch 'ne Menge Aufträge reinbekommen.«

»Stimmt. Da werd' ich mich jetzt reinhängen müssen.« Siggi nickte und schnitt ein Stück Fleischwurst für Candy ab. »Hier, meine Süße, sollst ja auch nicht leben wie 'n Hund.«

Dieses Mal meckerte Torsten nicht. Er sah es normalerweise nicht gern, wenn sie Candy bei den Mahlzeiten vom Tisch fütterte und sie damit fürs Betteln belohnte. Siggi fand sogar, dass er damit absolut recht hatte, aber sie konnte einfach nicht streng sein, wenn Candy sie so flehentlich ansah. Heute ließ Torsten sie gewähren und gab vor, es nicht zu bemerken. Siggi wusste, dass er es aus Rücksicht tat, und ihr wurde warm ums Herz.

»Nächsten Samstag ist die Party bei dieser von Gnietschfleth«, sagte sie, um das Thema zu wechseln und wieder auf andere Gedanken zu kommen. »Davor hab ich jetzt schon ein bisschen Muffensausen, nach dem, was Inge mir über die Familie erzählt hat. Scheint ein schwer versnobter Haufen zu sein. Da fall ich doch vollkommen aus dem Rahmen.«

»Du packst das schon.« Torsten legte die Hand auf ihre. »Sei einfach du selbst. Das hat Inge doch auch gesagt. Haste mir neulich erst erzählt.«

»Ich weiß. Trotzdem muss ich bis dahin noch 'n bisschen Routine kriegen, damit ich mich zumindest sicher fühle, was die Warenkunde angeht und alles. Der Rest kommt dann bestimmt von allein. Heute Abend habe ich eine Party bei einer entfernten Bekannten von Inge. Da kann ich schon mal üben.«

Das Handy auf der Tischplatte vibrierte und dudelte *Un poco de mi* von Jerry González. Den Klingelton hatte sie noch am Mittwochabend geändert, um nicht ständig an Lenka erinnert zu werden. Siggi nahm das Gespräch an.

»Siggi? Hallo, Polina Rybakova hier.«

»Polina! Guten Morgen. Wie geht es Ihnen? Das mit Ihrer Schwester tut mir so schrecklich leid.«

»Danke, Siggi. Na ja, nicht gut. Ich stehe noch immer ziemlich neben mir. Aber ich habe eine Bitte an Sie.«

»Eine Bitte? Ja, natürlich, wenn ich Ihnen irgendwie helfen kann …«

»In der Tat. Es geht um das Haus meiner Schwester. Meine Mutter und ich sind uns einig. Wir möchten es so schnell wie möglich verkaufen, um die schlimmen Erinnerungen loszuwerden. Ich könnte es ohnehin nicht ertragen, mich dort länger aufzuhalten. Jetzt muss ich mich erst einmal um die Beerdigung kümmern und alles regeln, aber danach möchte ich das Haus sofort inserieren. Dafür wäre es gut, wenn wir die Sachen meiner Schwester schon einmal verpacken. Wir werden sie wohl spenden. Aber ich selbst bringe das im Augenblick einfach nicht fertig.«

»Das kann ich gut verstehen«, bestätigte Siggi.

»Außerdem kann ich natürlich nicht unbegrenzt Urlaub nehmen. Ich muss am Montag zurück nach Hamburg in die Klinik und kann nur am Wochenende herkommen«, erklärte Polina. »Abgesehen davon muss ich mich um die Beerdigung kümmern. Jedenfalls brauche ich jemanden, der eventuell schon mal die Kleidung, Bücher und das Geschirr in Umzugskartons verpacken und beschriften könnte.«

»Und Sie möchten, dass ich das übernehme?«, folgerte Siggi.

»Ja, das wäre eine große Hilfe«, entgegnete Polina. »Ich würde Ihnen natürlich einen Schlüssel geben, damit Sie jederzeit ins Haus können. Würden Sie das wohl für mich tun, Siggi? Selbstverständlich würde ich Sie dafür nach dem vereinbarten Stundenlohn bezahlen. Allerdings hätte ich auch vollstes Verständnis, wenn Sie ablehnen. Es muss ja auch für Sie ein ziemlicher Schock gewesen sein, Magda zu finden.«

»Das war es. Ich hab Ihre Schwester sehr gemocht, auch wenn ich sie nicht lange gekannt habe. Aber wenn ich Ihnen helfen kann, mache ich das natürlich gern«, sagte Siggi.

»Sie sind ein Schatz. Könnten wir uns in einer Stunde beim Haus treffen? Dann erkläre ich Ihnen alles Weitere.«

Wie gewonnen, so zerronnen

Mit fliegenden Fingern wählt Mischa die Nummer auf der Visitenkarte und fragt nach Pamela. Er bucht den Special Service. Das hat er sich verdient. Dieses Wochenende wird er es krachen lassen.

Es war gar nicht so schlimm, wie er gedacht hat. Eigentlich war es sogar erschreckend einfach. Sie hat ihn nicht einmal bemerkt, hatte die Augen geschlossen. Alles lief wie geplant. Einen kurzen Augenblick hat er gezögert, weil sie so friedlich aussah, wie sie da so in der Wanne lag. So ein hübsches Mädel. Verdammt schade drum, hat er gedacht. Aber was sein muss, muss nun einmal sein. Mitleid muss man sich leisten können. Und wenn man Rocco Messina Geld schuldet, kann man sich keine Gefühlsduselei erlauben.

Also hat er es genau so angestellt, wie Dariusz es ihm gesagt hat. Er hat gestaunt, wie schnell es gegangen ist. Knöchel packen, natürlich mit Handschuhen und nicht zu fest. Es darf keine Druckstellen geben. Und dann ein Ruck. Ist der Kopf erst einmal unter Wasser, setzen die Reflexe ein. Sie hat sich nicht gewehrt, nicht gezappelt, nicht versucht, sich festzuhalten. Genau, wie Dariusz gesagt hat. Dariusz weiß so was. Er liest viel. Psychologie, Kriminalgeschichte, Medizin, insbesondere Anatomie und Rechtsmedizin. Er interessiert sich für so ein Zeug und hat echt Ahnung. Dariusz kennt wahrscheinlich tausend Arten, einen Menschen auszuknipsen. Der ist eben ein Profi. Mischa hätte nicht gedacht, dass es wirklich so leicht sein würde. Trotzdem, noch mal übernimmt er so einen Auftrag nicht. Er wird in Zukunft besser aufpassen, keine Schulden mehr machen. Schon gar nicht bei jemandem wie Rocco.

Jetzt freut Mischa sich auf seine Verabredung mit Pamela. Um Rocco muss er sich keine Gedanken mehr machen. Er zieht sich aus und geht ins Badezimmer, um zu duschen. Seine Laune ist bestens, und während er sich einschäumt, singt er den Refrain zu *Pamela* von Toto. Mischa verteilt eine großzügige Portion Shampoo in den Haaren, massiert sie ein und streicht mit den Handflächen das Haar zu einer Irokesenfrisur. Er prustet und reibt sich mit den Fingerknöcheln etwas Schaum aus den Augen. Als er sie wieder öffnet, gellt ein hoher Schrei durch das Badezimmer. Ein Teil seines Bewusstseins weiß, dass es sein eigener war. Der andere ist damit beschäftigt zu begreifen, warum es auf einmal so dunkel ist in der Dusche. Die Silhouette einer hochgewachsenen Gestalt zeichnet sich durch den milchig weißen Duschvorhang ab und wirft einen unheilvollen Schatten auf Mischa, der hektisch das Wasser abstellt und aus der Dusche klettern möchte, als auch schon jemand den Vorhang beiseitezieht.

Mitten im Badezimmer steht ein großer, schlanker Mann in einem taillierten schwarzen Ledermantel. Er erinnert an eine altertümliche Militäruniform mit einem kurzen Stehkragen und Schnallen über der Brust. Glänzende dunkelbraune Haare fallen dem Mann wie ein

Vorhang über die Schultern, die schwarz umrandeten Augen funkeln sirupbraun. Ein schmales Bärtchen ziert Oberlippe und Kinn und erinnert entfernt an einen Musketier. Wie ein dunkler Engel sieht er aus, wie er da so steht, breitbeinig, die Arme vor der Brust verschränkt, ein ironisches Lächeln auf den schmalen Lippen, während sein Blick amüsiert an Mischas entblößtem Körper entlangwandert, kurz auf seiner Mitte verweilt, dann seine verletzliche, zitternde Nacktheit und die kindische Schaumfrisur mit einem kurzen Kopfschütteln quittiert.

Obwohl er ihn noch nicht persönlich getroffen hat, weiß Mischa genau, wer da vor ihm steht, und es rumort gewaltig in seinen Eingeweiden.

»Wie … wie sind Sie hier reingekommen?«, fragt er unsinnigerweise. Als könnte er darauf eine Antwort erwarten. Soweit er gehört hat, macht Bela, der »Chirurg«, ohnehin nicht viele Worte. Tatsächlich greift er auch jetzt nur kommentarlos nach einem Handtuch und wirft es Mischa zu, der es sich hektisch um die Hüften schlingt.

Langsam öffnet Bela die Schnallen an seinem Mantel, schlägt erst die eine Hälfte zur Seite, dann die andere. In den Innentaschen blitzen chirurgische Instrumente: Skalpelle, Klemmen, Pinzetten, Scheren, Haken, Zangen, Messer, etwas, das wie eine Säge aussieht. So genau will Mischa gar nicht hinsehen.

»Ich … ich hab das Geld!«, ruft er. Er kämpft gegen den Drang, sich zu übergeben, und mit dem Inhalt seiner Eingeweide, der fluchtartig seinen Körper verlassen möchte. Kalter Schweiß bildet sich auf seiner Stirn. »Ich hab Rocco gesagt, dass ich ihm das Geld zurückzahle, und ich halte Wort!« Seine Stimme klingt ungewohnt hoch, beinahe piepsig. »Es ist drüben im Wohnzimmer. Ich muss es nur holen.«

Mischa lächelt entschuldigend und drängelt sich an

Bela vorbei, der noch immer dasteht wie eine Statue und keinen Millimeter zur Seite weicht. Dabei stolpert Mischa beinahe über den Badvorleger und taumelt ins Wohnzimmer, wo der Umschlag auf dem Tisch liegt. Er greift danach und beginnt eilig, die Scheine abzuzählen.

Bela, der »Chirurg«, ist ihm gefolgt und streckt den Arm aus. In einer auffordernden Geste krümmt er mehrfach die Finger der behandschuhten Hand. Mischa legt die abgezählten Scheine hinein. Bela nickt und steckt sie in die Innentasche des Mantels. Dann streckt er wieder den Arm vor und wiederholt die Geste, mit der er Mischa offenbar bedeuten will, auch den Rest des Geldes herauszurücken.

»Aber ich schulde Rocco nur zehntausend!«, protestiert Mischa, und seine Stimme klingt nun wieder etwas mehr nach seiner eigenen.

»Inkassogebühren«, knurrt Bela knapp und greift nach dem Umschlag, den er ebenfalls in einer Innentasche seines Mantels verschwinden lässt.

Mischa will Widerspruch erheben, doch sein Blick fällt erneut auf die glänzenden Instrumente in den Taschen. Er schluckt. »Klar, natürlich, ich verstehe«, stammelt er.

Bela schließt langsam die Schnallen des Mantels, dann nickt er, lächelt kurz. »Rocco lässt dir seinen Dank ausrichten. Er freut sich, dass du in Zukunft pünktlich bezahlen möchtest.«

Dann verlässt er ohne weitere Worte die Wohnung. Die Tür fällt ins Schloss.

Zitternd lässt Mischa sich aufs Sofa fallen. Die Irokesenfrisur sackt in sich zusammen wie sein Ego. Er weiß nicht, ob er lachen oder weinen soll. »Inkassogebühren.«

Senschuäll Zittrus und Aquamän

Der kleine pinkfarbene Koffer hoppelte munter über den gepflasterten Zuweg, der zur Haustür des rot geklinkerten Mehrfamilienhauses in Westerland führte, in dem an diesem Abend Siggis erste Sylter *Girlfriendz*-Party stattfinden würde.

Leevke Cornelissen, die Gastgeberin, war die Frau des Gas- und Wasser-Installateurs, den Inge bei Badrenovierungsarbeiten in ihren Immobilien gern beauftragte, und gebürtige Sylterin.

Siggi hatte sich heute für eine schlichte Jeans mit einer peppigen Gürtelschnalle, ein enges weißes Top mit Aufdruck und einen pinkfarbenen Blazer entschieden. Dazu trug sie Pumps, farblich passend zum Blazer, und darauf abgestimmten Nagellack und Lippenstift. Die Haare, zu der für sie charakteristischen Außenwelle geföhnt, die entfernt an Farrah Fawcett erinnerte, fielen ihr offen auf die Schultern. So fühlte sie sich am wohlsten. Inge hatte gesagt, sie solle sie selbst sein, und das hatte Siggi beherzigt.

Die Haustür öffnete sich, noch bevor Siggi den Klingelknopf gedrückt hatte, und Leevke Cornelissen, eine rundliche Brünette mit einem freundlichen Gesicht und tollen blauen Augen, streckte ihr die Hand hin.

»Moin, Siggi! Ich bin Leevke, wir haben ja schon telefoniert. Komm rein. Sektchen hab ich auch schon kalt gestellt. Möchtest du einen zum Warmwerden?«

»Später zum Anstoßen gern«, entgegnete Siggi. »Einen kann ich mir ja erlauben, aber mehr nicht, ich muss ja noch fahren. Außerdem möchte ich euch ja nachher keinen Mist erzählen.« Siggi lachte. Bei dem herzlichen Empfang war augenblicklich die Nervosität von ihr abgefallen, die sie noch eben verspürt hatte, und sie war wieder voll in ihrem Element.

Während sie den Inhalt des pinkfarbenen Trolleys auspackte und auf dem Tisch ausbreitete, baute die Gastgeberin das Buffet auf, und nach und nach trudelten die Gäste ein. Kolleginnen und Freundinnen von Leevke, neugierig und bester Laune. Während sich die Sektflaschen leerten, begann Siggi zunächst mit der Präsentation der Kosmetiklinie. Die Kundinnen schnupperten und testeten munter drauflos und stellten sich Siggi bereitwillig als Demonstrationsobjekte für Masken, Peelings und Augencremes zur Verfügung. Siggi kommentierte alles launig und würzte die Produktinformationen mit Anekdoten und Beispielen. Die Stimmung wurde immer ausgelassener – der perfekte Zeitpunkt, um die größeren Geschütze aufzufahren: die Dessous, das Massageöl und die Erotikspielzeuge.

Neugierig, mit geröteten Wangen vom Sekt – und vielleicht auch ein bisschen von verbliebenen Hemmungen – folgten Leevke und ihre Freundinnen der Produktpräsentation.

»Ladys, es ist kein großes Geheimnis, dass eine langjährige Beziehung oder eine Ehe viel mit einem Luftballon gemeinsam hat. Kennen wir ja alle. Anfangs ist noch alles straff und prall.«

» … und steigt mühelos nach oben«, ergänzte Leevkes Freundin Anne kichernd.

»Richtig, das auch.« Siggi lachte. »Na ja, und dann fängt der Ballon irgendwann eben an zu schrumpeln. Mit der Zeit is' halt die Luft raus. Da machste nix. Dat is' der Lauf der Dinge. Aber da müssen Se jetzt nicht verzweifeln, denn man kann dem ollen schrumpeligen Ballon auch neue Luft einhauchen und wat frischen Wind reinbringen.«

Siggi präsentierte das Massageöl-Set.

»Wichtig ist, dass man sich mal wieder Zeit nimmt füreinander«, erklärte sie. Je lockerer die Runde wurde, desto mehr fiel Siggi in ihren Ruhrgebiets-Dialekt, was ebenfalls zur Heiterkeit der Kundinnen beitrug. »Gerade für uns Frauen sind Zärtlichkeit und Sinnlichkeit wichtig, damit wir auch wieder Lust auf mehr bekommen. Das *Girlfriendz*-Massageöl ist da genau das Richtige. Und wat meinen Se, wenn Se den Kerl damit ködern, dat Sie hinterher für mehr in Stimmung sind, mit wat für 'ne Begeisterung er Sie da durchwalken wird? Aber Scherz beiseite, das ist hundert Prozent natürliches Mandelöl mit wertvollen ätherischen Ölen in drei sinnlichen Duftkompositionen. Red Velvet ist warm und pudrig vom Duft her, das ist richtig sinnlich, aber nicht aufdringlich. Dann gibt es Hot Spice, das ist ja mein persönlicher Lieblingsduft: Hölzer, ein Hauch Pfeffer und Vanille, großartig, warm, sexy, mit einem kleinen Kick. Sie dürfen ruhig schnuppern. Und dann Senschuäll Zittrus, dat is' ein frischer, anregender Zitrus-Duft, auch ganz toll. Hier, geben Se mir mal den Arm, Christine. Gucken Se mal, wie weich das die Haut macht. Angenehm, oder? Ohne jetzt übermäßig zu fetten.«

Siggi war voll in Fahrt, alles lief wie am Schnürchen, und die Damen wurden immer lockerer, erzählten kichernd Geschichten aus dem Nähkästchen und probierten mit kindlichem Vergnügen die diversen Vibratoren in poppig bunten Farben.

»Die könnte man glatt auffe Anrichte stehen lassen, oder, meine Damen? Ich mein, die sind ansprechend und ästhetisch. Wer will denn schon so einen Gummiprügel mit anatomisch korrekten Krampfadern? Da macht auch das Design was aus, finden Se nicht?«

»Da haben Sie recht. Das sieht nicht so nach Schmuddelecke aus, nicht wahr, Christine?«, kommentierte Leevke, die prüfend den türkisfarbenen wasserfesten Rabbit-Vibrator namens *Aquaman* in der Hand wog.

»Also, dieses Sensual-Citrus-Öl und die passende Duftkerze können Sie mir schon mal aufschreiben, Siggi«, verkündete Anne. »Das riecht sensationell. Vielleicht krieg ich den Kai dann mal wieder dazu, dass er mich massiert.«

»Und wenn nicht, suchst du dir einen schicken Toyboy, der das übernimmt«, rief Carla und schwenkte ihr leeres Sektglas, das Leevke gleich auffüllte. Die Bemerkung sorgte für einige Heiterkeit, und die Damen begutachteten mit wachsender Begeisterung die Dessous, versuchten lachend, aneinandergekettet mit pinkfarbenen Plüschhandschellen Häppchen vom Buffet zu essen, und stellten allerhand interessierte Fragen.

Siggi war erleichtert. Die Party lief besser, als sie gehofft hatte, und es sammelten sich auch rasch einige Bestellungen. Während sie langsam begann zusammenzupacken, kam das Gespräch auf den tragischen Tod von Lenka.

»Da kann man mal sehen, Erfolg macht offensichtlich auch nicht glücklich«, sagte Leevke und nippte an ihrem

Sekt. »Das arme Mädchen. Die war doch noch keine dreißig. Und dann schon so verzweifelt, dass sie keinen Ausweg mehr gesehen hat.«

»Wenn es überhaupt ein Selbstmord war«, meinte Carla. »Das ist doch alles höchst verdächtig. Vielleicht wollte da jemand an das Geld.«

»Nee, die Polizei ist wohl ziemlich sicher«, widersprach Anne. »Habe ich gerade heute in der Zeitung gelesen. Lenka hatte wohl Schlaftabletten genommen und Alkohol getrunken. Was nicht ganz feststeht, ist, ob es Absicht war oder ein Unfall. Schrecklich. Sie hatte ja auch gerade erst diese Trennung hinter sich und ständig die Paparazzi und die Fans überall. Ich kann mir schon vorstellen, dass so was extrem belastend ist.«

»Also, was die Trennung von Fabian Guldsteen angeht, da munkelt man doch, dass die von ihr ausging«, warf Leevke ein. »Sie hatte offenbar schon einen Neuen.«

»Was du nicht sagst! Wen denn?«, fragte Carla neugierig.

»Keine Ahnung, aber sie soll in der letzten Zeit oft hier auf Sylt gewesen sein, und offenbar hat sie ja klammheimlich ein Haus hier gekauft. Das ist doch ziemlich verdächtig, oder nicht?«

»Meinst du, sie hat hier jemanden kennengelernt?« Anne pflückte eine Weintraube von der Käseplatte und steckte sie sich in den Mund. »Da wüsste ich ja zu gern, wen. Ist bestimmt auch ein Promi.«

»Die Bühl hat sich ja ebenfalls einen Zweitwohnsitz in Kampen zugelegt«, erklärte Carla. »Da herrschte doch seit einiger Zeit Zickenkrieg zwischen den beiden.«

»Willst du etwa behaupten, Alina Bühl hat sie umgebracht?« Anne schüttelte den Kopf. »Das glaubst du doch wohl selber nicht!«

»Nee, aber vielleicht in den Selbstmord getrieben. Wer weiß … Was da so hinter den Kulissen abgeht, möchte man doch manchmal gar nicht so genau wissen«, entgegnete Carla ein wenig trotzig.

»Was sagen Sie denn zu der Sache, Siggi?«, fragte Leevke. »Haben Sie davon gehört? Hier auf Sylt passiert ja für gewöhnlich nicht viel. So ein Promitod erregt natürlich viel Interesse.«

»Äh … ja, habe ich.« Siggi mochte nicht erzählen, dass sie mehr darüber wusste, als ihr lieb war. »Wenn ich ehrlich bin, kann ich mir auch nicht vorstellen, dass sie sich umgebracht hat.«

»Siehst du, Anne?«, triumphierte Carla. »Siggi glaubt auch, dass da was faul ist.«

»Na ja, das habe ich nicht gesagt, aber sie wirkte nicht, als wäre sie der Typ dafür«, druckste Siggi herum. Sie wollte sich nicht in die Diskussion hineinziehen lassen.

»Na ja, ist schon ein bisschen komisch, dass keiner was davon wusste, dass sie sich hier ein Haus gekauft hat«, meinte Carla.

»Ach was! Die war bestimmt bloß den Rummel leid und wollte es nicht an die große Glocke hängen«, wehrte Leevke ab.

»Aber wenn sie jetzt nun doch hier jemanden kennengelernt hat? Jemanden, von dem keiner wissen sollte? Vielleicht hatte sie eine Affäre. Denn wär es doch möglich, dass der Typ sie aus dem Weg geräumt hat.« Carlas Wangen glühten, und sie redete sich immer mehr in Fahrt. »Wenn das alles so geheim war. Wäre doch möglich.«

»Mensch, Carla!«, rief Leevke lachend. »Ich dreh dir gleich den Sekthahn ab. Du witterst sonst ja schon überall Verschwörungen.«

»Nichts da!« Carla griff nach der Sektflasche. »Ich hab morgen frei, und die Kinder sind übers Wochenende aus dem Haus, ich mach heute einen drauf! Komm, Siggi, zeig uns noch mal ein paar nette Dessous und Spielzeuge. Das rote Ensemble find ich ja scharf. Kann man BH und Slip in unterschiedlichen Größen bestellen?« Sie wandte sich an ihre Freundin Leevke. »Meinst du, so was würde Jens gefallen?«

»Aber hallo! Na klar, der müsste ja schon mall sein, wenn nicht.«

»Selbstverständlich können Sie unterschiedliche Größen bestellen.« Siggi war froh, dass das Thema wieder auf die *Girlfriendz*-Produkte gekommen war. Dennoch arbeitete es in ihrem Gehirn. Carlas Worte hatten etwas verändert, als hätten sie ein Programm gestartet, das schon länger im Hintergrund aktiv gewesen war. So verrückt ihre Theorien auch geklungen hatten und wie abwegig sie auch sein mochten, hatten sie doch in Siggi das Gefühl bestätigt, dass Lenkas Tod kein Selbstmord war. Egal, was die Polizei und die Presse sagten, sie war einfach noch nicht bereit, diese Realität zu akzeptieren. Sie hatte das Gefühl, es Lenka schuldig zu sein, sich nicht so schnell mit dieser Erklärung zufriedenzugeben.

Auf der Heimfahrt im Auto reifte der Gedanke zu einem Entschluss. Sie würde sich ihr eigenes Bild machen und Augen und Ohren offenhalten. Wäre doch gelacht, wenn sich dreißig Jahre *Tatort*-Gucken nicht irgendwann mal bezahlt machen würden.

Ein Leben im Karton

Siggi begann ihre Mission am Montag, ihrem ersten Arbeitstag in Lenkas Haus nach dem schicksalhaften Mittwochmorgen, an dem sie den Schlagerstar leblos in der Badewanne vorgefunden hatte. Ein mulmiges Gefühl begleitete sie, als sie die Haustür aufschloss und das leere Haus betrat. Polina hatte ihr den Schlüssel gegeben und ihr gezeigt, wie sie die Alarmanlage deaktivieren musste. Auf dem Konsolentisch im Flur fand sie die Checkliste mit den Aufgaben, die Polina ihr hinterlassen hatte.

Siggi versuchte, die Bilder von Mittwoch aus ihrer Erinnerung zu verbannen und sich darauf zu besinnen, dass dies die perfekte Gelegenheit für sie war, sich in Ruhe im Haus umzusehen. Allerdings hatte sie nicht die geringste Ahnung, wo sie damit anfangen sollte. Nicht im Badezimmer, das stand fest. Dort hatte auch die Spurensicherung der Polizei alles genau unter die Lupe genommen. Siggi überlegte, was sie über Lenkas Tod und die näheren Umstände wusste. Gegenüber den Damen von der *Girlfriendz*-Party hatte sie einen deutlichen Wissensvorsprung, schließlich war sie eine Augenzeugin gewesen. Außerdem hatte sie am Samstagvormittag mit

Polina darüber gesprochen und von ihr noch einiges erfahren. Zunächst waren da die Eindrücke vom Mittwoch: Die Tür war von innen verschlossen gewesen, das sprach natürlich dagegen, dass außer Lenka noch jemand im Badezimmer gewesen war, allerdings war es nicht unmöglich. Schließlich konnte man die Tür von außen öffnen, also musste man sie auf dieselbe Weise auch von außen verschließen können, um es aussehen zu lassen, als hätte Lenka sich selbst eingeschlossen. Sie hatte in der Badewanne gelegen, leicht zur Seite gedreht, die Knie angezogen. Der Kopf war halb unter Wasser gewesen, und die Haare hatten wie ein Fächer auf der Wasseroberfläche geschwommen. Neben der Badewanne auf einem Hocker hatte eine Tablettenschachtel gelegen. Der Blisterstreifen war halb herausgezogen und, soweit es Siggi in Erinnerung hatte, leer gewesen. Daneben hatte ein halb leeres Rotweinglas gestanden. Eines von diesen riesigen Angebergläsern, bei dem die größten Pranken noch zierlich wirkten. Sonst war nichts Auffälliges zu sehen gewesen, aber Siggi hatte auch so mit dem Schock zu kämpfen gehabt, dass sie sich nicht so genau umgeschaut hatte.

Von Polina wusste sie, dass eine Obduktion angeregt worden war, um die Todesursache zu klären und Fremdverschulden ausschließen zu können. Dabei war herausgekommen, dass Lenka ertrunken war. Außerdem war wohl eine beachtliche Menge Schlafmittel in ihrem Blut nachgewiesen worden. Es gab keinerlei Anzeichen für einen Einbruch oder die Anwesenheit einer weiteren Person, keine Kampfspuren oder Abwehrverletzungen. Die Polizei ging also mit großer Sicherheit von einem Selbstmord oder einem Unfall aus. Siggi musste zugeben, dass sie nicht zu Unrecht zu diesem Schluss gekommen war. Es deutete alles darauf hin. So würde sie also nicht weiterkommen. Sie musste die Sache anders angehen. Ihre Mission war es zu beweisen, dass Lenka sich nicht umgebracht hatte. Also musste sie das Naheliegende und Offensichtliche erst einmal ignorieren und so tun, als wäre klar, dass es sich um einen Mord handelte.

Wenn Spuren und Indizien sie nicht weiterbrachten, musste sie sich zunächst anderen Dingen zuwenden, zum Beispiel der alten Frage, wer aus Lenkas Tod möglicherweise einen Nutzen zog. Geldgier war wohl eines der häufigsten Mordmotive. Lenka war alleinstehend und hatte keine Kinder. Ob sie mit achtundzwanzig Jahren wohl daran gedacht hatte, ein Testament zu machen? Und wer erbte, wenn sie es nicht testamentarisch festgelegt hatte? Gut möglich, dass hier das Motiv lag.

Dann fiel ihr Lenkas Telefongespräch mit Udo Karstens ein, von dem sie einen Bruchteil mitgehört hatte. Sie hatte irgendetwas als »merkwürdig« bezeichnet und angekündigt, es sich »noch einmal genau ansehen« zu wollen. Und kurz darauf war Karstens aufgetaucht, angeblich, um irgendwelche Unterlagen zu holen.

Siggi fiel nichts Besseres ein, als ins Arbeitszimmer zu gehen, um sich dort umzusehen. Wieder fiel ihr auf, dass es nicht den Eindruck machte, als wäre der Schreibtisch viel genutzt worden. Siggi zog die Schubladen der Rollcontainer auf, doch darin sah es ähnlich aus. Wohlgeordnete Büroutensilien, die wenig benutzt schienen, kein Papierkram, keine ungeöffnete Post, keine Unterlagen, die noch darauf warteten, irgendwann einmal abgeheftet zu werden. Ihr Blick fiel auf die Reihe Aktenordner im Regal. Siggi runzelte die Stirn. Einer fehlte. Wenn sie die Aufschrift auf den Rücken der Ordner richtig interpretierte, musste es sich um den mit den Abrechnungen aus dem vergangenen Jahr handeln. Wo er nur geblieben war? Ob Karstens ihn mitgenommen hatte? Er hatte am Mittwochmorgen ja behauptet, Unterlagen holen zu wollen. Aber er hatte wohl schwerlich Gelegenheit dazu gehabt, nachdem die Polizei eingetroffen war. Wenn Polina den Ordner nicht mitgenommen hatte, musste er also noch irgendwo im Haus sein.

Resigniert beschloss Siggi, sich zunächst einmal an die Aufgaben zu machen, derentwegen sie offiziell hier war, und knöpfte sich Polinas Liste vor. Als Erstes sollte sie Umzugskartons aus dem Keller holen und die Kleidung aus dem Schlafzimmer darin verpacken. Jedem Karton sollte obenauf eine genaue Inventarliste beiliegen, damit es später einfacher war, die Sachen zum Beispiel für einen guten Zweck zu versteigern oder zu spenden. Sie konnte nachvollziehen, dass Polina nicht mit der Erinnerung konfrontiert werden wollte, allerdings fragte Siggi sich, ob sie ihre Eile nicht später noch bereuen könnte. Irgendwann würde sie vielleicht doch gern ein paar Erinnerungsstücke haben wollen, und dann war es zu spät. Nun, es ging sie nichts an, und jeder tickte anders. Vielleicht war das Polinas Art, mit der Sache fertigzuwerden.

Siggi hatte den ersten Karton zusammengebaut und aufs Bett gestellt. Nun begann sie damit, den Kleiderschrank von links nach rechts auszuräumen, zuerst die Kleider im Schrankteil ganz links, die allesamt auf Bügeln hingen. Sie legte den Stoffberg auf dem Bett ab und zog die Kleidungsstücke nach und nach von den Bügeln, legte sie zusammen und vermerkte sie auf der Liste. Einige der Outfits kannte sie von Aufnahmen aus Zeitschriften, aus dem Fernsehen oder von Fotos, die sie im Internet gesehen hatte. Es war ein merkwürdiges Gefühl, die Kleider in Händen zu halten. Normalerweise hätte es ihr als großem Lenka-Fan Freude bereitet, einmal neugierig in ihrem Schrank wühlen zu dürfen. Unter diesen Umständen jedoch stimmte es sie traurig. All das würde die junge Frau nie wieder tragen. Nie wieder würde sie auf einer Bühne stehen. Siggi würde niemals über eine Traumhochzeit lesen. Es würde keine Schnappschüsse mit verdächtigen Wölbungen geben, die Presse und Fans in wilde Spekulationen über mögliches Babyglück ausbrechen ließen. Wie schrecklich, dass ein Leben, in dem es noch unzählige Möglichkeiten gegeben hatte, so plötzlich und jäh hatte enden müssen.

Obwohl sie am vergangenen Abend erst miteinander telefoniert hatten, verspürte Siggi plötzlich das dringende Bedürfnis, Denise anzurufen, und zückte das Handy. Der Empfang war im Haus nicht berauschend. Vielleicht konnte sie sich ein Kaffeepäuschen gönnen und gemütlich im Strandkorb auf der Terrasse telefonieren. Polina hatte ihr ausdrücklich erlaubt, den Vollautomaten zu benutzen, wenn ihr danach war.

Kurz darauf trat Siggi, eine dampfende Tasse Kaffee in der Hand, an die Terrassentür und schob den Vorhang beiseite, um sie zu öffnen. Beinahe hätte sie die Tasse fallen gelassen. Ungläubig starrte sie hinaus auf den Rasen. Dann zog sie das Handy aus der Tasche und wählte die Nummer der Polizei.

Für dich soll's rote Rosen regnen

»Aha, verstehe. Vielen Dank, Frau Rybakova.« Kriminalhauptkommissar Christiansen rieb sich das Kinn mit Daumen und Zeigefinger, während er telefonierte.

Siggi trat an die Terrassentür und sah den beiden Beamten zu, die damit beschäftigt waren, das riesige Kreuz aus künstlichen roten Rosenblättern auf dem Rasen mit einer Digitalkamera aus allen möglichen Winkeln zu fotografieren.

Der Kommissar legte auf und wandte sich Siggi zu. »Frau Rybakova sagt, der hintere Garten sei nicht gesondert alarmgesichert. Es ist also gut möglich, dass jemand über die Mauer gestiegen ist. Wahrscheinlich irgendein durchgeknallter Fan. Es gibt einen Bewegungsmelder, der in einem solchen Fall die Beleuchtung einschaltet, aber wenn niemand im Haus war, als der Unbekannte sich Zutritt verschafft hat, wäre das nicht weiter aufgefallen.«

»Hätte dann nicht auch am Dienstag jemand auf diesem Weg einsteigen können und …«, begann Siggi, aber der Kommissar unterbrach sie kopfschüttelnd.

»Nein, nein. Die Türen und Fenster sind gesichert.

Wenn sich daran jemand zu schaffen gemacht hätte, wäre der Alarm losgegangen. Es gab keinerlei Anzeichen für einen Einbruch oder dafür, dass Magdalena Rybakova am Dienstagabend nicht allein im Haus gewesen ist.«

»Hm, stimmt, ich erinnere mich, dass Polina – also Frau Rybakovas Schwester – den Alarm ausgeschaltet hat, als wir am Mittwochmorgen das Haus betreten haben«, gab Siggi zu.

»Also, wenn Sie mich fragen, ist es das Werk irgendeines durchgeknallten Fans, nichts Beunruhigendes. Es wurde nichts entwendet oder zerstört; insofern ist die Sache höchstwahrscheinlich als Hausfriedensbruch zu betrachten. Ich fürchte, es wird sich nicht klären lassen, wer das hier hinterlassen hat. Allerdings gehe ich auch nicht davon aus, dass eine Gefährdung besteht oder sich ein solcher Vorfall wiederholen wird.«

»Ein Fan also«, murmelte Siggi und runzelte die Stirn.

»Richtig«, bestätigte Christiansen. »Es wäre nicht weiter verwunderlich. Das kennt man doch, dass Fans sich Zutritt zum Grundstück eines verstorbenen Promis verschaffen, um Blumen oder Stofftiere und so etwas niederzulegen. Es laufen eine Menge verrückter Leute herum. Wir werden das natürlich im Auge behalten und weiterverfolgen, aber ich mache mir wie gesagt keine großen Hoffnungen, dass wir einen Täter ermitteln können.«

Siggi war nicht restlos überzeugt, doch sie sah ein, dass die Polizei letztlich nicht anders vorgehen konnte. Tatsächlich hatte niemand versucht, ins Haus einzudringen. Dass sich jemand Zutritt zum Garten verschafft und Blumen niedergelegt hatte, war zwar durchaus etwas gruselig, aber auch nicht direkt bedrohlich.

Nachdem die Polizisten gegangen waren, machte sich Siggi wieder an die Arbeit, um wenigstens noch den Rest der Kleider aus dem linken Schrankteil zu verstauen. Es war spät geworden, und sie musste sich beeilen, denn bald würde auch Torsten von der Arbeit nach Hause kommen.

Als sie schließlich alle Kleider verpackt und die Liste obenauf gelegt hatte, verschloss sie den Karton und stellte ihn neben dem Bett ab. Dabei fiel ihr Blick auf das untere Brett des Nachttischs. Ihr Herz schlug schneller. Aufgeregt zog sie den Ordner hervor, der dort lag. Ungeduldig öffnete sie ihn und begann zu blättern. Er enthielt monatliche tabellarische Aufstellungen von Einnahmen und Ausgaben und, jeweils dahintergeheftet, Rechnungskopien und Belege. Einige Seiten waren mit neonpinkfarbenen Heftnotizen markiert. Ob Lenka die angebracht hatte? Siggi überflog die markierten Stellen. Das war ja höchst interessant! Sie legte den aufgeklappten Ordner auf das Bett und machte mit dem Handy einige Fotos. Dann räumte sie die Akte zurück.

Sie überlegte, ob sie noch einmal die Polizei anrufen sollte. Allerdings waren dies ja nur vage Hinweise, und die Beamten waren sich ihrer Sache offensichtlich sehr sicher, dass Lenka nicht durch fremde Hand gestorben war. Siggi war nicht so naiv zu glauben, dass sie die Wahrheit für sich gepachtet und die Polizei keine Ahnung hatte. Dennoch konnte sie das Gefühl nicht abschütteln, dass da etwas war, das nicht ins Bild passte. Ein unnachgiebiges, penetrantes Bauchgefühl, das es ihr unmöglich machte, sich mit der Erklärung der Polizei zufriedenzugeben, auch wenn die zugegebenermaßen in Anbetracht der Fakten und Indizien plausibel war. Sie war sich auch durchaus im Klaren, dass die Kriminalpolizei nicht nach ihrem blöden Bauchgefühl gehen konnte.

Die musste sich auf Spuren, Indizien, Zeugenaussagen und die wissenschaftlich fundierten Ergebnisse der rechtsmedizinischen Untersuchung stützen. Wahrscheinlich war es schlauer, die Sache zunächst mit Polina zu besprechen, wenn die am Wochenende zurück auf Sylt war.

Auf dem Heimweg kaufte Siggi noch in dem Supermarkt an der Munkmarscher Chaussee ein. Dabei überflog sie wie gewohnt die Titelblätter der Illustrierten, die sie so gern las. Mit schlechtem Gewissen musste sie feststellen, dass viele der in fetten, leuchtenden Lettern gedruckten Schlagzeilen Lenkas vermeintlichen Selbstmord zum Thema hatten und dabei natürlich die gesamte Tragik der Ereignisse ausschlachteten. Wäre sie nicht zufällig diejenige gewesen, die Lenka tot in der Wanne gefunden hatte, hätte Siggi sich mit Sicherheit von den dramatisch klingenden Anreißern und Schlagzeilen ködern lassen und hätte mit Neugier und Faszination jedes Detail lesen wollen. Ehedramen, Affären, Tragik und Skandale bei den Reichen, Schönen und Mächtigen waren einfach zu verlockend, jedoch fühlte es sich deutlich anders an, wenn man selbst beteiligt oder betroffen war.

Dann aber fiel Siggis Blick auf eine Schlagzeile, die ihre Aufmerksamkeit erregte:

»Totaler Kontrollverlust! So sehr leidet Fabi!«

Darüber prangte ein Bild von Lenkas Ex, Fabian Guldsteen, der den Kopf schwer in die Hände stützte. Siggi nahm die Zeitschrift aus dem Regal, blätterte zu dem Artikel und las.

»Die Trennung brach ihm das Herz. Die Nachricht vom

tragischen Tod seiner Ex-Freundin, Schlagersängerin Lenka, 28, brachte ihn um den Verstand.
Fabian Guldsteen, 42, geriet völlig außer Kontrolle, als er vom Ableben seiner geliebten Lenka hörte. Das Schlagersternchen war in der vergangenen Woche tot in der Badewanne ihres Zweitwohnsitzes auf der Nordseeinsel Sylt aufgefunden worden. Die Polizei geht von einem tragischen Unfall oder einem Selbstmord aus. Fabian und Lenka hatten sich vor einigen Monaten überraschend getrennt. Wie Insider dem Promi-Blitz berichteten, litt Fabian sehr darunter und hoffte auf eine zweite Chance für ihre Liebe. Den plötzlichen Tod seiner Ex-Freundin kann er nicht verkraften. Anscheinend fühlt er sich sogar für ihren Selbstmord verantwortlich. Am Wochenende zeigte er sich in einem Kampener Promiclub, wirkte desorientiert und aufgewühlt. Flüchtete der 42-Jährige *sich womöglich in Alkohol oder Drogen, weil er die schlimme Nachricht nicht ertragen konnte? Zeugen berichteten später, er habe exzessiv getrunken und sich auffällig und aggressiv verhalten.*
»Der ist herumgelaufen wie ein aufgeschrecktes Huhn, hat sich vor den Kopf geschlagen und gerufen: 'Es ist meine Schuld!'«, berichtete ein Gast des Clubs dem Promi-Blitz.
Was steckt hinter diesen Selbstbezichtigungen? Warum fühlt Fabian Guldsteen sich verantwortlich? Obwohl unerwartet, war die Trennung der beiden im Frühjahr offenbar einvernehmlich und weitgehend ohne öffentliche Schlammschlacht vonstattengegangen. Welche Abgründe verbergen sich möglicherweise unter der Oberfläche?«

Der Artikel umfasste noch einige weitere Abschnitte. Siggi schlug die Zeitschrift zu und legte sie in ihren Einkaufskorb. Seltsam. Offenbar hatte sich Fabian Guldsteen ebenfalls auf Sylt aufgehalten. Warum fühlte er sich für Lenkas Tod verantwortlich? Glaubte er, sein an Stalking grenzendes Dauerfeuer aus Telefonanrufen, Blumengrüßen und Textnachrichten habe Lenka in den Selbstmord getrieben, oder wollte er andeuten, eine aktive Rolle in ihrem Tod gespielt zu haben?

Zuhause angekommen, brühte sich Siggi einen Tee auf und las den Rest des Artikels, der aber außer Spekulationen über mögliche Beziehungsprobleme der beiden nichts Wichtiges mehr enthielt: Hatte Fabian Guldsteen ein heimliches Techtelmechtel mit Alina Bühl? War Lenka tablettensüchtig gewesen, wie eine Bekannte behauptete? Hatte Fabian ihrem Erfolg im Weg gestanden, weil er sich ein Baby wünschte? Und so weiter und so weiter. Nichts Konkretes also, nur Mutmaßungen und kleine Häppchen aus der Gerüchteküche.

Als Siggi draußen das Auto hörte und kurz darauf der Schlüssel im Türschloss klapperte, schoss ihr mit schlechtem Gewissen der Gedanke durch den Kopf, dass sie eigentlich schon für das Abendbrot hatte sorgen wollen. Sie schlug die Illustrierte zu und stand auf.

Törtchen erschien in der Küche. »Tach, Weib!«, rief er fröhlich. »Der Mann war auf der Jagd und hat was Feines mitgebracht. Ich hoffe, du hast jetzt nicht extra gekocht.«

Siggi trat an den Küchentresen und schnupperte. Dann entdeckte sie die weiße Tüte, die Torsten dort abgestellt hatte. »Als könntest du Gedanken lesen, Törtchen!«, rief sie, lief um den Tresen und drückte Torsten einen dicken Kuss auf. »Das ist genau, was ich jetzt brauche! Ich hol mal zwei Teller und Besteck, dann ist das wenigstens so halb zivilisiert.

»Ich dachte nicht, dat wir so schnell an den Punkt

kommen, wo ich den *Europa-Grill* vermisse, aber ich hatte jetzt so derbe Bock auf Mantaschale.« Er riss die Tüte auf und entnahm ihr zwei in Papier eingepackte Plastikteller, die er auswickelte und auf den Tresen stellte. »Doch anscheinend ist es kein Problem, hier Pommes-Currywurst aufzutreiben. Ob die Fischköppe das auch anständig hinkriegen, steht auf einem anderen Blatt.«

»Werden wir ja jetzt sehen.« Siggi stellte die Kunststoffschalen auf die Teller und nahm sie mit zum Esstisch. »Holst du noch Gläser und bringst das Besteck mit?«

»Gar nicht mal so übel«, bemerkte Torsten, nachdem er ein Stück Wurst probiert hatte. »Da bin ich beruhigt. Bis an mein Lebensende nur noch Fischbrötchen und Krabbencocktail wär ein bisschen hart gewesen.«

Siggi lachte. »Hömma, das ist hier nicht Papua-Neuguinea. Wat hast du denn gedacht? Dat die hier jeden Tag nur Krabben essen und in Fischerhemd und Holzpantinen durch die Gegend stiefeln?«

»Nee, natürlich nicht. Aber ich weiß nicht, irgendwie dachte ich, hier krisse bestimmt keine anständige Currywurst.«

»Und wie war es auf der Arbeit?«

»Bisher kann ich nicht meckern«, sagte Torsten. »Die Kollegen sind nett, der Chef scheint auch soweit ganz in Ordnung zu sein, ist nicht jeden Tag dasselbe. Und wie lief es bei dir mit dem Hausausräumen?«

Siggi erzählte von ihrer Entdeckung im Garten, vom Besuch der Polizei und dem Ordner, den sie in Lenkas Schlafzimmer gefunden hatte.

Mit hochgezogener Augenbraue lauschte Torsten. »Hömma, das mit den Rosen ist ja eine Sache. Aber musst du da jetzt in Lenkas Unterlagen herumschnüffeln, als wärste Columbo? Das geht dich schließlich alles gar nichts an. Willste das nicht lieber der Polizei überlassen?«

»Kann doch nicht schaden, wenn ich mich ein bisschen umgucke«, verteidigte sich Siggi. »Du sagst ja selbst immer: 'Die *Titanic* wurde von Experten gebaut, die Arche von Laien.'«

»Ja, wenn ich die Klospülung repariere oder Laminat verlege. Aber da geht es ja auch nicht um Leben und Tod. Meinste nicht, die vonne Polizei wissen besser, ob das ein Mord war? Da gab es doch 'ne Obduktion, und dabei hätten die doch gesehen, ob jemand nachgeholfen hat.«

»Schon, aber die können ja auch mal falschliegen oder wat übersehen«, warf Siggi ein. »Is' ja keiner perfekt, oder? Jedenfalls wurmt mich das. Du hast Lenka ja nicht persönlich gegenübergesessen. Die wirkte einfach nicht wie eine, die sich kurze Zeit später umbringt, verstehste? Im Gegenteil, irgendwie wirkte se … optimistisch. So als freute se sich auf irgendwas. Und wie se die Karte aus den Blumen genommen hat und dann so enttäuscht geguckt hat, dass die nur von ihrem Ex waren … Törtchen, von so wat verstehste ja nix, aber ich sag dir, als Frau hab ich dafür 'ne Antenne. Wenn du mich fragst, die war frisch verliebt.«

»Hm«, machte Torsten. »Ich geb zu, du hast normalerweise 'ne gute Menschenkenntnis. Nehmen wir mal an, du hast recht und es war kein Selbstmord. Könnte aber doch trotzdem noch ein Unfall gewesen sein. Sie hat die Schlaftabletten genommen, ein bisschen Wein getrunken, und dann ist se in der Wanne eingepennt und ertrunken. Das kann schließlich passieren.«

»Ich weiß, es sah alles danach aus«, gab Siggi zu. »Der leere Tablettenstreifen, das Weinglas. Aber vielleicht sah es einfach *zu sehr* danach aus, weißte? So als hätte jemand alles so hingelegt.«

»Meinste wirklich?« Torsten runzelte skeptisch die Stirn.

»Ich weiß nicht, Törtchen.« Nachdenklich stocherte sie in ihren Pommes. »Sie hatte ja auch gesagt, dass sie keine Schlaftabletten mehr nimmt. Das hab ich auch der Polizei erzählt. Aber die haben schon recht, alte Gewohnheiten sind schwer abzulegen. Sie könnte trotzdem wieder welche genommen und dann die Dosierung falsch eingeschätzt haben, weil se die Entwöhnung nicht einkalkuliert hat. Das hast du ja auch schon vermutet. Ich weiß echt nicht. Vielleicht guck ich auch bloß zu viel *Tatort.* Außerdem will ich nicht wahrhaben, dass sich so ein Mensch, der gerade noch so fröhlich gewirkt hat, plötzlich mir nichts, dir nichts umbringt.«

»Kann wohl sein. Geht einem ja auch nahe, so wat«, stimmte Torsten zu und spießte das letzte Stück Wurst auf die Gabel. »Du mochtest die ja gut leiden.«

»Aber wegen dem Ordner sollte ich trotzdem mit Polina sprechen, oder?«

»Ich weiß nicht. Wie fändest du das, wenn deine Putzfrau in deinen Akten rumwühlt? Meinste nicht, dass die davon vielleicht nicht so begeistert ist? Dann biste den Job in null Komma nix wieder los.«

»Stimmt auch wieder.« Siggi tunkte eine Gabel Pommes frites in die Currysauce und steckte sie in den Mund. Während sie kaute, dachte sie darüber nach. Außer ihrem blöden Gefühl sprach in der Tat wenig dafür, dass Lenka ermordet worden war. Polina hatte gerade ihre Schwester verloren. Wenn es um eine ihrer eigenen Schwestern gegangen wäre, hätte Siggi es reichlich geschmacklos und unverschämt gefunden, wenn sich eine Fremde zur Detektivin aufgeschwungen und in persönlichen Dokumenten herumgekramt hätte. Da musste sie Torsten schon recht geben. »Ich werde die Sache wohl erst einmal für mich behalten, bis ich mehr herausgefunden habe.«

»Siggi!« Torsten sah sie streng an. »Du willst doch jetzt nicht allen Ernstes weiter herumschnüffeln? Gut, meinetwegen gibt es ein paar Unstimmigkeiten zwischen den Rechnungsbelegen und den Abrechnungen, die dieser Karstens Lenka vorgelegt hat. Dann hat der sich hier und da mal was in die eigene Tasche gesteckt. So was kommt leider vor. Wenn ich das richtig verstanden hab, waren das auch keine großen Beträge, oder?«

»Nee, aber es läppert sich ja mit der Zeit. Kleinvieh macht auch Mist«, entgegnete Siggi.

»Wenn die sich für den Finanzkram selber nicht interessiert und ihm da freie Hand gelassen hat, hat se ihm das auch etwas leicht gemacht, sich großzügig zu bedienen«, meinte Torsten. »Du hast doch gesagt, dat sie sich von dem Manager trennen wollte, oder?«

»Ja, genau. Wahrscheinlich, weil se dann doch spitzgekriegt hat, dat der se beklaut. Und weil er dann Schiss inne Buxe hatte …«

»… rennt der nicht gleich los und bringt se um«, führte Torsten den Satz zu Ende. »Nee, das glaub ich wirklich nicht. Der wär doch wahrscheinlich mit 'ner Geldstrafe oder Bewährung davongekommen. Dafür bringt man keinen um.«

»Sind auch schon Leute wegen ein paar Euro ermordet worden«, konterte Siggi. »Vielleicht hatte er Angst, dass dann seine Karriere am Ende ist, wenn das rauskommt. Kann doch sein.«

»Glaub ich trotzdem nicht.« Torsten schüttelte den Kopf und pikte mit der Gabel ein Stück Wurst von Siggis Teller. »Dann kommt der doch nicht am nächsten Tag vorbeigeschneit und macht sich verdächtig. Außerdem wär damit noch lange nicht geklärt, wie er das angestellt hat. Ich meine, das so aussehen zu lassen, dass die Polizei nicht merkt, dass da was faul ist.«

»Na ja, man sagt doch, dass Verbrecher oft an den Tatort zurückkehren. Vielleicht war er ja auch nicht sicher, ob es funktioniert hat, und wollte nachsehen, ob sie wirklich tot ist.«

»Das hätte er früh genug aus der Zeitung erfahren. So hat er doch die Polizei nur auf sich aufmerksam gemacht, oder nicht?«

»Schon, aber vollkommen ausschließen würd' ich es trotzdem nicht. Wenn er sich seiner Sache ganz sicher war ...« Siggi aß noch ein Stück Wurst, ließ das letzte übrig und schob es Torsten rüber. »Doch das erklärt auch noch nicht, was es mit diesen Rosen auf sich hatte. Das fand ich richtig gruselig. Ob das wirklich nur ein Fan war? Was, wenn nun Lenkas Ex dahintersteckt? Ich hab gerade im *Promi-Blitz* gelesen, dass der vollkommen durchgedreht ist. Der soll besoffen in irgendeinem Club hier auf Sylt randaliert und rumgegrölt haben, es wär seine Schuld.«

»Der *Promi-Blitz*«, sagte Torsten mit einem ironischen Grinsen. »Und wat in diesem Musterbeispiel für Qualitätsjournalismus drinsteht, muss man natürlich für bare Münze nehmen.«

»Na ja, ein wahrer Kern ist schließlich immer dran.«

»Ja klar. Und wenn sich irgend so 'n C-Promi beim Ausparken die Stoßstange zerdengelt hat, steht dann im *Promi-Blitz: Horror-Crash! Kevin Schniedelwutz nur knapp am Tod vorbeigeschrammt.*«

»Kevin Schniedelwutz?« Siggi prustete.

»Ja, wat weiß denn ich? Kenn ich diese traurigen Gestalten, über die se sich in deinen Klatschblättern das Maul zerreißen?«

»Aber jeden Fußballer kennen, der je in der Bundesliga gespielt hat«, konterte Siggi und grinste. »Is auch nicht anders.«

»Wo du recht hast, haste recht«, gab Torsten zu. »Jedenfalls finde ich, du kannst dat getrost der Polizei überlassen zu entscheiden, ob da wat nicht ganz koscher war bei Lenkas Tod, und nicht selbst anfangen, da rumzuschnüffeln. Ob der Manager sie beschissen hat oder der Ex-Freund so durchgeknallt ist, dass der in den Garten einsteigt, um da tütenweise Dekorosenblätter zu verstreuen, dat geht dich letztlich gar nix an, und wir wollten uns doch ein ruhiges Leben machen, hier auffe Insel.«

»Ja, ja, stimmt schon, aber du kennst mich. Wenn ich irgendwo 'ne Ungereimtheit wittere, muss ich immer nachhaken. Das wurmt mich dann. Ich kann gar nicht anders.«

Torsten schmunzelte. »Mir brauchste dat nicht zu sagen, ich kenn dat zur Genüge.«

»Werd' bloß nich' frech, du Eierpiepe!« Siggi lachte und stand auf.

»Lass ma', ich räum schon ab«, meinte Torsten versöhnlich und nahm die Teller mit.

Siggi ging ins Wohnzimmer. Bevor sie sich setzte, zog sie das Handy aus der Tasche. Ein Anruf in Abwesenheit. Bestimmt hatte Denise versucht, sie zu erreichen. Siggi öffnete die Anrufliste und sah, dass nicht ihre Tochter angerufen hatte, sondern Polina Rybakova. Da sie offenbar eine Nachricht hinterlassen hatte, wählte Siggi die Mailbox an.

Nach dem Piep ertönte Polinas Stimme.

»Guten Tag, Siggi. Hier ist Polina. Es tut mir leid, dass

Sie es meinetwegen wieder mit der Polizei zu tun bekommen haben.« Ein Seufzer war zu hören. »*Ich hoffe einfach, dass wir jetzt endlich zur Ruhe kommen und trauern dürfen. Nun, aber ich hätte eine Bitte an Sie. Falls Sie morgen Vormittag Zeit haben und im Haus sein könnten, würde es mir sehr helfen. Vielleicht könnten Sie mich kurz zurückrufen. Dann kann ich Ihnen erklären, worum es geht.«*

Siggi wählte die Nummer. »Guten Abend, Polina. Ich habe gerade Ihre Nachricht abgehört.«

»Oh, Siggi! Das ist nett, dass Sie zurückrufen, vielen Dank. Wie geht es Ihnen nach dem Schreck heute?«

»Alles in Ordnung, machen Sie sich keine Sorgen. Es ist ja nichts passiert«, beschwichtigte Siggi sie. »Die Polizei meint, es waren irgendwelche Fans.«

»Ja, das denke ich auch. Vielleicht haben die es sogar gut gemeint«, entgegnete Polina.

»Da muss man aber schön bescheuert sein. Die können sich doch denken, dass das für die Angehörigen kein Trost ist, wenn sie da einfach über die Mauer steigen. Na ja, Bekloppte gibt es leider wie Sand am Meer. Doch Sie wollten, dass ich morgen noch einmal rüberfahre?«

»Richtig. Hoffen wir, dass Sie dann keine unliebsamen Überraschungen erleben. Es geht um Folgendes: Sie kennen ja den Strandkorb auf der Terrasse. Meine Mutter hat ihn Magda dieses Jahr zum Geburtstag geschenkt, als sie erzählt hat, dass sie sich ein Haus auf Sylt gekauft hat. Ich habe es nicht übers Herz gebracht, ihn zu inserieren, und meine Mutter gefragt, ob sie ihn für ihren Garten haben möchte. Sie fand die Idee gut, weil der Strandkorb eine schöne Erinnerung ist. Ich habe also eine Spedition beauftragt. Die könnten ihn morgen Vormittag zwischen acht und elf Uhr abholen. Wäre es möglich, dass Sie in der Zeit vor Ort sind und die Männer hereinlassen?«

»Ja, das geht. Ich wollte ohnehin morgen mit den Kartons weitermachen. Viel habe ich heute ja nicht geschafft wegen dieser Sache mit den Rosenblättern im Garten.«

»Prima, das trifft sich gut. Sie glauben nicht, was für eine große Hilfe Sie mir in dieser schweren Zeit sind. Vielen, vielen Dank, Siggi!«

»Nichts zu danken, Polina. Ich tu, was ich kann.«

»Nein, wirklich. Ich wüsste nicht, was ich ohne Sie anfangen sollte. Haben Sie vielen Dank. Und machen Sie sich noch einen schönen Abend.«

»Danke, Polina. Das werde ich. Ich bin dann morgen ab acht Uhr im Haus.«

Strandkorblektüre

Siggi war gerade dabei, einen weiteren gepackten Umzugskarton auf den Stapel zu stellen, als es an der Haustür klingelte. Sie lief hinunter, um den Spediteuren zu öffnen, und begleitete die Männer auf die Terrasse, wo die den Strandkorb begutachteten.

»Den müssen wir auseinanderbauen, aber das ist schnell gemacht«, meinte der eine.

»Möchten Sie vielleicht einen Kaffee? Ich könnte schnell einen machen«, bot Siggi an.

»Danke, das ist lieb, doch nicht nötig. Das geht wirklich fix«, entgegnete der Ältere der beiden, der offenbar tonangebend war, und begann, den Strandkorb in handlichere Teile zu zerlegen. »Ach, gucken Sie mal, da ist ja noch etwas drin«, sagte er und zog ein Buch aus der Tasche, die an der Innenseite angebracht war. Er reichte es Siggi. »Ein Glück, dass ich noch mal reingeschaut habe. Vielleicht hätten Sie es nachher vermisst.«

»Ja, das ist gut. Danke.« Siggi betrachtete neugierig das gebundene Buch in ihren Händen, dessen Umschlag auf der Vorderseite ein Schwarz-Weiß-Bild des Nackens und oberen Rückens einer Frau zeigte. Die Haare waren aus dem Nacken gestrichen und fielen nach vorn über die Schulter; der Reißverschluss des Kleides war ein Stück geöffnet. Auf Anhieb sagten Autorin und Titel Siggi nichts, allerdings musste sie zugeben, dass sie auch nicht der Typ für Schwarz-Weiß-Cover war. Torsten machte sich immer über die Titelbilder ihrer, wie er sie nannte, »Liebesschmonzetten« lustig. Insbesondere dann, wenn durchtrainierte Männeroberkörper darauf zu sehen waren. Diese Lektüre jedenfalls sah für Siggi eher nach schwerer Kost aus. Sie meinte, sich daran zu erinnern, dass es dieses Buch gewesen war, das Lenka an ihrem ersten Arbeitstag mit auf die Terrasse genommen hatte.

Es dauerte tatsächlich nicht allzu lange, bis der Strandkorb in handhabbare Teile zerlegt und vom Grundstück getragen war. Siggi schloss das Tor und kehrte ins Haus zurück. Dann holte sie das Buch von der Terrasse, um es ins Regal zu stellen. Als sie es kurz durchblätterte, segelte Papier heraus. Suchend blickte Siggi zu Boden und entdeckte einen Zettel direkt neben ihrem Fuß. Sie bückte sich und hob ihn auf. Es handelte sich um den Kassenbon eines Buchladens in Keitum, Die *Bücherkiste.* Offenbar hatte Lenka das Buch dort gekauft und den Bon als Lesezeichen verwendet. Tja, umtauschen würde es wohl niemand mehr. Siggi zerknüllte den Kassenzettel, dann räumte sie das Buch ins Regal und wollte gerade in die Küche gehen, um den Bon wegzuwerfen, als ihr ein weiteres Papier auf dem Boden auffiel. Sie bückte sich danach und brauchte eine Weile, um zu begreifen, worum es sich dabei handelte: ein auf Thermopapier gedrucktes schwarz-weißes Bild, auf dem man nur mit viel Fantasie – oder entsprechender Fachkenntnis – etwas Sinnvolles erkennen konnte. Siggi hatte immer gescherzt, dass man ihr genauso gut ein Satellitenbild der Großwetterlage über Europa hätte zeigen können. Doch in der Mitte des schwarzen Kreises, der sich in dem grau-weißen Etwas abzeichnete, konnte sie deutlich etwas erkennen, das entfernt an ein Gummibärchen erinnerte. Kopf, Bauch, Arm- und Beinansätze …

Siggi kniff die Augen zusammen, um die winzige Beschriftung zu entziffern. Es handelte sich offenbar um eine Ultraschallaufnahme aus der neunten Schwangerschaftswoche. In der linken oberen Ecke stand der Name: *M. Rybakova.* Das angezeigte Datum lag bereits vier Wochen zurück. Siggi schlug die Hand vor den Mund. Lenka war schwanger gewesen!

Sie stopfte den zerknüllten Kassenzettel in die Hosentasche und griff nach dem Handy.

Etwas später saß Siggi in der Westerländer Polizeiwache, die sich zurzeit in einer aus Containern bestehenden Interimsunterkunft in der Stephanstraße befand, und wartete darauf, zu Kriminalhauptkommissar Christiansen vorgelassen zu werden. Schließlich öffnete sich die Tür, und der Kommissar rief sie herein.

»Moin. Nanu, wir kennen uns doch. Frau Pizolka, stimmt's?«

Siggi nickte. »Genau. Sigrid Pizolka, ich arbeite für Frau Rybakova.«

»Richtig, die Reinigungskraft.«

»Haushaltshilfe«, verbesserte Siggi leicht pikiert.

»Dann kommen Sie man rein und setzen Sie sich.« Der Kommissar deutete auf den Stuhl vor seinem Schreibtisch.

Siggi nahm Platz. »Ist alles noch ein bisschen improvisiert hier. Wir sind erst vor Kurzem umgezogen.« Christiansen setzte sich ihr gegenüber und sah sie auffordernd an. »Aber nun schießen Sie mal los. Warum wollten Sie mich so dringend sprechen?«

Siggi holte ihr Portemonnaie aus der Handtasche, zog die Ultraschallaufnahme heraus und schob sie dem Kommissar über die Schreibtischplatte zu. »Das hier habe ich heute beim Aufräumen in Frau Rybakovas Haus gefunden«, sagte Siggi. »Offenbar war sie schwanger.«

»Wissen wir.« Christiansen war unbeeindruckt. »Sonst hätten die Kollegen von der Rechtsmedizin in Kiel wohl auch äußerst schlampig gearbeitet.«

»Ja, aber finden Sie das denn nicht merkwürdig?« Es ärgerte Siggi, mit welch stoischer Gelassenheit der Kommissar ihre große Neuigkeit hinnahm. »Ein Unfall kann es jedenfalls schon mal nicht gewesen sein. Und ein Selbstmord kommt doch wohl jetzt auch nicht mehr in Betracht.«

»Und warum nicht?« Christiansen zog die Augenbrauen hoch. »Erleuchten Sie mich.«

»Na, wenn sie wusste, dass sie schwanger ist, hätte sie wohl kaum Schlaftabletten geschluckt.«

»Sie wusste, dass sie schwanger ist, und hat Wein getrunken«, entgegnete der Kommissar trocken.

»Ein halbes Glas«, warf Siggi ein. »Ideal ist das natürlich auch nicht, aber ein starkes Schlafmittel ist doch noch eine ganz andere Sache. Keine Schwangere würde ...«

»Es gibt jede Menge Schwangere, die rauchen, trinken, Medikamente oder andere Drogen nehmen«, wandte Christiansen ein.

»So wirkte sie aber überhaupt nicht. Wie ich Ihnen schon neulich gesagt habe: Lenka hatte mir erzählt, dass sie keine Schlaftabletten mehr nimmt. Sie meinte, es sei ja auf Dauer nicht gesund, doch wenn ich mich jetzt im

Nachhinein so zurückerinnere, hat sie da ein bisschen herumgedruckst. Und jetzt, wo ich weiß, dass se schwanger war, ergibt das natürlich Sinn. Sobald sie wusste, dass sie ein Kind erwartet, hat sie die Schlaftabletten weggelassen. Ist doch logisch. Und dann ist es auch abwegig, dass sie sich umgebracht hat.«

»Vorausgesetzt, dass sie das Kind wollte, ja. Aber was ist, wenn sie es nicht wollte?« Christiansen wirkte, als hätte er Mühe, geduldig und freundlich zu bleiben, und klickte wiederholt mit seinem Kugelschreiber. »Für eine junge, erfolgreiche Sängerin kann so ein Baby schnell zum Karrierekiller werden.«

»Aber doch heute nicht mehr«, protestierte Siggi. »Sie hätte sich für eine Abtreibung entscheiden können.«

»Dafür war es zum Zeitpunkt des Todes bereits zu spät«, gab Christiansen zu bedenken.

»Selbst wenn, Lenka hätte sich locker ein halbes Dutzend Kindermädchen leisten können, dann einen Pörßenell Träner und ruckzuck hätte se den perfekten After-Baby-Body auf Instagram präsentieren können. Machen doch alle Promis so. Nach ein paar Wochen sieht man denen nicht mehr an, dat da mal ein Baby drin war. Waschbrett und allet.«

Christiansens Kuliklicken hatte sich deutlich beschleunigt.

»Hören Sie, Frau Pizolka. Gehen Sie man davon aus, dass wir hier unsere Arbeit machen. Wir ermitteln in verschiedene Richtungen, aber in diesem Fall gibt es keinerlei Anzeichen für Fremdeinwirkung. Es gab kein gewaltsames Eindringen, keine Kampfspuren, die Badezimmertür war verschlossen …«

»Vielleicht hat sie den Mörder ja selbst hereingelassen. Dann hat er ihr ein Schlafmittel untergejubelt und sie in die Wanne gelegt«, mutmaßte Siggi. Sie war nicht bereit, so schnell lockerzulassen.

»Wenn es einen Besucher gegeben hätte, hätte es die Sicherheitskamera am Eingang aufgezeichnet. Die Aufnahmen bleiben achtundvierzig Stunden gespeichert. Aber am Dienstag hatte Frau Rybakova keinen Besuch. Bisher gibt es keine stichhaltigen Hinweise, dass eine Straftat vorliegt. Vielmehr weisen alle Indizien darauf hin, dass die Tote mit der Absicht des Suizids gehandelt hat.«

»Aber welchen Grund sollte sie dafür gehabt haben? Sie erwartete ein Baby, sie hatte sich gerade ein neues Haus gekauft …«

»So ein Entschluss ist für Außenstehende oftmals nicht nachvollziehbar. Es gibt durchaus Anzeichen dafür, dass sie der Belastung und dem hohen Erwartungsdruck, der mit ihrem Ruhm einherging, nicht immer gewachsen war.«

»Sie meinen, weil sie vor zwei Jahren diesen Zusammenbruch und mit Depressionen zu kämpfen hatte?«, fragte Siggi. »Darüber habe ich auch gelesen, doch sie schien die Probleme gut im Griff zu haben. Und dass sie ihre Tournee wegen Unwohlseins früher abgebrochen hat, erklärt sich ja nun auch.« Sie gestikulierte zu dem Ultraschallbild hinüber.

»Wie dem auch sei, Frau Pizolka. Gehen Sie davon aus, dass wir mit dem Umfeld gesprochen, Spuren, rechtsmedizinische Untersuchungen und dergleichen sehr sorgfältig ausgewertet haben, bevor wir eine Einschätzung zu Frau Rybakovas Tod abgegeben haben. Das bedeutet nicht, dass wir die Ermittlungen nicht wieder aufnehmen, wenn sich neue, bedeutsame Aspekte ergeben. In einer idealen Welt könnten wir sicher jeden Restzweifel beseitigen, doch wir können nicht uneingeschränkt Ressourcen auf einen vagen Verdacht aufwenden. Wenn sich konkrete Hinweise für ein Fremdeinwirken ergeben sollten, werden wir selbstverständlich weiter in diese Richtung ermitteln, aber im Augenblick ist das einfach nicht gegeben.«

»Verstehe.« Auch wenn sie die Argumente des Kommissars durchaus nachvollziehen konnte, war Siggi enttäuscht. Im Fernsehen war das alles einfacher. Die Möglichkeit, dass man viel Zeit und personelle »Ressourcen« in Mordermittlungen steckte, nur um am Ende herauszufinden, dass es kein Mord war, kam in einem Drehbuch schließlich nicht vor, weil eine solche Geschichte nicht spannend wäre. In einem Fernsehkrimi wurde jeder rätselhafte Tod restlos aufgeklärt, und es blieben kaum Fragen offen. Das war im echten Leben einfach anders. Da blieb man oft ratlos zurück und musste lernen, mit Ungewissheit zu leben.

»Ach, noch etwas, Frau Pizolka«, sagte Christiansen, als sie sich bereits verabschiedet und auf dem Weg zur Tür war. »Bitte behalten Sie die Information über Frau Rybakovas Schwangerschaft für sich. Die Familie würde nicht wollen, dass die Sache in der Presse ausgeschlachtet wird.«

»Natürlich, Herr Kommissar, das ist für mich Ehrensache«, versprach Siggi.

Auf dem Heimweg musste sie kräftig in die Pedale treten, denn sie war am Nachmittag mit Ingeborg zu einem Spaziergang mit Candy verabredet und wegen ihres Besuchs bei der Polizei nun spät dran. Die Gedanken wirbelten in ihrem Kopf. Was hatte es mit Lenkas Schwangerschaft auf sich? Hatte Polina davon gewusst, oder hatte sie es erst von der Polizei erfahren? Was für ein schrecklicher Gedanke, von der Schwangerschaft der eigenen Schwester durch einen Obduktionsbericht zu erfahren! Siggi schauderte. Mit ihren beiden älteren Schwestern, insbesondere mit Christiane, konnte sich Siggi herrlich fetzen, aber wenn sie auch nur daran dachte, eine von ihnen zu verlieren …

Doch mehr noch als die Frage, wer von Lenkas Schwangerschaft gewusst hatte, interessierte Siggi, wer der Vater des ungeborenen Kindes sein mochte. Sie war etwa in der dreizehnten Schwangerschaftswoche gewesen. Die Trennung von Fabian Guldsteen hatte sie im März offiziell gemacht. Höchstwahrscheinlich war das Kind also nicht von ihm, es sei denn, es hatte einen »Rückfall« zwischen den beiden gegeben. Allerdings fand Siggi es wahrscheinlicher, dass es einen neuen Mann in Lenkas Leben gegeben hatte und dieser der eigentliche Grund für die Trennung gewesen war. Das hatten ja auch die Damen auf Leevke Cornelissens *Girlfriendz*-Party vermutet. Ein neuer Mann, eine neue Liebe, ein neues Leben, das entstand …

Ein Gedanke durchfuhr Siggi. Wenn Lenka eine neue Beziehung gehabt hatte, warum hatte sie diese nicht offiziell gemacht? Es musste schwierig sein, eine neue Liebe geheim zu halten, wenn überall Paparazzi lauerten und man von Fans erkannt wurde, wo man ging und stand. Da musste man sich schon Mühe geben, damit nichts nach außen drang. Was, wenn es dafür einen guten Grund gab? Und was, wenn ein Kind nicht für Lenka ein Problem gewesen war, sondern für den Kindsvater? Möglicherweise war er ja gebunden. Wäre das nicht ein Motiv für einen Mord?

Siggi schwirrte der Kopf. Vielleicht deutete sie auch einfach nur zu viel in die Sache hinein. Im Grunde hatte Torsten recht: Sie sollte diese Dinge der Polizei überlassen.

Das Luxusweibchen in seinem natürlichen Lebensraum

Als sich das Tor öffnete und Siggi mit ihrem Köfferchen die lange Zufahrt zum Haus entlangrollerte, war sie froh, dass sie für die heutige Party bei Tatjana von Gnietschfleth das Kleid und die Stiefeletten angezogen hatte, die ihr Gräfin von Eulenwitz bei ihrem Bummel durch Kampen geschenkt hatte. So fühlte sie sich wenigstens nicht vollkommen fehl am Platze. Der Rasen sah aus, als hätte jemand mit Lineal und Nagelschere jeden einzelnen Halm exakt auf dieselbe Länge gebracht. Unkraut, Klee oder gar Löwenzahn suchte man in diesem vollkommenen Teppich aus plüschigem Grün vergebens. Büsche und Bäume waren mit derselben Präzision zu wolkenähnlichen Formschnittgebilden modelliert worden, die Siggi an einen japanischen Garten erinnerten. Zur Straße hin wurde das Grundstück von einer dichten, hohen Mauer dieser grünen Wolken von Blicken abgeschirmt. Siggi folgte dem gepflasterten Weg zwischen Beeten mit Rosen und Ziergräsern, die wie kleine Inseln in der geordneten Botanik wirkten, bis zu dem großen, reetgedeckten Backsteinhaus, das direkt aufs Meer hinausblickte.

Weiß beschürzte Mitarbeiter eines Catering-Unternehmens kamen ihr entgegen. Siggi hatte den Transporter an der Straße bemerkt, wo sie den altersschwachen Passat abgestellt hatte. Auf dem weißen Van hatte sie das Logo eines ziemlich exklusiven Ladens in Kampen entdeckt, den sie von ihrem Rundgang dort kannte. Frau von Gnietschfleth ließ sich diese Party offenbar einiges kosten. Hoffentlich war sie ebenso spendabel, wenn es darum ging, ihr die Produkte abzunehmen.

Die Hausherrin empfing sie an der Tür.

»Frau Pizolka, wie schön, Sie persönlich kennenzulernen!«, flötete sie, reichte Siggi die Hand und hauchte je ein Küsschen links und rechts an ihrem Gesicht vorbei.

Siggi war von dieser affektierten Geste so überrascht, dass sie fast ins Stottern geriet. »Ach, sagen Sie doch 'Siggi' zu mir.«

»Siggi. Herrlich!« Tatjana von Gnietschfleth lachte auf, als hätte Siggi einen besonders guten Witz gemacht. »Sie sind wohl so ein richtiges Original, nicht?«

»Äh … na ja, fast alles echt«, antwortete Siggi irritiert lächelnd und deutete an sich herab.

»Köstlich! Meine Liebe!«, rief Tatjana von Gnietschfleth. »Ich sehe schon, das wird ein äußerst amüsanter Abend werden. Oh, Sie *müssen* mich 'Titi' nennen. So nennen mich alle meine Freundinnen.«

Siggi wusste noch immer nicht, was sie so Amüsantes gesagt hatte, und war sich nicht sicher, ob sie allen Ernstes eine erwachsene Frau »Titi« würde nennen können, ohne einen Lachkrampf zu bekommen. Sie überlegte, ob es zu schaffen war, einen ganzen Abend lang zu vermeiden, die Gastgeberin mit Namen anzusprechen.

»Dann kommen Sie mal herein in die gute Stube, Siggi.« Tatjana von Gnietschfleth stöckelte durch die Eingangshalle voran. Die Stiletto-Absätze ihrer Schuhe waren halsbrecherisch hoch. Siggi trug selbst gern und oft hohe Schuhe und konnte sich sicher damit bewegen, aber bei diesen hätte sie passen müssen. Tatjana von Gnietschfleth jedoch schien den sicheren Gang auf diesen Stelzen nicht nur zu beherrschen, er wirkte auch elegant und geschmeidig. Vermutlich hatte sie diese Trittsicherheit ihrer Modelkarriere zu verdanken. Sie trug ein violettes Cocktailkleid, das eine Schulter frei ließ und locker ihre schmale Figur umspielte. Das blonde – wie Siggi mit ihrem Expertinnenblick gleich erkannte – mit Extensions verdichtete und verlängerte Haar wallte in glänzenden Locken über ihre Schultern. Durch einen Türbogen führte Tatjana sie in ein elegantes Wohnzimmer mit dunklem Parkettboden und einer weiß getäfelten Decke. Der Raum war spärlich möbliert mit einer großzügigen Polstersitzgruppe in Sand- und Erdtönen und einem Konsolentischchen mit einer Designerlampe darauf. Dominiert wurde das Wohnzimmer von einem glatt verputzten, deckenhohen Raumteiler, in den der Kamin eingelassen war. Das einzige andere Möbelstück war ein schmales Sideboard, auf dem der Catering-Service ein kaltes Büffet aufgebaut hatte. In einem großen Kühler daneben erkannte Siggi mehrere teuer wirkende Flaschen mit goldumrankten weißen Blüten darauf, offenbar der Champagner, den Tatjana von Gnietschfleth am Telefon angekündigt hatte.

»Ich dachte, vielleicht möchten Sie Ihre Produkte hier auf dem Couchtisch aufbauen?«, schlug Tatjana vor. Hinter vorgehaltener Hand fügte sie leise hinzu: »Aber vielleicht warten wir damit noch, bis die Kinder im Bett sind.« Sie lachte abermals laut auf, und Siggi gab sich Mühe, ebenfalls amüsiert zu wirken.

In diesem Augenblick erschien ein äußerst attraktiver junger Mann mit rötlich blonden Haaren im Türbogen und räusperte sich. Siggi dachte gerade, dass er für Herrn von Gnietschfleth reichlich jung aussah, als er die Hausherrin ansprach.

»Frau von Gnietschfleth?«

Tatjana wirbelte herum. »Hendrik! Wie schön, kommen Sie doch herein! Das ist Siggi. Sie veranstaltet meine Party heute Abend.« Dann wandte sie sich wieder Siggi zu. »Siggi, das ist Hendrik, unsere neue Nanny. Ein echter Glücksgriff.«

Hinter Hendrik in der Tür erschienen wie die Orgelpfeifen aufgereiht drei engelslockige blonde Kinder.

»Meine Mäuse!«, säuselte Tatjana. »Ihr habt bestimmt Hunger. Siggi, das sind meine kleinen Engelchen: Die Große ist Gloria Gisèle, sie ist acht. Das daneben ist Grace Giovanna, sie ist gerade in die Schule gekommen, und der süße kleine Hasenpups ist unser Grischa Germain. Er ist gerade drei geworden.«

»Hallo, ihr drei!«, grüßte Siggi.

Der »süße kleine Hasenpups« streckte ihr die Zunge heraus. »Du hast doofe Ohren!«

Siggi lachte bemüht. So ein Engelsgesicht und dann so ein Rotzlöffel.

»Warum können wir denn heute Abend nicht dabei sein?«, quengelte Gloria Gisèle. »Wir wollen noch nicht ins Bett!«

»Ach, Herzchen, das wäre für euch schrecklich langweilig. Ihr könnt oben noch etwas spielen.«

»Ich will aber auch etwas von den *Horsd'oeuvres*«, protestierte Grace Giovanna, und Siggi fragte sich, welche Sechsjährige wusste, was das war.

»Für euch habe ich natürlich auch etwas bestellt, Zuckerschnütchen«, flötete Tatjana. »Ihr könnt in der Küche essen, und danach geht ihr mit Hendrik nach oben. Dann spielt ihr noch ein bisschen, und danach bringt euch Hendrik ins Bett.«

»Natürlich, Frau von Gnietschfleth«, sagte der junge Mann. »Ich habe das im Griff. Viel Spaß bei Ihrer Party!«

»Sie sind ein Goldstück, Hendrik!«, rief Tatjana. »So, dann guten Appetit, meine Mäuse, und schlaft nachher schön.«

Nachdem die Kinder verschwunden waren, begann Siggi, ihre Produkte auf dem Couchtisch auszubreiten.

»Möchten Sie vielleicht schon ein kleines Gläschen Schampus?«, fragte Tatjana.

Siggi war neugierig, wie das teure Zeug schmeckte. »Ein halbes vielleicht. Ich muss ja noch Auto fahren.«

»Ach was, das verdunstet doch!«, wehrte Tatjana ab und machte sich daran, eine der Flaschen zu entkorken. »Heute kümmer ich mich einmal selbst darum. Ich habe die Leute vom Catering-Service weggeschickt. Wir wollen ja ein bisschen Privatsphäre, nicht wahr? Aber in meiner Hamburger Zeit habe ich so viele Champagnerflaschen geöffnet, da wäre es doch gelacht, wenn wir das nicht allein hinbekämen.«

Sie lachte und begann, den Drahtkäfig vom Korken zu lösen. Wenig später öffnete sich die Flasche mit einem eleganten »Plopp«.

»Na? Sehen Sie? Wer sagt es denn? Ich habe es nicht verlernt.« Tatjana schenkte zwei volle Gläser ein und reichte eines Siggi. »*Cincin,* meine Liebe. Auf eine spritzige Party! Die Gäste werden auch jeden Moment kommen.«

»Äh, ja, Prost.« Siggi erhob ihr Glas. »Ich freue mich.« Sie fühlte sich nicht wirklich wohl in diesem Ambiente, doch sie versuchte, sich davon nicht nervös machen zu lassen, und nippte an ihrem Glas. Brr! Was für ein saures

Zeugs! Siggi spürte ein Ziehen hinter dem Ohr, und Speichel lief ihr im Mund zusammen. Für so eine Essigplörre hätte sie nicht so ein Heidengeld ausgegeben. »Nun, jedem das Seine«, sagte Siggi immer. Sie war nun mal mehr der Asti-Typ, und sie hatte nicht vor, das zu ändern. Vielleicht mal noch was Halbtrockenes, aber warum Wein teurer wurde, je mehr er nach Essig und Omas Keller schmeckte, war und blieb ihr ein Rätsel.

Nach und nach trudelten auch die Gäste ein, und Siggi kam sich ein wenig so vor, als wäre sie in die große Weltverschwörung der lebenden Barbiepuppen geraten. Alle anwesenden Damen waren extrem schlank, verfügten aber über eine überproportional üppige Oberweite, die trotz ihres Volumens verdächtig der Schwerkraft trotzte, pralle Lippen, lange Haare und auffällig wenig Mimik. Siggi erkannte, wenn jemand etwas hatte machen lassen. Unter Tatjanas Freundinnen gab es keine, die so aussah, als ließe sie sich nicht mindestens hier und da mal ein wenig Collagen, Hyaluronsäure oder Botox spritzen. Diese Party war das reinste Kontrastprogramm zu der gemütlichen und unkomplizierten Runde bei Leevke Cornelissen. Hier fühlte sich Siggi konstant unzulänglich. Außerdem hatte sie das Gefühl, dass die Damen sie wie eine witzige Kuriosität betrachteten, eine Freakshow-Attraktion: Kommen Sie und staunen Sie über geballte Unbildung! Bewundern Sie das blondierte Wunder aus dem sagenumwobenen Ruhrgebiet, das seinen Lebensunterhalt tatsächlich noch mit Arbeit verdienen muss und nur mit einem Gesamtschulabschluss und einer Ausbildung bis heute überlebt hat. Schauen Sie, wie putzig es mit der deutschen Grammatik und der Aussprache einiger englischer Wörter kämpft und den *Pony Club* für einen Reiterhof hält. Werfen Sie noch ein paar französische Begriffe wie *Horsd'oeuvres* in die Runde, und lassen Sie sich von den verrückten und kreativen Versuchen verblüffen, diese auszusprechen.

Leevke und ihre Freunde hatten auch über ihren Ruhrgebietsdialekt gelacht, aber auf eine andere Weise. Sie hatten ihn für liebenswert gehalten, waren ihr dabei jedoch auf Augenhöhe begegnet. Der Malibu-Barbie-Club ließ aber nur zu deutlich durchblicken, dass er Siggi nicht ernst nahm und sich ihr haushoch überlegen fühlte.

Mit einem gewissen Trotz warf sich Siggi dennoch voll in die von ihr erwartete Rolle. Sie war die, die sie war, und würde nicht damit anfangen, sich dafür zu schämen. Und wenn die Damen sie wie einen Zirkuspudel betrachten wollten, bitte. Wenn es ihr Umsatz bescherte, würde sie sogar noch eine Schippe drauflegen.

Die Rechnung ging auf, und die Damen zeigten sich äußerst kauffreudig. Besonders als Siggi mit der Präsentation der Erotik- und Dessouslinie anfing, zeigten sie sich sehr interessiert.

Tatjana von Gnietschfleth hatte ein Auge auf die Corsage »Feeling Wicked« geworfen. »Dürfte ich die möglicherweise einmal anprobieren?«, wollte sie wissen und hielt die Corsage gegen ihren Körper. »Ich weiß nicht, ob ich da S oder XS brauche.«

»Natürlich. Nehmen Sie sie einfach mit«, entgegnete Siggi.

»Dürfte ich Sie vielleicht bitten, mir beim Schnüren zu helfen?«, fragte Tatjana. »Ich fürchte, das kriege ich allein nicht hin.«

»Na klar, mach ich gern«, entgegnete Siggi.

Tatjana führte sie ins obere Stockwerk und öffnete die Tür zum Schlafzimmer. Sie blieb abrupt stehen. »Nanu, Gabi!«, rief sie. »Du bist ja noch hier. Ich dachte, du wolltest etwas trinken gehen, damit die Mädels und ich ein bisschen unter uns sind.«

Zu Siggis Erstaunen ertönte eine Männerstimme.

»Oh! Ist es schon so spät? Entschuldige, ich habe noch gelesen und vollkommen die Zeit vergessen. Ich mache mich jetzt auf den Weg, dann seid ihr ganz unter euch.«

»Kommen Sie ruhig herein, Siggi«, säuselte Tatjana. »Lassen Sie sich von meinem Mann nicht stören, der ist gar nicht hier!« Sie wandte sich wieder zu ihrem Ehemann um. »Gabi, das ist Siggi. Sie veranstaltet meine Freundinnen-Party.«

»Dr. Gabriel von Gnietschfleth«, stellte »Gabi« sich mit einem säuerlichen Seitenblick auf seine Gattin vor. Er war ein gut aussehender Mann: groß, mit strahlend blauen Augen und dunkelbraunem Haar. Für Siggis Geschmack allerdings war er viel zu gelackt. Die Haare waren sorgsam geföhnt, gescheitelt und zu einer Art unverrückbarem Helm frisiert, der sie an die Plastiktolle einer Ken-Puppe erinnerte. Ihr kam die gesamte Situation überhaupt äußerst bizarr vor, bei zwei mehr oder weniger Fremden im Schlafzimmer zu stehen, von denen der eine Gabi und die andere Titi hieß.

»Äh … freut mich«, stammelte sie. »Ihre Frau hat mich gebeten, ihr bei der Anprobe zu helfen.« Siggi deutete auf die Corsage in Tatjanas Hand.

»Wenn du artig bist, zeige ich dir dann auch, wie ich darin aussehe«, flötete sie und strich ihrem Mann verführerisch mit dem Zeigefinger ums Kinn, ganz so, als wäre Siggi überhaupt nicht anwesend. Die hatte allerdings den Eindruck, dass Gabriel von Gnietschfleth die Aussicht, »Titi« in dem aufreizenden Wäschestück zu Gesicht zu bekommen, nicht übermäßig verlockend fand. Ein harter Zug spielte um seine Lippen.

»Ich gehe dann mal. Hat mich gefreut, Sie kennenzulernen, Siggi.« Er nickte kurz in ihre Richtung und verließ das Zimmer.

Für einen Augenblick glaubte Siggi, in Tatjanas weitgehend mimikfreiem Gesicht und den großen wasserblauen Puppenaugen einen Ausdruck von Enttäuschung und Niedergeschlagenheit zu lesen, doch rasch legte sich wieder die Maske fröhlicher Unbekümmertheit darüber.

»Ach, nehmen Sie Gabi nicht so ernst, er kann manchmal ein echter Gniesgnaddel sein.« Sie machte eine wegwerfende Geste mit der Hand und lachte. »Das ist wahrscheinlich eine Nebenwirkung der Politik. Da muss man auf Dauer ja schlechte Laune bekommen.«

In diesem Moment tat Tatjana Siggi aufrichtig leid. Offenbar verbarg sich hinter der sorgsam gestylten Fassade eine verletzliche Frau, die ebenso mit Unsicherheiten zu kämpfen hatte wie die meisten anderen und die letztlich auch nur Liebe und Anerkennung brauchte.

»Ich warte am besten vor der Tür, und Sie rufen, wenn Sie so weit sind. Dann komme ich rein und helfe Ihnen beim Schnüren.«

Siggi trat in den Flur und konnte entfernt die Stimme des Babysitters hören. Vermutlich lagen am Ende des Flurs die Kinderzimmer. Die Tür zu ihrer Rechten stand einen Spalt auf. Neugierig spähte Siggi hinein. Offenbar handelte es sich um ein Arbeitszimmer. Sie betrachtete die Bilder im Flur, Landschaftsaufnahmen in schlichten weißen Rahmen.

»Ich bin fertig«, rief Tatjana, und Siggi betrat das Schlafzimmer, um ihr zu helfen. Nach kurzer Zeit war die Corsage geschnürt.

Tatjana betrachtete sich kritisch im Spiegel. Auch ohne die Schnürung hatte sie schon über ein beachtliches Dekolleté verfügt, doch der feste Stoff der Corsage presste die silikongepolsterten Rundungen so nach oben, dass sie noch deutlich üppiger wirkten. »Was meinen Sie, Siggi?«, fragte sie. »Ob ich damit dem kleinen Brummbärchen die schlechte Laune austreiben kann?«

Der erste Gedanke, der Siggi durch den Kopf schoss, war, dass »Titi« gar nicht so ein unpassender Spitzname war. Sie musste sich ein Lachen verbeißen und sagte stattdessen nur: »Also, ich denke, beschweren wird er sich wohl nicht.«

Ihr Blick fiel auf das Buch auf dem Nachttisch, in dem vermutlich Herr von Gnietschfleth gerade noch gelesen hatte. Siggi stutzte, denn der schwarz-weiße Umschlag mit der rückwärtigen Ansicht einer Frau im Kleid kam ihr nur allzu bekannt vor. Möglicherweise war das so ein Buch, das auf der Bestsellerliste stand und das man unbedingt lesen musste, wenn man mitreden wollte.

»Nein, vermutlich nicht.« Tatjana betrachtete sich weiter im Spiegel. »Aber wir sollten meine Gäste nicht so lange warten lassen. Danke für Ihre Hilfe, Siggi. Schreiben Sie mir die Corsage in S auf. Es ist normalerweise nicht so mein Stil, aber sie hat ein bisschen etwas Verruchtes, und man muss ja auch mal etwas Neues wagen, finden Sie nicht?«

»Richtig. Experimentieren macht Spaß und hält die Liebe lebendig«, entgegnete Siggi, nun ganz professionelle *Girlfriendz*-Beraterin. Alles in allem lief der Abend für sie doch recht gut. Vor allem, wenn sie an den Umsatz dachte. Da konnte sie gut darüber hinwegsehen, dass die Damen sie anscheinend für geistig minderbemittelt hielten. So ähnlich wie Hornhaut hobeln und Hautunreinheiten entfernen, nicht gerade angenehm, aber wenn am Ende des Arbeitstages die Kasse stimmte, konnte man es getrost ignorieren.

Als Siggi wieder ins Wohnzimmer kam, bestürmten Tatjanas inzwischen reichlich angeheiterte Freundinnen sie mit neugierigen Fragen zu den verschiedenen Vibratoren und Erotikspielzeugen. Siggis Bestellzettel füllten sich in rasantem Tempo, und sie begann zu hoffen, dass diese Party bei Tatjana von Gnietschfleth ihr Durchbruch auf der Insel gewesen sein könnte. Die Politikergattin war immerhin sehr einflussreich, und ihre Freundinnen waren zumeist Ehefrauen wohlhabender und einflussreicher Männer, die nichts lieber taten, als deren Geld großzügig unter die Leute zu bringen. Genau so hatte Siggi sich ihren Start als erste *Girlfriendz*-Beraterin auf Sylt vorgestellt.

Als sie schließlich zu später Stunde zusammenpackte, konnte sie sich über einen stolzen Umsatz freuen. Tatjana von Gnietschfleth und ihre Freundinnen waren offenbar fest entschlossen, den Abend noch fortzusetzen, sodass es Siggi einige Mühe kostete, sich loszueisen, ohne unhöflich zu sein.

Tatjana begleitete sie noch zur Tür. »Das war ein höchst amüsanter Abend, Siggi. So etwas müssen wir unbedingt bald einmal wiederholen.«

»Gern, Sie haben ja mein Kärtchen. Für alle Fälle hab ich es Ihnen noch mal zu Ihrem Gastgeberinnengeschenk gelegt.«

»Wundervoll, Sie denken einfach an alles!«, rief Tatjana.

»Dann noch einen schönen Abend«, wünschte Siggi und wandte sich zum Gehen.

»Ach, Siggi, warten Sie noch einen Augenblick.«

Sie drehte sich um und sah Tatjana fragend an.

»Ich habe in Ihrem Flyer gelesen, dass Sie auch Kosmetikbehandlungen machen.« Sie senkte die Stimme. »Machen Sie auch Haarentfernung? Brazilian Waxing?«

»Waxing, Sugaring, alles kein Problem«, entgegnete Siggi.

»Würden Sie dafür auch ins Haus kommen?«

»Natürlich, da können wir gern einen Termin vereinbaren«, sagte Siggi.

»Das ist ja fantastisch. Ich rufe Sie dann an«, flötete Tatjana und hauchte wieder zwei Luftküsse an Siggis Gesicht vorbei.

Déjà-vu?

Obwohl es spät geworden war, stand Siggi am Sonntagmorgen früh auf, weil sie um neun mit Polina im Haus verabredet war, um das weitere Vorgehen zu besprechen. Die Kleider waren inzwischen fast vollständig verpackt, und sie wollten gemeinsam überlegen, was Siggi über die Woche eigenständig erledigen konnte. Vorher wollte sie noch eine ausführliche Gassirunde mit Candy drehen. Törtchen schlief so tief und friedlich, dass Siggi ihn nicht wecken wollte. Also machte sie sich leise fertig und verließ das Haus.

Polina begrüßte sie herzlich. »Ich bin so erleichtert. Sie haben schon ganze Arbeit geleistet. Ohne Sie wäre ich hoffnungslos überfordert, zumal ich die Beerdigung zu organisieren habe. Es wird nur eine kleine, private Angelegenheit, aber ich muss extrem vorsichtig sein, dass Presse und Fans keinen Wind davon bekommen. Unserer Mutter ist das alles nicht mehr zuzumuten. Sie ist gesundheitlich angeschlagen, und Magdas Tod hat sie natürlich sehr mitgenommen.«

»Lenka war Ihre einzige Schwester, nicht wahr?«, fragte Siggi.

»Ja, leider. Magda war die Nachzüglerin. Sie ist … war … neun Jahre jünger. Unsere Eltern hatten gar nicht mehr mit einem weiteren Kind gerechnet. Unser Vater verstarb bereits vor fünf Jahren.«

»Dann ist es für Sie nun wieder eine schwere Zeit und eine große Belastung.« Siggi sah Polina mitfühlend an.

»Ja, das ist es«, bestätigte die. »Aber jetzt habe ich ja Sie und Ihre tatkräftige Hilfe.«

Siggi winkte ab. »Ach was!«

»Es kann sein, dass ich bereits einen Kaufinteressenten für das Haus habe«, erklärte Polina. »Das wird sich alles im Laufe der kommenden Woche herauskristallisieren. Deswegen möchte ich so viel wie möglich von den persönlichen Sachen schon einmal aus dem Haus haben.«

»Das verstehe ich.« Im Stillen jedoch fragte Siggi sich, ob Polina den Hausverkauf nicht ein wenig überstürzt anging.

»Also, ich denke, Sie könnten Geschirr und Küchenutensilien verpacken. Letztere könnte ich für einen guten Zweck spenden, dachte ich. Sie sind schließlich so gut wie neu. Ich habe mich bereits mit einem Sozialkaufhaus in Flensburg in Verbindung gesetzt. Die würden am Mittwoch einen Fahrer schicken. Schaffen Sie es bis dahin, alles zu verpacken, und könnten Sie dann hier sein, um ihn hereinzulassen?«

»Aber sicher. So etwas geht ja schnell. Ich mache dann wieder eine Packliste.«

»Prima. Das hilft mir so weiter, Siggi! Und vielleicht könnten Sie danach die Bücher und übrigen Sachen aus den Schränken und Schubladen im Wohnzimmer einpacken. Das ist nicht viel. Magda hatte sich ja noch nicht vollständig eingerichtet. Na ja, und dann wäre eigentlich nur noch das Arbeitszimmer übrig. Da müssten die Aktenordner verpackt werden. Der Rest kann vorerst hierbleiben. Auch Handtücher und Bettwäsche aus dem Schrank im Flur. Möglicherweise sind die neuen Besitzer froh, wenn sie nicht alles neu kaufen müssen. Diese Dinge sind mir letztlich nicht so wichtig. Nur mit den persönlichen Erinnerungen möchte ich mich nicht belasten.«

»Verstanden, das kriege ich hin.« Siggi lächelte Polina aufmunternd zu. »Da machen Sie sich mal keine Gedanken. Wissen Sie was? Ich fange am besten gleich an, wenn ich schon mal hier bin. Ein halbes Stündchen kann ich jetzt noch räumen. Mein Lebensgefährte hat eben ohnehin noch geschlafen. Dann bringe ich ihm auf dem Rückweg Brötchen mit.«

»Das klingt hervorragend. Haben Sie vielen Dank, Siggi. Ich mache mich jetzt wieder auf den Weg. Sollte irgendetwas sein, rufen Sie mich ruhig an. Ich habe mir am Donnerstag einen halben Tag Urlaub genommen und Freitag frei, werde also am Donnerstag direkt nach der Frühschicht zurück nach Sylt fahren.«

»Machen Sie sich nur keinen Stress, Polina. Sie haben schon genug zu bewältigen. Ich komme hier zurecht.«

Nachdem sie Lenkas Schwester noch zur Tür begleitet hatte, begann Siggi, die Küchenutensilien einzuräumen. Für Geschirr und Gläser würde sie sich noch alte Zeitungen und Papier besorgen müssen, um alles bruchsicher einzuwickeln. Also machte sie sich zunächst an Töpfe, Pfannen und den Inhalt der Schubladen. Besteck und Kochutensilien wanderten in den Karton; dazwischen steckte sie Küchenpapier, das sie von der Rolle auf der Ablage abriss. Als Letztes zog sie die kleine Schublade in der Ecke auf. Sie schmunzelte, als sie hineinsah. So eine Schublade gab es offenbar in jedem Haushalt, auch in dem eines großen Stars wie Lenka. Leere Batterien, einzelne Münzen, zwei Brillenetuis mit bunten Sonnenbrillen, Lippenpflege, einzelne Hustenbonbons, ein Kassenzettel, Prospekte von Bringdiensten und Anleitungen für Elektrogeräte lagen ungeordnet nebeneinander. Es gab Siggi einen kleinen Stich, denn die Tatsache, dass auch sie eine solche Krimskramsschublade besessen hatte, machte Lenka noch einmal ein Stück menschlicher und sympathischer. Siggi begann, die Schublade auszuräumen. Sie warf einen Blick auf den Kassenzettel, um zu sehen, ob sie ihn wegwerfen konnte. Ungläubig drehte sie ihn in den Händen.

Nanu? Es handelte sich um den Bon für das Buch, das im Strandkorb gesteckt hatte. War sie jetzt schon vollkommen neben der Spur? Siggi dachte nach. Der Fund des Ultraschallbildes hatte sie abgelenkt, und sie wusste nicht mehr genau, ob sie den Kassenzettel danach tatsächlich in den Müll geworfen hatte. Aber sie war sich absolut sicher, dass sie ihn zerknüllt hatte. Doch dieser Kassenbon hier hatte nicht das kleinste Eselsohr.

Siggi schob die Hand in die Tasche ihrer Jeans. Zum Glück hatte sie die Hose noch nicht in die Wäsche gesteckt. Sofort ertastete sie das Knäuel Papier, zog es heraus und strich es glatt. Tatsächlich! Es handelte sich um zwei Bons für das gleiche Buch, beide aus der *Bücherkiste* in Keitum, allerdings mit einem unterschiedlichen Datum.

Aufgeregt tippte sie eine Nachricht an Törtchen in ihr Handy, um ihm mitzuteilen, dass sie auf dem Rückweg Brötchen besorgen würde. Dann lief sie eilig ins Wohnzimmer, zog das Buch aus dem Regal, legte die beiden Bons hinein und steckte es in ihre Tasche.

Am liebsten wäre sie gleich zur *Bücherkiste* geradelt, doch am Sonntag hatte es leider wenig Zweck; die Buchhandlung hatte geschlossen. Warum hatte Lenka zweimal das gleiche Buch gekauft? Wenn Siggi recht hatte, dann war die zweite Ausgabe möglicherweise ein Geschenk gewesen. Da Lenka es hier auf Sylt gekauft hatte, lag die Vermutung nahe, dass sie es auch jemandem auf der Insel geschenkt hatte. Konnte dies die heiße Spur sein, die Siggi zum Vater des ungeborenen Kindes führen würde? Mit etwas Glück würde sich die Buchhändlerin an Details erinnern können. Siggi dachte an das Buch auf Gabriel von Gnietschfleths Nachttisch, doch sie verwarf den Gedanken, dass es zwischen ihm und Lenka möglicherweise eine Verbindung gab.

Vorerst würde Siggi sich ohnehin gedulden müssen. Sie räumte noch den Rest des Schubladeninhalts auf und machte sich dann auf den Heimweg.

Als sie nach Hause kam, hatte Törtchen bereits Kaffee gekocht und den Frühstückstisch gedeckt. Siggi schnitt die Brötchen auf und legte sie in den Brotkorb, dann setzte sie sich zu Torsten an den Tisch.

»Na? Dann erzähl ma', wie's gestern bei deiner Schickimickitussi in Kampen war.«

»Ziemlich seltsam«, resümierte Siggi und berichtete von »Titi«, Hendrik, dem Kinder»mädchen«, den frechen Sprösslingen mit den G-Namen, vom internationalen Barbie-Syndikat und ihrer Begegnung mit Gabriel von Gnietschfleth im Schlafzimmer.

»Da kannse mal sehen. Die am lautesten schreien von wegen Traditionen, Werte und Ordnung und so, sind doch die Schlimmsten. Verwöhnte Rotzblagen ranziehen, Schampus saufen und dann uns anderen erzählen, dat wir wieder bescheidener sein und uns an die Werte unserer Großeltern erinnern müssen und all so 'n Krempel. Der von Gnietschfleth ist doch so 'n ganz strammer

Konservativer. Wenn keiner guckt, treiben die es am buntesten.«

»Zu dem kann ich wenig sagen, der ist ja gleich gegangen, wirkte aber ziemlich griesgrämig«, berichtete Siggi. Sie beschloss, Torsten vorerst nichts von dem Buch und dem doppelten Kassenzettel zu erzählen. Er würde doch nur wieder schimpfen, dass sie in den Sachen anderer Leute herumgewühlt hatte und dass sie die Angelegenheit doch eigentlich gar nichts anging.

»Haste denn wenigstens ordentlich Dildos verkauft?«, fragte Torsten und biss in sein Wurstbrötchen.

»Ich habe Cremes, Duschschaum, Massageöl, Duftkerzen und Dessous verkauft«, sagte Siggi spitz.

»Und Dildos.« Törtchen grinste.

»Ja, auch einige Vibratoren und andere Erotikspielzeuge.« Siggi verdrehte die Augen. »Du wirst mich damit jetzt bis ans Ende meines Lebens aufziehen, oder?«

»Hatte ich vor, ja.«

Siggi schüttelte den Kopf. »Sach ma', du kommst ausse Pubertät auch nicht mehr raus, oder?«

»Nee. Wozu auch?« Torsten lachte. »Außerdem macht et immer Spaß, dich auffe Palme zu bringen.«

»Mit so wat bringse mich nicht so schnell aus der Ruhe«, konterte Siggi. »Da musse dir schon mehr Mühe geben. Aber ich habe gestern ordentlich Umsatz gemacht.«

»Das ist super! Klasse, Siggi! Ich wusste doch, du rockst das.« Torsten langte über den Tisch und streichelte ihre Hand. »Du gehst übrigens heute an den Strand.«

»Ach was!«, rief Siggi. »Sagt wer?«

»Sag ich. Ich habe uns einen Strandkorb gemietet. Candy kann auch mitkommen. Dann kannse den neuen Fahrradkorb ausprobieren. Das ist direkt am Hundestrand.«

»Du bist immer für 'ne Überraschung gut, Törtchen, ne? Das ist ja klasse. Ich pack gleich ma' die Sachen.«

»Schon erledigt«, sagte er. »Decke, Handtücher, wat zu trinken, zu knabbern, Sonnencreme, Napf und Wasser für Candy und alles.«

»Ha! Du hast ja an alles gedacht«, rief Siggi freudig überrascht.

»Na klar, muss doch meine Olle bei Laune halten«, flachste Törtchen. »Musst dich nur noch in deinen Bikini schmeißen und dann nix wie ab aufs Rad.«

»Wie schön, ich freu mich!« Siggi lief nach oben, um den Bikini unterzuziehen.

Für einen Strandtag war perfektes Wetter. Es war sonnig, aber nicht zu heiß, denn es wehte eine angenehme Brise, und hin und wieder verdeckten Wolken die Sonne. Candy wusste noch immer nicht so recht, was sie von dem großen, nassen, rauschenden »Dings« halten sollte. Neugierig näherte sie sich immer wieder dem Wellensaum, sprang dann aber jedes Mal zurück, wenn eine Welle heranrollte. Sie jagte umher, schnüffelte, buddelte und wedelte aufgeregt mit dem Schwanz.

Siggi wagte sich vorsichtig ins Wasser, hielt dabei aber argwöhnisch nach Quallen und anderem Getier Ausschau. So richtig geheuer war ihr das Baden im Meer auch nicht. Nun traute sich Candy ebenfalls ins Wasser und tollte mit wachsender Begeisterung darin herum.

Schließlich saßen sie alle drei einträchtig im Strandkorb, genossen den Ausblick und kuschelten sich aneinander. So verging der Tag wie im Flug, bis sie sich am frühen Abend wieder auf den Heimweg machten.

Eine heiße Spur?

Am Montagmorgen sprang Siggi förmlich aus dem Bett, denn sie konnte kaum erwarten, der *Bücherkiste* einen Besuch abzustatten und vielleicht das Rätsel der zwei identischen Bücher zu lösen. Nach einem schnellen Frühstück, das aus einer Tasse Kaffee und einem Apfel bestand, schwang sie sich aufs Rad und fuhr am Watt entlang bis zum anderen Ende von Keitum. Inge hatte erzählt, dass hier früher die unansehnliche Bauruine einer Therme die Gemüter erregt hatte, doch die war vor Kurzem endlich abgerissen worden. In der Nähe befand sich – das hatte Siggi im Internet herausgefunden – die *Bücherkiste,* in der Lenka offenbar die zwei Exemplare des gleichen Buches gekauft hatte.

Vor dem weißen Haus mit dem Reetdach stellte Siggi das Fahrrad ab und betrat den Laden. Die Buchhändlerin, eine hochgewachsene elegante Dame mit dunklen Haaren, war damit beschäftigt gewesen, Bücherstapel auf den Tischen gerade zu rücken, und wandte sich Siggi zu, als die Glocke über dem Eingang ertönte.

»Moin!«, grüßte Siggi.

»Guten Tag. Was kann ich für Sie tun?«, fragte die

Dame, deren Blick etwas Strenges an sich hatte und spontan so etwas wie ein schlechtes Gewissen in Siggi auslöste, so als hätte sie ihre Hausaufgaben vergessen oder wäre zu schnell gefahren. Sie kramte die Kassenzettel und das Buch hervor.

»Ja, vielleicht können Sie mir weiterhelfen. Ich hab da eine Frage. Es geht um eine junge Frau, die hier bei Ihnen dieses Buch gekauft hat und …«

Die Augenbrauen der Buchhändlerin zogen sich zusammen, und sie musterte Siggi kritisch. »Sie meinen Lenka, die Schlagersängerin, die vor Kurzem gestorben ist. Sind Sie von der Presse?«

»Nein, nein«, wehrte Siggi ab. »Ich bin … war ihre Haushaltshilfe. Jetzt arbeite ich für Lenkas Schwester und helfe ihr, den Nachlass zu ordnen. Dabei bin ich auf dieses Buch gestoßen und habe festgestellt, dass sie es offenbar zweimal gekauft hat.«

»Richtig.« Die Buchhändlerin, deren Namensschild sie als *Frau Roth* auszeichnete, machte sich wieder daran, die Bücherstapel auf den Tischen ordentlich auszurichten. Sie wirkte nicht, als gedächte sie, Siggi Auskunft zu geben.

Siggi senkte die Stimme. »Ich sehe, Sie sind eine diskrete Person und werden diese Information vertraulich behandeln.«

Frau Roth sah von ihrer Arbeit auf. In ihrem Blick flackerte skeptisches Interesse.

»Die Sache ist die. Lenka, also Frau Rybakova, hat sich vor Kurzem von ihrem langjährigen Partner getrennt. Ihre Schwester vermutet, es könnte einen neuen Mann in ihrem Leben gegeben haben, von dem sie ihrer Familie allerdings noch nichts erzählt hatte. Wenn das der Fall war, wäre dieser Mann möglicherweise gern bei der Trauerfeier dabei, und die Familie würde ihn selbstverständlich einladen. Sie glauben, er traut sich womöglich nicht, die Familie deshalb anzusprechen. Frau Rybakova hatte ihrer Schwester gegenüber Andeutungen gemacht und wollte ihr offenbar von ihrer neuen Beziehung erzählen, doch dazu kam es dann nicht mehr, weil … na ja.«

Frau Roth nickte. Ihr Blick war ernst, aber weniger skeptisch als zuvor.

»Als wir die Kassenzettel gefunden habe, dachten wir gleich, dass Frau Rybakova das zweite Buch als Geschenk gekauft haben muss. Wenn Sie möglicherweise irgendeinen Hinweis für uns haben … Vielleicht war Lenka einmal in Begleitung hier?«

Die Buchhändlerin schien nachzudenken, dann schließlich entspannten sich ihre Gesichtszüge, so als wäre sie für sich zu einem Entschluss gekommen. »Nun gut. Sie machen mir einen vertrauenswürdigen Eindruck. Ich hoffe, ich muss es nicht später bereuen, Ihnen diesen Vertrauensvorschuss gegeben zu haben.« Wieder richtete sich der strenge, forschende Blick auf Siggi, die ihm standhielt. Auch wenn sie die Tatsachen ein wenig anders dargestellt hatte, in dieser Hinsicht war sie vollkommen ehrlich gewesen: Frau Roth konnte sich darauf verlassen, dass sie alle Details aus diesem Gespräch vertraulich behandeln würde.

»Ganz bestimmt nicht«, versicherte Siggi, und der kritische Blick ihres Gegenübers wurde gleich wieder weicher.

»Gut. Also, sie kam häufig her, um zu stöbern oder sich von mir beraten zu lassen. Stets ganz kurz vor Ladenschluss, wohl um zu vermeiden, von anderen Kunden erkannt zu werden. Tatsächlich hatte ich zunächst überhaupt keine Ahnung, wen ich da vor mir hatte. Sie trug immer Mützen oder Perücken, große Schals und

Sonnenbrillen. Da wir öfter ins Gespräch kamen, habe ich sie dann aber doch erkannt. Sie klagte darüber, dass viele Leute sie für ungebildet und oberflächlich hielten. Ich habe ihr verschiedentlich Bücher empfohlen. Gehaltlose Strandkorblektüre werden Sie in der *Bücherkiste* vergeblich suchen, und das gefiel Lenka. Sie sagte, sie wolle ihren Horizont erweitern. Am besten haben ihr die Bücher dieser Autorin gefallen. Kein Wunder, es sind einige internationale Bestseller darunter. Die Autorin ist sehr gefragt, zu Recht, meiner Meinung nach. Sie hat einen wunderbaren Schreibstil, und es gelingt ihr hervorragend, unterhaltsam zu schreiben, ohne dabei oberflächlich oder banal zu werden.«

»Und dieses Buch hat Lenka wohl besonders gut gefallen?«, hakte Siggi nach.

»Richtig. Dieses hat sie sehr begeistert. Sie hat es mehrfach gelesen und gleich noch einmal gekauft, wie Sie richtig vermuten, als Geschenk. Ich erinnere mich noch so genau, weil Sie es in Geschenkpapier einpacken ließ, zuvor aber die Folierung entfernte und eine Widmung hineinschrieb.«

»Ich nehme an, Sie haben nicht gelesen, was sie hineinschrieb …«

»Natürlich nicht!«, betonte Frau Roth mit einem leicht pikierten Blick.

»Das dachte ich mir. Hm. Erinnern Sie sich sonst noch an etwas? Hat sie vielleicht angedeutet, wem sie das Buch schenken wollte?«

»Nein, tut mir leid. Sie sagte nur, dass es sie so begeistert habe und sie es deswegen jemandem schenken wolle.«

»Hm, schade, das bringt uns leider auch nicht weiter, was die Trauerfeier angeht, aber trotzdem vielen Dank für Ihre Hilfe.«

Etwas enttäuscht verließ Siggi die *Bücherkiste*. Was hatte sie auch erwartet? Dass Lenka die Buchhändlerin mit sämtlichen Details ihres geheimen Liebeslebens versorgt hatte? Die Tatsache, dass sie das Buch noch extra mit einer Widmung versehen hatte, bestätigte allerdings den Verdacht, es könnte sich um ein Geschenk für einen neuen Partner gehandelt haben. Eine persönliche Widmung schrieb man schließlich eher dann in ein Buch, wenn man dem Beschenkten nahestand. Natürlich konnte sie es immer noch einer guten Freundin geschenkt haben. Wieder musste Siggi daran denken, dass Gabriel von Gnietschfleth ebenfalls eine Ausgabe des Buches besaß. Allerdings hatte Frau Roth gesagt, dass die Autorin sehr gefragt war. Vermutlich ließ sich auf Anhieb eine ganze Reihe Leute auf Sylt finden, die ebenfalls gerade diesen Roman lasen. Diese Spur würde sie im Augenblick nicht weiterbringen. Vielleicht würde sie im Haus noch einen weiteren Hinweis entdecken. Allerdings schwand langsam ihre Hoffnung darauf, überzeugende Beweise finden zu können, dass es sich bei Lenkas Tod nicht um einen Selbstmord handelte.

Auf dem Weg dorthin machte Siggi bei Ingeborg Station, die ihr am vergangenen Abend einen Stapel alter Zeitungen in Aussicht gestellt hatte, die sie zum Einpacken des Geschirrs benötigen würde.

»Moin, Siggi!«, grüßte Ingeborg und bat sie herein. »Na? Mir scheint, du hast dich richtig gut eingelebt. Man bekommt dich ja kaum mehr zu Gesicht.«

»Ja, es war wirklich einiges los in letzter Zeit«, entgegnete Siggi und fasste kurz zusammen, was sich seit ihrem letzten ausführlichen Gespräch bei dem gemeinsamen Spaziergang mit Candy ereignet hatte.

»Genau so habe ich mir die von Gnietschfleths vorgestellt«, kommentiere Inge amüsiert, nachdem Siggi von der *Girlfriendz*-Party bei »Titi« erzählt hatte. »Aber schön, dass dein Geschäft so gut anläuft. Außerdem entwickelst du dich ja zu einer Art Sherlock Holmes.«

»Von wegen. Wenn ich Sherlock wäre, wüsste ich längst, wo der Hase langläuft. Leider tappe ich im Dunkeln, und die Spuren führen in eine Sackgasse. Ich weiß ja noch nicht einmal, ob es wirklich ein Mord war.«

»Das nicht, aber ich muss zugeben, dass es da doch einige Ungereimtheiten gibt«, fand Ingeborg.

»Bloß sind kleine Ungereimtheiten für die Polizei kein ausreichender Grund, eine Mordermittlung anzustoßen, wenn es keine konkreten Hinweise gibt, die auf einen Mord hinweisen.«

»Natürlich nicht. Es ist wirklich vertrackt«, meinte Inge, goss Kaffee in zwei Tassen und stellte sie auf den Tisch. »Ich nehme an, du möchtest auch eine.«

»Klar, Kaffee geht immer, danke.« Siggi lächelte. »Tja, jedenfalls finde ich es ziemlich frustrierend. Mein Gefühl sagt, da stimmt was nicht. Und ich denk mir die ganze Zeit: Das muss man doch beweisen können! Aber wahrscheinlich ist dat im Leben einfach so. Geht nicht alles gerecht zu.«

»Da könntest du richtigliegen«, bestätigte Inge. »Ich seh ja manchmal ganz gern diese Sendungen, in denen gezeigt wird, wie Ermittler und Experten einen kniffligen Fall aus dem realen Leben aufgeklärt haben. Ich erinnere mich noch, dass mich die Behauptung eines Rechtsmediziners ziemlich schockiert hat: Er sagte, wenn auf dem Friedhof alle aufstünden, bei denen eine natürliche Todesursache oder ein Unfall als Todesursache angenommen wurden, die jedoch in Wirklichkeit ermordet wurden, wäre es dort ziemlich voll. Der Rechtsmediziner sagte, es würde oft etwas übersehen oder aus

Zeitnot nicht untersucht. In der Realität ist das anders als bei *CSI* und Co.«

»Ja, wahrscheinlich. So sehr mich dat auch anfrisst, wahrscheinlich muss ich die Sache irgendwie für mich abhaken«, überlegte Siggi laut. »Ende der Woche bin ich fertig mit Ausräumen, dann kommen die Sachen weg, Lenka wird beerdigt, das Haus verkauft und ein Schlussstrich unter alles gezogen.«

»So traurig das ist, ich glaube, so wird es wohl laufen«, meinte Inge. »Dein neues Leben hier auf Sylt fängt ja wirklich gut an, was?«

Obwohl ihr gar nicht danach war, musste Siggi lachen. »So hatte ich mir dat garantiert nicht vorgestellt. Und Törtchen erst recht nicht. Der kriegt ja jetzt schon die Motten wegen meiner Schnüffelei.«

»Wenigstens läuft dein Geschäft an, und das ist doch schon einmal fantastisch. Ihr fasst hier Fuß, und alles entwickelt sich. Du hattest zuerst doch Befürchtungen, ob du das Haus halten und deinen Lebensunterhalt bestreiten kannst. Versuche, das Positive zu sehen, Siggi.«

»Du hast recht, Inge. Die Party bei Tatjana von Gnietschfleth kann ich echt als Erfolg verbuchen. Hab ich dir eigentlich erzählt, dat die mich gestern Abend noch angerufen hat?«

»Die von Gnietschfleth? Nein, das hast du nicht erwähnt. Was wollte sie denn?«

Siggi setzte ein triumphierendes Lächeln auf. »Einen Termin machen: Brasilian Waxing und eine Anti-Aging-Gesichtsbehandlung. Scheint, als hätte ich 'ne treue Kundin gewonnen, wa'?«

»Oh! Das sind tolle Neuigkeiten, Siggi. Leevke Cornelissen und ihre Freundinnen waren ebenfalls extrem angetan. Die hatten riesigen Spaß, und die Bestellungen sind auch schon angekommen. Ich soll dich noch mal ganz lieb grüßen. Geh mal davon aus, dass sich das rumspricht.«

»Dat baut mich jetzt richtig wieder auf, weißte das, Inge? Ich versuch einfach, mich auf den Job zu konzentrieren und mich nicht so auf diese Sache mit Lenka zu versteifen. Wer weiß, ob ich da je wat Brauchbares rausfinde? So, aber nun muss ich mich sputen. Ich hab noch 'ne Menge Geschirr und Kram einzupacken und nachmittags dann den Termin bei 'Titi'.«

Inge prustete. Sie hatte gerade einen Schluck Kaffee genommen, den sie bei Siggis Worten pustend auf der Tischplatte verteilt hatte. »Sag doch so was nicht, wenn ich gerade trinke!« Sie giggelte und griff nach dem Lappen auf der Spüle, um die Kaffeespritzer wegzuwischen. »Halt die Ohren steif, Siggi. Grüß mir Torsten und Candy und viel Spaß mit 'Titi' nachher.« Sie legte den Lappen zur Seite und trank noch einen Schluck Kaffee.

»Na, Spaß ist relativ. Ich weiß, gehört inzwischen auch zum Job, aber ist für mich immer noch gewöhnungsbedürftig, anderen Frauen an der Muschka rumzufummeln.«

Wieder verteilte Inge einen Kaffeesprühregen über den Tisch.

»Lach nich'. Ich mein, keiner mag so 'n Riesengestrüpp, doch warum erwachsene Frauen untenrum wie 'ne Siebenjährige aussehen wollen, wird mir ein Rätsel bleiben.«

»Siggi! Nun sieh aber zu, dass du wegkommst! Jetzt hab ich schon wieder den guten Kaffee über den Tisch gespuckt. Schweinkram!« Inge griff erneut nach dem Lappen, um die Tischplatte abzuwischen.

»Ich geh ja schon!«, sagte Siggi und musste selbst lachen.

»Denk an die Zeitungen. Die hab ich dir schon rausgelegt: in der großen Tüte neben dem Eingang.«

»Danke, Inge!«

Mit dem Verpacken des Geschirrs und der Gläser kam Siggi zügig voran. Sie hatte wohl noch Übung von Nisis Umzug, bei dem Denise Omas altes Geschirr aus dem Keller mitgenommen hatte.

Als Siggi damit fertig war, suchte sie noch einmal nach Hinweisen, die darauf hindeuten konnten, wem Lenka das Buch zugedacht hatte, doch es fand sich nichts. Die Sängerin hatte zu kurz hier gewohnt, als dass sich viel Persönliches hätte ansammeln können. Es fanden sich keine Zettel, Notizen oder Briefe, die auf eine Affäre oder Beziehung hätten hindeuten können. Allerdings musste Siggi zugeben, dass sie selbst auch häufiger zum Smartphone und den entsprechenden Messenger-Apps griff oder schnell eine E-Mail schickte, anstatt Zettel oder Briefe zu schreiben. Und Lenka war noch einmal fast zwanzig Jahre jünger als sie gewesen. Für die Generation war das alles noch selbstverständlicher. Denise jedenfalls fand auch überhaupt nichts dabei, Textnachrichten statt Urlaubspostkarten zu versenden. Nicht einmal an Andi. Es gab ja Emojis mit Herzchenaugen. Tatsächlich fand Siggi in der Nachttischschublade ein Tablet und vermutete, dass es Lenka als Notizbuch und zum Kommunizieren gedient hatte. Natürlich war es mit einem Passwort gesichert.

Mit schlechtem Gewissen legte sie es zurück in die Schublade. Eigentlich sollte sie in so privaten Dingen überhaupt nicht herumwühlen.

Ein ganz besonderer Kniff

Am Dienstag hatte Siggi gleich zwei *Girlfriendz*-Partys veranstaltet: einen Geburtstagsbrunch am Vormittag in Tinnum und eine weitere Party am späten Nachmittag in Westerland. Leevke Cornelissen und ihre Freundinnen hatten anscheinend die Werbetrommel gerührt, denn es kamen immer mehr Anfragen. Die allermeisten unter weit weniger exklusiven Adressen als der der Gnietschfleths, aber das war Siggi auch nur recht so.

Am Mittwochmorgen fuhr sie zu Lenkas Haus, um dem Fahrer vom Sozialkaufhaus aufzumachen, der das Geschirr und andere Küchenutensilien abholen wollte. Dann kümmerte sie sich um ihren eigenen sträflich vernachlässigten Haushalt. Sie hatte noch bis Donnerstagnachmittag, um mit den Sachen aus dem Wohnzimmer bei Lenka fertig zu werden. Zeit, sich endlich auch mal wieder ihrem eigenen Zuhause zu widmen. Noch war sie gar nicht so recht dazu gekommen, die Vorzüge ihres neuen Heims zu genießen. Allerdings hatten sie den alten Saunaofen wieder in Betrieb genommen und beschlossen, auf ein moderneres, umweltfreundlicheres Gerät zu sparen. Torsten hatte angefangen, Gartenratgeber zu lesen, weil keiner von ihnen so richtig Erfahrung mit einem eigenen Garten hatte. Siggi hatte sich als Teenager eine Zeit lang etwas Taschengeld dazuverdient, indem sie bei Onkel Klaus im Schrebergarten beim Unkrautzupfen geholfen hatte, aber das war auch schon alles. Trotzdem gefiel es ihnen, einen Garten und eine Terrasse zu besitzen, und sie genossen es, draußen zu frühstücken.

Nach getaner Arbeit räumte Siggi Putzeimer, Schrubber und Lappen wieder in die Abstellkammer und warf einen Blick auf die Uhr. Es wurde Zeit, sich für ihren Termin mit Tatjana von Gnietschfleth umzuziehen. Torsten war heute mit dem Rad zur Arbeit gefahren, sodass sie den Passat für die Fahrt nach Kampen nehmen konnte. Es wären zwanzig Kilometer zu radeln gewesen, und sie wollte nicht verschwitzt und mit zerzausten Haaren dort ankommen. Außerdem hätte sie die Ausrüstung mit dem Fahrrad auch nur schwerlich transportieren können. Für das Waxing wollte sie die faltbare pinkfarbene Massageliege mitnehmen, die sie sich für Hausbesuche angeschafft hatte.

Zu Hause duschte Siggi schnell, machte sich zurecht und packte ihre Utensilien zusammen. Dann fuhr sie zum Haus der von Gnietschfleths.

Titi begrüßte sie wie gewohnt mit zwei gezierten Luftküsschen. »Wie schön, dass es so kurzfristig geklappt hat! Wir haben das Haus auch ganz für uns. Gabi ist auf irgend so einer Benefizveranstaltung in Hamburg, und die Kinder sind mit Hendrik nach List gefahren. Hach! Sie sind ja schwer bepackt, Sie Ärmste! Kommen Sie durch.«

Heute trug Titi Jeans und ein eng anliegendes Tanktop, und ihre Absätze waren deutlich flacher. Dennoch musste Siggi an eine Giraffe denken, als Titi mit ihren langen Beinen in der hautengen Röhrenjeans voranstöckelte. Im Wohnzimmer baute Siggi die Liege auf und legte anschließend ein weißes Saunatuch darüber.

»Ich denke, wir sollten mit dem Waxing anfangen, sonst ist nachher der ganze Erholungseffekt der Gesichtsbehandlung gleich wieder futsch«, schlug Siggi vor.

»Jetzt machen Sie mir aber Angst«, sagte Tatjana, und Siggi lachte.

»So schlimm ist es nicht, ich gehe da schon ganz vorsichtig und sanft vor, aber gänzlich ohne Ziepen bekommt man das nicht hin.«

»Ich mache doch nur Scherze, meine Liebe. Ich gehe regelmäßig zum Waxing. Bisher bin ich dafür immer extra in den Salon gefahren. Aber zu Hause in den eigenen vier Wänden ist es doch etwas angenehmer. Es ist ja eine recht intime Angelegenheit, nicht?«

»Das stimmt. Es ist wichtig, dass Sie sich wohlfühlen und mir vertrauen.«

Kurze Zeit später lag Tatjana vor ihr auf der Liege, und Siggi begann, die Haut vorzubereiten, um Irritationen vorzubeugen. Schließlich kleisterte sie das erste Areal der Bikinizone ein, legte den Streifen auf die klebrige Masse und zog ihn mit einem geschickten Ruck ab.

Titi sog Luft zwischen den Zähnen ein. »Was tun wir nicht alles, um den Männern zu gefallen, nicht?«, sagte sie, während Siggi den nächsten Streifen Haut einstrich.

»Und meistens wissen die dat gar nicht ma' zu schätzen, die Dösköppe«, entgegnete Siggi.

»Wie recht Sie haben! Autsch!«, rief Titi. »Die sind wie die Kinder. Eine Zeit lang ist ein Spielzeug interessant, aber dann lassen sie es in der Ecke liegen. Aiii! Hu! Sie könnten die perfekte Frau sein … Oooah! Au! Na ja, man muss sich Mühe geben, um das Interesse lebendig zu halten, nicht?«

»Noch ein bisschen die Zähne zusammenbeißen, bald haben wir es geschafft«, verkündete Siggi und arbeitete rasch weiter.

»Wer schön sein will, muss leiden. Au! Haa! Hat schon meine Oma immer gesagt. Na ja, aber Gabi kann dann auch wieder supersüß sein. Neulich hat er mir Karten für eine Show der Smirnoff Bro-aua … Smirnoff Brothers geschenkt.«

»Ach, das sind doch diese Zauberer, von denen hab ich gehört. Die Show soll toll sein.«

»War sie au-auuch. Die waren eine Woche hier auf Sylt. Und weil Ga-haahaa-Gabriel da verreist war und nicht mitgehen konnte, hat er mir und Vero – die kennen Sie von der Party – Karten für die Vorstellung am Dienstagabend geschenkt. Ist das nicht sü-hüüüü… ah … süß?«

»So, jetzt haben wir es geschafft. Ich gebe schnell Pflegelotion drauf und lege ein Gelpack auf, das kühlt schön und verhindert Rötungen.«

»Haa! Das tut gut!« Tatjana schloss die Augen. »Ein Glück, dass so ein Waxing immer eine Zeit hält. Stellen Sie sich vor, man müsste so etwas täglich machen.«

»Bloß nicht!« Siggi lachte. »So, aber Sie können sich schon mal wieder anziehen. Jetzt kommt der angenehme Teil.«

»Prima. Darauf freue ich mich. Eine ausgiebige Gesichtsbehandlung ist ungemein entspannend.«

Titi schloss die Augen und überließ sich Siggis geübten Händen, die sich gleich ans Werk machten. Reinigen, klären, Brauen zupfen, peelen, ausreinigen und schließlich eine beruhigende Maske mit kühlenden Gelpads auf die Augen.

»Das muss jetzt eine Weile einwirken«, erklärte Siggi. »Dürfte ich vielleicht in der Zwischenzeit einmal aufs Örtchen verschwinden?«

»M-hm, natürlich«, murmelte Tatjana tiefenentspannt. »Sie wissen ja, wo es ist, nicht wahr?«

Siggi deckte sie mit Handtüchern zu, ließ sie auf der Liege zurück und suchte das Gäste-WC im Erdgeschoss auf. Dabei dachte sie über das Gespräch mit Titi nach. Offenbar hing bei den von Gnietschfleths der Haussegen schief. Tatjana schien zu befürchten, dass Gabriel das Interesse an ihr verloren hatte. Sie tat Siggi ein wenig leid, denn offensichtlich gab sie sich ja große Mühe, die Ehe lebendig zu halten, quälte sich durch Kosmetikbehandlungen und kaufte verführerische Dessous. Auch den einen oder anderen chirurgischen Eingriff hatte sie über sich ergehen lassen. Bei einer so schlanken Figur, wie Tatjana sie hatte, war es jedenfalls naheliegend, dass die üppige Oberweite nicht naturgegeben war, zumal sie trotz der drei Kinder auch noch verdächtig fest und straff aussah. Bei den hohen Wangenknochen hatte Siggi ebenfalls den Verdacht, dass der Natur etwas nachgeholfen worden war, von Filler-Injektionen und Botox ganz zu schweigen. Da setzte sich eine Frau all diesen Prozeduren aus und fürchtete doch stets, nicht schön, jung und straff genug zu sein. Da lobte sie sich ihr Törtchen. Der drückte ihr ab und zu mal einen blöden Spruch über das Altern, um sie zu necken, oder guckte einer hübschen Frau hinterher, doch Siggi war sich sicher, dass er wusste, was er an ihr hatte, und dass ihm das Herz wichtiger war als die Verpackung, in der es steckte. Allerdings hatte sie sich in ihrer Beziehung mit Torsten noch nie ernsthaft Sorgen gemacht, dass er ihr fremdgehen könnte. Er hätte auch wenig Gelegenheit dazu gehabt, schließlich wohnten sie zusammen, und er hätte schon eine gute Ausrede gebraucht, um über Nacht wegzubleiben. Klar, man konnte sich auch tagsüber zum Fremdgehen treffen, aber Torsten war einfach nicht der Typ für Heimlichtuerei, Lügen und Intrigen. Sie war sich sicher, dass sie sofort gemerkt hätte, wenn da etwas nicht stimmte.

Tatjana war sich bei Gabriel offenbar nicht so sicher. Klar, der war als Politiker ja auch ständig unterwegs. Eine Affäre hätte er ohne Weiteres tarnen können.

Der Gedanke durchfuhr Siggi wie ein Blitz. Und wenn nun doch eine Verbindung zwischen »Gabi« und Lenka bestanden hatte? War er möglicherweise ihre geheimnisvolle neue Liebe? Ein verheirateter Mann mit drei Kindern, noch dazu ein konservativer Politiker, der öffentlich von Familienwerten, dem besonderen Status einer Ehe und Tradition predigte … Wenn Lenka mit so einem Mann eine Affäre begonnen hatte, wäre das die perfekte Erklärung dafür, warum sie davon nicht einmal ihrer Schwester etwas gesagt hatte. Und wenn man dann noch eine ungeplante Schwangerschaft hinzugab, wurde daraus schnell ein recht explosiver Mix, der nicht nur die Ehe, sondern auch die politische Karriere von Gnietschfleths in null Komma nichts vollständig zerstören konnte.

Siggi war ganz hibbelig. Konnte ihre Theorie stimmen? Wenn ja, hatte Gabriel von Gnietschfleth das bisher plausibelste Motiv, Lenka zu töten. Allerdings müsste sie dazu erst einmal beweisen können, dass tatsächlich eine Verbindung zwischen den beiden bestanden hatte.

Sie verließ das Gäste-WC und sah sich im Flur um. Auf dem Schränkchen neben dem Telefon entdeckte sie ein ledergebundenes Büchlein. Vielleicht ein Adressbuch. Siggi klappte es auf und stellte fest, dass es sich um ein Notizbuch handelte. Sie blätterte durch die Seiten. Termine, Daten, Telefonnummern und Namen waren hier in ungeordneter Form auf die Seiten gekritzelt. Siggi stutzte. Auf einer Seite war das Datum von vergangenem Dienstag notiert, darunter ein Name: *Dariusz Szymczak.* Außerdem eine Handynummer. Siggi kramte ihr Handy heraus und fotografierte die Seite ab.

Außer der Notiz, die unter dem Datum von Lenkas Todestag eingetragen war, fand Siggi in dem Büchlein allerdings keine weiteren Hinweise. Aber wonach sollte sie auch suchen? Bisher war eine mögliche Affäre zwischen Gabriel von Gnietschfleth und Lenka lediglich eine wilde Theorie von ihr. Es gab doch keinerlei Verbindung zwischen den beiden, außer dass sie offenbar denselben Geschmack hatten, was Bücher betraf …

Aber natürlich! Siggi hätte mit dem Kopf gegen die Wand schlagen mögen. Es war doch so offensichtlich. Das Buch! Sie musste wissen, ob sich in der Ausgabe auf von Gnietschfleths Nachttisch eine Widmung befand. Kurz überlegte sie, sich ins Schlafzimmer zu schleichen. Tatjana lag mit Gelpads auf den Augen auf der Liege, doch das Risiko war zu hoch, dass sie hörte, wenn Siggi die Treppe hinaufging. Sie kehrte ins Wohnzimmer zurück, nahm die Gelpads ab und machte sich daran, die Reste der Maske zu entfernen.

»Das ist so herrlich entspannend, Siggi!«, murmelte Tatjana schläfrig.

Das war ihre Chance! Bei der anschließenden Massage kam es nicht selten vor, dass Kundinnen einschliefen. Es wäre doch gelacht, wenn sie es nicht schaffen würde, Titi ins Land der Träume zu massieren. Schließlich war sie »Siggi mit den magischen Fingern«.

Sie holte den Bluetooth-Lautsprecher aus dem Köfferchen, stellte ihn auf und wählte auf ihrem Handy die Meditationsmusik mit Klangschale, die sie im Studio immer für das Tiefenentspannungsprogramm verwendet hatte. Dann machte sie sich an die Gesichtsmassage. Unter ihren kundigen Fingern entspannte sich Tatjanas Gesichtsmuskulatur zusehends. Der Nacken wurde locker, die Atmung regelmäßiger und tiefer, schließlich begannen die Lider leicht zu flattern, bis das gesamte Gesicht locker und entspannt war.

Siggi beugte sich über Tatjana. Ein leichtes Schnarchen war zu hören. Na also! Sie hatte es noch immer voll drauf. Die Musik würde noch eine Zeit laufen. Sie musste jetzt schnell handeln.

Auf Zehenspitzen huschte sie aus dem Wohnzimmer und die Treppe hinauf, stieß die Schlafzimmertür auf und entdeckte das Buch auf dem Nachttisch. Mit klopfendem Herzen und leicht zittrigen Fingern blätterte sie es durch, konnte aber keine Widmung finden. Sie wollte es gerade auf den Nachttisch zurücklegen, als ihr etwas auffiel. Ganz vorne im Buch war eine kleine Ecke oben umgeknickt, ein kaum sichtbares Eselsohr, keines wie man es unabsichtlich durch ungeschicktes Weglegen hineinmachte. Es war ein scharfer, feiner Kniff, wie mit dem Fingernagel festgestrichen. Siggis Herz klopfte aufgeregt. Das hatte sie in den Deutscharbeiten bei Frau Schäfer immer gemacht, wenn sie eine Lektüre benutzen durften. Sie hatte zwei Seiten irgendwo in der Mitte ganz dünn mit Bleistift beschrieben, sich zum Beispiel rhetorische Stilmittel, Aufbau und Gliederung einer Interpretation oder Tafelbilder aus dem Unterricht dort hineingeschrieben und die beiden Seiten genau so zusammengeknickt wie diese. Beim schnellen Durchblättern öffnete sich das Buch nicht an dieser Stelle, sodass Frau Schäfer bei ihr stets vergebens nach Spickzetteln gesucht hatte.

Siggi öffnete die Falz und schlug die Seite auf. Die

Luft wich aus ihren Lungen, und sie starrte auf das Buch. Mit Kugelschreiber war dort eine Widmung eingetragen:

Am Meer suchte ich mich, am Meer fand ich dich.

Mehr nicht, kein Name, kein Datum, nicht einmal ein Kürzel, und doch wusste Siggi, dass sie endlich auf die Spur gestoßen war, die sie so lange vergeblich gesucht hatte. Leider hatte sie bei ihrem genialen Plan nicht bedacht, dass sie das Handy zum Fotografieren gebraucht hätte. Das lag allerdings unten auf dem Wohnzimmertisch und dudelte Klangschalenmeditationsmusik, um Titi im Entspannungskoma zu halten. Mist. Siggi knickte die Seiten eilig wieder zusammen, legte das Buch so zurück, wie sie es gefunden hatte, und lief ins Wohnzimmer.

Ich bin Candy

»Ha! Wusst' ich's doch!«, rief Törtchen, als Siggi ihm die neuesten Entwicklungen beim Abendessen berichtet hatte. »Auf Saubermann und Moralwächter machen und heimlich ein fünfzehn Jahre jüngeres Schlagersternchen schwängern. Und die Olle? Hier, wie heißt se, diese Tatjana? Meinste, die hat davon gewusst?«

»Nee, ich glaube nicht. Sie scheint zwar zu ahnen, dass da wat im Argen ist, aber einen konkreten Verdacht scheint se nicht zu haben.«

»Und wat willste jetzt machen? Gehste noch mal zur Polizei?«, fragte Torsten.

»Ich weiß nicht.« Siggi mümmelte nachdenklich an der Brotkante herum. »Die Story hört sich so abenteuerlich an, die müssen mich doch für bekloppt halten. Das ist alles noch so wischiwaschi. So als hätte sich das einer zusammengesponnen. Weißte, was ich meine?«

»Ja, ich schätze schon. Du müsstest ganz schön ausholen, um das zu erklären.«

»Na ja, und eigentlich ist mit alldem ja auch noch nix bewiesen. Beweisen kann ich nur, dat sie dieses eine

Buch zweimal gekauft und eins davon diesem von Gnietschfleth geschenkt hat.«

»Was lange noch nicht bedeuten muss, dat die miteinander inne Kiste waren, klar«, bestätigte Torsten. »Und schon gar nicht, dass der am Dienstagabend bei deiner Lenka eingestiegen ist und sie ertränkt hat. Würde auch nicht dat Schlafmittel im Blut erklären.«

»Richtig«, stimmte Siggi resigniert zu. »Es hört sich einfach an wie eine wilde Geschichte von einer, die nicht wahrhaben will, dass Lenka sich umgebracht hat. Und nachdem ich den Kommissar schon ein paar Mal mit meiner Anwesenheit beehrt hab, glaubt der sowieso, dat ich nicht mehr alle Latten am Zaun hab.«

»Und wat is' mit dieser ominösen Telefonnummer?«, wollte Torsten wissen.

Siggi hielt Daumen und kleinen Finger der rechten Hand ans Ohr, um einen Telefonhörer anzudeuten. »Herr Kommissar! Kommen Sie schnell! Herr von Gnietschfleth hat sich eine Telefonnummer aufgeschrieben, ausgerechnet unter dem Datum, als Lenka gestorben ist.«

»Ja, ich merk schon … so aussem Zusammenhang gerissen, ist dat auch nich' so richtig überzeugend.« Torsten kratzte sich am Kopf. »Könnte im Übrigen doch auch die Trulla gewesen sein, oder nicht? Ich mein, die hätte ja auch einen Grund, die Konkurrenz um die Ecke zu bringen.«

»Nee, die hatte an dem Abend Karten für die Smirnoff Brothers und war mit einer Freundin da«, widersprach Siggi. »Und nun rat mal, wer ihr die Tickets geschenkt hat?«

»Nee! Sach et nich'!«, rief Torsten. »Der Alte hat ihr die geschenkt? Meinste, der wollte seine Frau bloß aus dem Weg haben, damit er in Ruhe sein Problem mit der schwangeren Geliebten aus dem Weg schaffen konnte?«

»Sieht fast so aus, oder?«, meinte Siggi. »Wenn ich es nur irgendwie beweisen könnte …«

»Und wat willste jetzt machen?«

»Ich werd' da einfach mal anrufen«, meinte Siggi. »Mal gucken, wer da drangeht, und versuchen herauszufinden, was das für einer ist, dieser Szymszak.«

»Ja, bist du bekloppt? Wat, wenn das nun wirklich ein gefährlicher Krimineller ist oder so? Nachher taucht der hier auf, und dann haben wir den Salat.«

»Beim Auspacken unserer Umzugskartons hab ich irgendwo noch so 'ne olle Pripäit-Sim-Karte von Nisi gesehen. Die könnte ich doch nehmen. Nur vorsichtshalber.«

»Wenn de meinst …«

Siggi suchte in der besagten Krimskrams-Schublade in der Küche und wurde fündig.»Tadaa! Na, wer sagt's denn? Hier isse. Dann werd' ich die mal in mein Handy friemeln.«

Torsten saß ihr gegenüber und beobachtete sie mit gespanntem Gesichtsausdruck, als sie die Nummer wählte. Das Freizeichen ertönte einige Male, klang dann plötzlich leicht verändert. Eine Rufumleitung, vermutete Siggi.

»*Dancing Cat Club*, Witkowsky«, meldete sich eine tiefe männliche Stimme.

»Äh … hallo, ich … äh, ich hätte gern Herrn Szymszak gesprochen«, piepste Siggi mit verstellter Stimme.

»Und darf ich wohl erfahren, wie du heißt, meine Süße?«, entgegnete Witkowsky.

»Ich … äh … ich bin …« Suchend schweifte Siggis Blick durch den Raum und blieb am Hundekörbchen hängen. »Ich bin Candy.«

»Natürlich bist du das«, knurrte Witkowski in den Hörer. Eine Weile war es ganz still. Dann plötzlich hörte sie Witkowsky laut und rau lachen. »Verstehst du? *Highlander.* 'Hi, ich bin Candy.' 'Natürlich bist du das.' Kurgan, der Kirgise.« Das Lachen hörte abrupt auf. »Na ja, dafür bist du wahrscheinlich noch zu jung, was? Rufst du wegen der Anzeige an?«

»Richtig, genau«, beeilte Siggi sich zu sagen.

»Tut mir leid, aber da kann ich dir gerade nicht weiterhelfen. Da müsstest du wirklich einen Termin mit Szymszak machen. Aber der ist leider im Augenbick beschäftigt.«

»Macht ja nichts, dann ruf ich einfach noch mal an.«

»Ja, mach das, mach das. Oder komm einfach vorbei. Vielleicht kannst du dann gleich mal vortanzen und zeigen, was du so draufhast.«

»Sicher, äh, gute Idee. Vielleicht komm ich mal rein. Danke.«

»Nichts zu danken, Kleines.«

Siggi legte auf.

Törtchen sah sie gespannt an. »Na? Sach schon, wer war dran?«

»Ich glaub, irgend so ein Strip-Club.«

»Ein Strip-Club? Das wird ja immer schöner mit diesem von Gnietschfleth.« Torsten schüttelte den Kopf. »Was hat das nun wieder zu bedeuten? Meinste, der hat seine Olle zu diesen Smirnoff Brothers geschickt, um in den Strip-Club zu fahren?«

»Keine Ahnung.« Siggi knetete die Unterlippe. »Könnte natürlich sein. Aber wie passt das alles zusammen?«

»Da bin ich komplett überfragt.« Torsten zuckte mit den Schultern. »Das ist schon 'ne verworrene Angelegenheit, in die du dich da reinmanövriert hast.«

»Bei dir klingt dat jetzt wieder so, als wär dat meine Schuld«, entgegnete Siggi angesäuert.

»Na ja, ganz unschuldig biste nicht dran. Musstest deine Nase ja auch wieder in fremde Angelegenheiten stecken.« Torsten grinste.

»Aha! Deiner Meinung nach sollen die Mörder also lieber frei rumlaufen.«

»Is' ja noch nich' gesagt, dat es einen Mörder gibt«, wandte Torsten ein. »Aber du hast schon recht, dat sind für meinen Geschmack ein paar Ungereimtheiten zu viel. Bloß ein Wort der Warnung von mir: Der von Gnietschfleth ist unglaublich einflussreich und hat beste Beziehungen. Gegen den sollteste keine wilden Anschuldigungen erheben, wenn de dir nicht absolut sicher bist, dat du da 'nen wasserdichten Fall hast.«

»Ja, ich weiß«, stimmte Siggi zu. »Der verklagt mich bis in die Steinzeit, wenn ich seine Affäre auffliegen lasse, behaupte, dass er Lenka umgebracht hat, und es dann nicht beweisen kann.«

»Genau. Deswegen sollteste da lieber die Finger von lassen.«

»Und eventuell einen Mörder davonkommen lassen?« Siggi sah Torsten schockiert an.

»Nee, natürlich nicht, aber … ich mein, was haste denn gegen den in der Hand?«

»Wir drehen uns im Kreis«, stellte Siggi fest. Sie zwirbelte eine hellblonde Haarsträhne um den Zeigefinger. »Vielleicht sollte ich Polina in alles einweihen. Die ist am Donnerstag zurück und dürfte schließlich auch ein Interesse daran haben, wenn der Typ ihre Schwester umgebracht hat.«

»Dann lass aber in deiner Erzählung die Stellen weg, wo du bei der im Haus rumgeschnüffelt hast«, warnte Torsten.

»Ja, ja, ich muss ja nicht alle Details erwähnen. Ich mach das schon. Aber ich denke eigentlich die ganze Zeit über eine andere Sache nach.«

»Und die wäre?«

»Angenommen, wir liegen mit allem richtig, und von Gnietschfleth hat Lenka umgebracht, damit das mit der Schwangerschaft und der Affäre nicht ans Licht kommt. Wie hat er es dann angestellt? Immerhin hat die Polizei weder Einbruchs- noch Kampfspuren gefunden. Lenka hatte Schlafmittel im Blut und ist eindeutig ertrunken. Es kann also nicht sein, dass er sie zum Beispiel irgendwo anders umgebracht und dann erst in die Badewanne gelegt hat. Die Sicherheitskamera hat keinen Besucher aufgenommen, und wenn er hinten über die Mauer geklettert oder durch das Tor gekommen wäre, hätte er noch immer irgendwie die Terrassentür oder ein Fenster aufbekommen müssen, ohne dass die Alarmanlage losplärrt.«

Torsten nickte. »Das ist allerdings ein ziemlich großer Haken an der Sache. Na ja, heute werden wir die Probleme dieser Welt nicht mehr lösen. Wir sollten 'ne Nacht drüber schlafen, vielleicht sehen wir morgen schon klarer. Wollen wir vorher noch zusammen eine Runde mit Candy drehen?«

»Als bliebe uns jetzt noch eine Wahl!« Siggi lachte und deutete auf die Yorkshire-Hündin, die natürlich ihren Namen und das Stichwort »Runde drehen« gehört hatte und hechelnd und mit gespitzten Öhrchen vor ihnen saß.

»Na komm, Candy, dann wollen wir mal.«

Das Blatt wendet sich

Siggi und Törtchen waren nach dem Spaziergang früh zu Bett gegangen, hatten noch ausgiebig miteinander gekuschelt und waren schließlich Arm in Arm eingeschlafen. Obwohl sich Siggi am Morgen angenehm ausgeruht und entspannt fühlte, kamen ihr keine neuen, zündenden Ideen, wie sie ihr Dilemma angehen konnte. Sie musste dringend mit Polina sprechen. Die wusste möglicherweise mehr und konnte eventuell die fehlenden Puzzleteilchen liefern, die sie brauchten, um die Polizei zu überzeugen, die Ermittlungen wieder aufzunehmen.

Den Vormittag verbrachte Siggi damit, zu Hause Ordnung zu schaffen und den Garten zu versorgen. Am Nachmittag schwang sie sich schließlich aufs Rad, um die restlichen Sachen in Lenkas Wohnzimmer zu verpacken, und holte dann neue Kartons, um auch die Aktenordner aus dem Büro zu verstauen. Gerade als sie damit beginnen wollte, hörte sie plötzlich die Terrassentür. Schritte, die wie die eines Mannes klangen, klackerten auf dem Fliesenboden. Siggi versuchte, leise zu atmen, doch ihr aufgeregt pochendes Herz sorgte dafür, dass der Atem stoßweise über ihre Lippen kam. Panisch suchte Siggi mit den Blicken den Raum nach einem geeigneten Versteck ab, aber es gab keines. Blieb nur noch die Möglichkeit, sich unter dem Schreibtisch zu verkriechen. Doch die gläserne Tischplatte würde sie nicht verbergen, wenn die Person, die sich offenbar der Treppe näherte, das Arbeitszimmer beträte. Dennoch kauerte sich Siggi unter den Schreibtisch und betete, dass der Eindringling möglicherweise nur an der geöffneten Tür vorbeilaufen und einen kurzen Blick ins Büro werfen würde.

Die Schritte kamen eindeutig die Treppe hinauf, durchquerten den Flur und hielten einen Moment inne. Mist, verfluchter! Siggi, die unter dem Tisch kauerte, konnte sehen, wie sich die Tür zum Arbeitszimmer öffnete. Ein Schreck durchfuhr sie, als sie den Eindringling erkannte. Was hatte das nun wieder zu bedeuten? War sie mit ihrer Theorie doch vollkommen auf dem falschen Dampfer gewesen? Ihr Herz wummerte, und sie überlegte krampfhaft, was sie tun konnte. Noch hatte Udo Karstens sie nicht entdeckt. Er stand mit dem Rücken zum Schreibtisch vor dem Regal und suchte mit dem Finger die Reihe der Ordner ab, blieb bei der Lücke hängen und fluchte, begann mit der Suche von vorn. Na klar! Er war gekommen, um die Beweise für seinen Betrug verschwinden zu lassen. Das konnte doch eigentlich nur bedeuten, dass sie mit ihrer ersten Theorie richtiggelegen hatte. Jetzt war guter Rat teuer. Gleich würde er sich umdrehen und sie entdecken. Ihre Zunge klebte am Gaumen, und Siggi kämpfte gegen einen plötzlichen Hustenreiz. Was würde Karstens mit ihr anstellen, wenn er sie entdeckte? Sie musste hier raus!

Siggi entschied, dass ihre einzige Chance darin bestand, das Überraschungsmoment auszunutzen. Vorsichtig kroch sie unter dem Schreibtisch hervor. Aus Leibeskräften schreiend sprang sie auf die Füße, stieß

Karstens, der herumfuhr und ebenfalls einen Schrei ausstieß, mit aller Kraft vor die Brust und stürzte in den Flur hinaus. Offenbar hatte die Überrumpelungstaktik gewirkt, denn es dauerte eine Weile, bis Siggi Schritte hinter sich hörte. Sie hatte den oberen Treppenabsatz erreicht. Nur noch die Treppe hinunter, dann konnte sie aus der Haustür ins Freie laufen und Hilfe holen.

Atemlos rannte sie die Treppe hinunter, doch dann passierte es: Ihr Fuß rutschte ab, sie suchte vergeblich nach Halt und stürzte. Instinktiv riss sie die Arme hoch, um ihren Kopf zu schützen, und krümmte sich, sodass es ihr gelang, sich abzurollen. Dennoch war die Landung auf dem Fliesenboden unsanft und presste ihr die Luft aus den Lungen. Für einen Augenblick blieb sie keuchend liegen und hielt die Augen geschlossen. Als sie sie wieder öffnete, war Karstens bereits über ihr und starrte auf sie herab. Er beugte sich zu ihr herunter. Siggi kniff erneut die Augen zu und ging im Geiste alle Möglichkeiten durch, sich in ihrer Position zu wehren, doch der Schmerz des Treppensturzes raste noch immer durch ihre Glieder und ließ rasche Bewegungen beinahe unmöglich erscheinen. Verzweifelt fragte sich Siggi, was Karstens mit ihr vorhatte. Ob sie auch ihr Ende in der Badewanne finden würde? Das konnte sie unmöglich zulassen. Sie musste sich wehren! Doch schon berührte seine Hand sie an der Schulter.

»Um Gottes willen! Haben Sie sich verletzt? Was zum Teufel machen Sie hier? Ich habe mich zu Tode erschreckt.«

»Genau das könnte ich Sie auch fragen«, stieß Siggi todesmutig hervor, während sie sich mühsam in eine sitzende Position aufrichtete und ihre schmerzenden Glieder abtastete.

»Ich … äh … na ja, ich habe Unterlagen gesucht«, stammelte Karstens.

»Vermutlich den Ordner mit den Abrechnungen aus dem letzten Jahr, bei denen Sie ordentlich in die eigene Tasche gewirtschaftet haben, nicht wahr?«

Karstens sah perplex aus. »Sie … Sie wissen davon?«

»Allerdings. Und mein Freund und die Polizei auch! Es hat also keinen Sinn, mich umzubringen, so wie Sie Lenka umgebracht haben. Es wird sowieso herauskommen.«

»Sie umbring… Moment mal.« Karstens ging neben ihr in die Hocke und blickte sie noch verwirrter an. »Sie glauben, ich hätte … Natürlich! Für Sie muss es ja so aussehen. Aber ich versichere Ihnen …« Karstens reichte ihr die Hand. »Kommen Sie, ich helfe Ihnen auf, und wir sprechen in aller Ruhe. Es ist nicht so, wie es vielleicht aussehen mag.«

Siggi zögerte einen Moment und betrachtete Karstens argwöhnisch, doch etwas in seinem Blick ließ ihn vertrauenswürdig erscheinen. Schließlich ergriff Siggi die Hand und ließ sich aufhelfen.

»Sind Sie verletzt?«, fragte Karstens besorgt.

Siggi tastete sich noch einmal ab. »Nein, ich glaube nicht. Es war mehr der Schreck, und vielleicht habe ich ein paar Prellungen abbekommen. Gebrochen scheint jedenfalls nichts zu sein.«

»Ein Glück, es sah ziemlich gefährlich aus, wie Sie da die Treppe runtergekullert sind.«

»In einem anderen Leben war ich Stuntfrau.«

»Wirklich?«

»Quatsch, das war ein Scherz!« Siggi schüttelte den Kopf und musste lachen. Karstens fiel in ihr Lachen ein.

»Entschuldigung. Ich bin geistig nicht auf der Höhe, der Schreck hat mich nachhaltig verwirrt.«

»Na, und mich erst mal.« Siggi stemmte die Hände in die Hüften. »Und jetzt schießen Sie mal los, wie Sie ins Haus gekommen sind, was Sie überhaupt hier wollten und was es mit den frisierten Rechnungen auf sich hat.«

»Also, Sie müssen mir glauben, mit Lenkas Tod habe ich nichts zu tun. Ich war genauso schockiert wie Sie auch, als wir sie gefunden haben. Ich gebe zu, dass ich im vergangenen Jahr die Ausgaben ein bisschen zu meinen Gunsten manipuliert habe. Wissen Sie, ich bin Spieler und hatte einen üblen Rückfall. Ich habe ziemlich viel Geld verloren und Schulden bei miesen Typen gemacht. Ich musste das Geld schnell zurückzahlen.«

»Und da haben Sie Ihrer Klientin in die Tasche gegriffen, weil die sich für den Finanzkram nicht interessierte.«

»Richtig. Ich weiß, es war eine ganz miese Nummer, doch ich wollte das Geld nicht behalten. Ich hatte vor, es nach und nach zurückzuzahlen, indem ich mich umgekehrt zu Lenkas Gunsten 'verrechne'.«

»Aber Lenka hat vor ihrem Tod herausgefunden, dat Sie se beschissen haben, oder etwa nicht?«

»Ja, sie rief mich an und sagte, sie habe Ungereimtheiten entdeckt. Sie wollte mit mir darüber sprechen. Und ich habe Panik bekommen.«

»Und da wollten Sie versuchen, Ihre Spuren zu verwischen. Genau, wie Sie heute hergekommen sind, um die Akte verschwinden zu lassen.«

»Ja, aber mit ihrem Tod habe ich nichts zu tun!«, betonte Karstens erneut. »Ich dachte, es war Selbstmord. Sie glauben wirklich, dass jemand sie umgebracht hat?«

Siggi nickte, und Karstens sah für einen Augenblick so aus, als hätte ihm jemand in den Magen geboxt.

»Ich hätte Lenka einfach reinen Wein einschenken sollen«, murmelte er.

»Aber dann wären Sie Ihren Job losgeworden, und Ihre Karriere wäre ruiniert gewesen«, folgerte Siggi.

»Gefeuert hätte sie mich garantiert, doch inzwischen denke ich, wenn ich ehrlich zu ihr gewesen und ihr einfach erklärt hätte, wie es dazu gekommen ist und dass ich vorhatte, ihr das Geld zurückzuzahlen, hätte sie die Geschichte für sich behalten.« Ein Ausdruck aufrichtigen Bedauerns war in Karstens' Gesicht getreten. »Lenka war ein toller Mensch, immer fair zu allen, auch wenn die es manchmal gar nicht verdient hatten. Es tut mir so leid, wie das alles gelaufen ist. Und ich schäme mich unglaublich vor der Familie. Deswegen wollte ich auch die Akte holen und alles bereinigen, bevor jemand die Unstimmigkeiten entdeckt. Spätestens wenn Polina und ihre Mutter die Erbschaftsangelegenheiten regeln, werden bestimmt alle Finanzen geprüft.«

»Und Ihre Trickserei betrifft wirklich nur das letzte Jahr?« Siggi war noch immer nicht restlos überzeugt.

»Nur das letzte Jahr, ich schwöre es.« Udo Karstens hob eine Hand. »Sie können sich selbst gern überzeugen, ansonsten habe ich immer alles sehr gewissenhaft abgerechnet. Aber jetzt verraten Sie mir mal, was Sie überhaupt hier machen und warum Sie von der Akte wussten.«

»Polina hat mich gebeten, bei der Haushaltsauflösung zu helfen und Kartons zu packen«, entgegnete Siggi. »Dabei habe ich den Ordner auf Lenkas Nachttisch gefunden und mal einen Blick hineingeworfen. Ich habe einen Schlüssel. Doch wie sind Sie denn ins Haus gekommen?«

Karstens räusperte sich. »Na ja, mir fiel ein, dass Lenka mir erzählt hatte, dass sie ein Hide-a-key im Garten versteckt hat.«

»Ein was?« Siggi runzelte die Stirn.

»Ein Hide-a-key. So ein Ding, das aussieht wie ein Stein. Auf der Unterseite hat es ein Fach, in das man einen Schlüssel stecken kann. Darin hatte sie einen Terrassenschlüssel versteckt, weil sie sich gleich am ersten Tag aus Versehen ausgeschlossen hatte. Man kann die Terrassentür nämlich von außen verschließen. Wenn man vergisst, den kleinen Pin im Türschloss hochzudrücken und die Tür zuzieht, bleibt sie verschlossen.«

Siggi riss die Augen auf. »Wie bitte? Es gab einen versteckten Schlüssel? Haben Sie das der Polizei gesagt?«

»Nein, es ist mir ja selbst eben erst wieder eingefallen, als ich überlegt habe, wie ich an den vermaledeiten Ordner komme.«

»Hm … Sie waren sicher nicht der Einzige, der von dem Ersatzschlüssel wusste«, mutmaßte Siggi. »Für jemanden, der das Versteck kannte, wäre es also ein Leichtes gewesen, über die Mauer zu klettern und die Terrassentür aufzuschließen.«

»Vermutlich. Ach, Sie meinen …?« Karstens riss die Augen auf, als er begriff, was sie andeutete. »Sie meinen, jemand kannte das Versteck, ist durch die Terrassentür ins Haus gekommen und hat Lenka umgebracht? Doch was ist mit den Tabletten?«

»Vielleicht hat er sie ihr irgendwie eingeflößt«, vermutete Siggi. »Bleibt aber immer noch das Problem mit der Alarmanlage. Er hätte den Code kennen müssen, um sie abzuschalten.«

»Alarmanlage?« Karstens sah überrascht aus. Dann schlug er sich vor die Stirn. »Natürlich. Puh! Da habe ich ja fast noch einmal Glück gehabt, dass Sie im Haus waren und die Anlage offenbar deaktiviert hatten.«

»Sie haben nicht an die Alarmanlage gedacht?« Siggi sah ihn ungläubig an.

»Nein. Das Ganze war eine spontane Idee, weil ich

Panik hatte, dass alles herauskommt. Davon war nichts so wirklich gut überlegt.« Udo Karstens sah zerknirscht aus.

Siggi schüttelte den Kopf. »Am Mittwochmorgen war die Alarmanlage scharfgeschaltet. Sie hätte also anschlagen müssen, wenn jemand die Terrassentür geöffnet hätte.«

»Vielleicht nicht, wenn er die Tür mit einem Schlüssel öffnet?«, mutmaßte Karstens.

»Also, bei der Haustür muss man den Code eingeben, auch wenn man sie mit dem Schlüssel geöffnet hat. Ich weiß nicht, wie das bei der Terrassentür wäre.«

»Sie könnten es ausprobieren«, schlug Karstens vor.

»Und dann muss ich nachher den Polizeieinsatz bezahlen. Nein, danke«, lehnte Siggi ab. »Ich schätze, ich muss auf Polina warten. Die wird mehr darüber wissen, wie die Anlage funktioniert. Sie müsste jetzt schon auf dem Autozug sein. Sie hat mir heute Morgen noch eine Nachricht geschickt.«

»Glauben Sie, ich könnte möglicherweise mit ihr sprechen?«, fragte Udo Karstens, sichtbar bedrückt. »Sie haben vollkommen recht. Wenn die Sache mit der Unterschlagung bekannt wird, könnte mir das beruflich das Genick brechen. Aber wenn ich ihr alles erkläre und beweise, dass kein finanzieller Schaden entstanden ist, weil ich das Geld jetzt zurückzahlen kann, meinen Sie, Sie würde mir noch eine Chance geben?«

»Fragen Sie sie am besten selbst. Ich will sie ohnehin wegen der Alarmanlage anrufen.« Siggi nahm ihr Handy und wählte Polinas Nummer.

»Siggi? Nanu, ist etwas passiert?«

»Das kann man wohl so sagen.« In groben Zügen erklärte sie, was sich soeben zugetragen hatte.

»Dann hatte Lenka also doch recht«, murmelte Polina. »Sie hat mir gegenüber schon einmal erwähnt, dass Sie da einen Verdacht hatte. Sagen Sie Karstens, ich werde es mir überlegen. Er soll erst mal nach Hause gehen. Ich befasse mich später damit und rufe ihn an. Die Sache mit dem versteckten Schlüssel bereitet mir jetzt weit mehr Bauchschmerzen.«

»Verstehe, ich werde es ihm ausrichten. Wie lange werden Sie brauchen?«

»Ich bin in etwa zwanzig Minuten da, schätze ich.« Polina klang aufgewühlt. »Sie müssen mir alles haarklein erzählen. Und dann rufen wir am besten die Polizei.« Siggi konnte hören, dass Polinas Stimme zitterte. »Dann ist es wahr. Ich hatte die ganze Zeit das Gefühl, dass da etwas nicht stimmt. Mir wollte nicht in den Kopf, dass Magda so etwas tun konnte. Jetzt ergibt das alles plötzlich Sinn. Bis gleich, Siggi.«

Als Karstens sich verabschiedet hatte, lief Siggi umher wie ein Tiger im Käfig und sah immer wieder auf die Uhr, deren großer Zeiger sich einfach nicht weiterbewegen wollte. Mit der neuen Information, dass es einen versteckten Schlüssel im Garten gegeben hatte, drehte sich die Situation. Wenn Lenka Karstens davon erzählt hatte, wusste möglicherweise auch von Gnietschfleth davon. Der hatte seine Frau zu den Smirnoff Brothers geschickt und war dann zu Lenka gefahren. Ihr das Schlafmittel einzuflößen war für ihn bestimmt nicht schwer gewesen. Möglicherweise hatte er es in einem anderen Getränk aufgelöst, die Spuren anschließend beseitigt und das Weinglas hingestellt. Eine Schwangere, die keine Skrupel hat, Wein zu trinken, nimmt bestimmt auch Tabletten. Eine Frau, die plant, sich umzubringen, muss auch nicht auf eine Schwangerschaft Rücksicht nehmen und kann die Tabletten mit Wein herunterspülen. Eine perfekte Inszenierung, die ihre Wirkung nicht verfehlt hatte. Alles hatte eindeutig nach Leichtsinn oder Lebensmüdigkeit ausgesehen.

Hatte er an der Wanne gewartet, bis sie langsam eingeschlafen war, und sie dann sanft unter Wasser gedrückt, bis sie aufhörte zu atmen? Der Gedanke jagte Siggi einen kalten Schauer über den Rücken. Er hatte alles so arrangiert, dass es nach Selbstmord aussah, dann hatte er das Haus durch die Terrassentür verlassen, sie hinter sich zugezogen und war über die Mauer verschwunden.

Siggi wusste nicht mehr, wo ihr der Kopf stand. Sie war schrecklich aufgeregt. Die Gedanken flatterten wie ein Schwarm aufgescheuchter Fledermäuse in ihrem Hirn herum. Irgendetwas störte sie an der Sache, aber sie kam einfach nicht darauf, was es war. Natürlich war da noch das Problem mit der Alarmanlage, doch das war es nicht. Da war noch etwas, das nicht passte. Möglich, dass von Gnietschfleth den Code gekannt hatte oder dass die Anlage nicht auslöste, wenn die Terrassentür regulär mit einem Schlüssel geöffnet wurde, aber wie hatte er sie anschließend wieder aktiviert, als er gegangen war?

Letzteres müsste doch der Hersteller beantworten können, fiel ihr ein. Da war dieser junge Mann mit dem Baseball-Käppi gewesen, an dem Tag, als sie hier ihren Job angetreten hatte. Der Name der Firma hatte auf dem Käppi und dem Overall gestanden, und er hatte ihn genannt. Siggi kramte in ihrem Gedächtnis. *TelSecure!* TelSecure, hatte da gestanden. Rasch zog sie das Handy heraus und gab den Namen in die Suchmaschine ein, doch es fand sich unter den angezeigten Einträgen keine Alarmanlagenfirma dieses Namens auf Sylt. Siggi durchsuchte die Gelben Seiten und das Telefonbuch. Dann rief sie Törtchen an.

»Da müsste es dann wenigstens einen Eintrag ins Handelsregister geben«, meinte der, nachdem Siggi ihm in knappen Worten geschildert hatte, was vorgefallen war. »Warte, ich hab hier gerade den Firmenlaptop offen, um die Auftragsbestätigung zu drucken. Ich guck eben nach.« Er tippte. »Nee, da ist nichts eingetragen.«

»Heilige Scheiße, Törtchen!«, rief Siggi.

»Wat denn?«

»Na, kapierst du nicht? Wenn es die Firma nicht gibt, hier aber ein Typ dieser Firma auftaucht, angeblich, um die Anlage zu überprüfen, und sich von Polina durchs Haus führen lässt …«

»Ach, du Kacke! Na klar! Mensch, Siggi! Dat sieht ja immer mehr so aus, als hätteste von Anfang an recht gehabt mit deinem komischen Gefühl.«

»Wie immer. Solltest du allmählich wissen«, entgegnete Siggi triumphierend. »Der hat sich in Ruhe umgeguckt und wusste genau, wie man rein- und rauskommt, ohne dat der Alarm losgeht. Bloß, wie hat er die Tür aufbekommen, ohne Spuren zu hinterlassen? Er konnte doch nichts von dem Schlüssel im Garten wissen.«

»Ja, was weiß denn ich, Siggi?! Ihr müsst dringend diesen Kommissar Dingens anrufen. Bei Mord hört der Spaß eindeutig auf. Ich will nich', datte dich irgendwie in Gefahr bringst, klar?«

»Sicher. Für wie bekloppt hältste mich denn? Ich geh kein Risiko ein, wenn ich nicht muss.«

Schockierende Wahrheiten

»Oh mein Gott!«, rief Polina, als Siggi ihr von ihrem Versuch berichtet hatte, die Alarmanlagenfirma anzurufen. »Die Firma gibt es nicht? Und ich habe den Typ auch noch überall herumgeführt und ihm sogar den Code gegeben. Ich habe mir überhaupt keine Gedanken gemacht. Ich dachte, das hätte alles seine Richtigkeit. Ich hätte Magda noch einmal fragen sollen, doch ich wollte sie nicht damit belästigen. Sie hatte ja gerade genug Stress mit der Trennung, der Tournee und allem.«

»Hat Lenka Ihnen erzählt, dass sie schwanger war?«

Polina riss erschrocken die Augen auf. »Woher wissen Sie …?«

Siggi erzählte von dem Buch im Strandkorb und der Ultraschallaufnahme, die sie darin gefunden hatte. »Und da die Polizei offenbar Bescheid wusste, habe ich es für mich behalten.«

»Das ist sehr anständig von Ihnen, Siggi. Kommen Sie, ich muss mich dringend setzen. Das ist alles ein bisschen viel auf einmal.« Polina ging voraus ins Wohnzimmer und ließ sich auf die Couch fallen. Sie stützte den Kopf schwer in die Hände. »Das darf doch alles nicht wahr sein«, sagte sie. »Möglicherweise habe ich den Mörder meiner Schwester ins Haus gelassen und ihm gezeigt, wie er die Alarmanlage abschaltet.«

Siggi wusste nicht, was sie sagen sollte. Es stimmte, allerdings wollte sie es nicht so hart ausdrücken und Polina noch mehr aufwühlen. »Sie wussten von Lenkas Schwangerschaft?«, fragte sie stattdessen noch einmal.

»Nein. Ich habe es erst von der Polizei erfahren. Ich war vollkommen schockiert. Ich konnte kaum glauben, dass Magda sich umgebracht haben sollte – schon gar nicht, wenn sie schwanger war -, und dann dachte ich, möglicherweise fühlte sie sich mit allem überfordert und hat nur noch schwarzgesehen. Sie hatte schon früher zeitweise mit Depressionen zu kämpfen und hatte Probleme mit Medikamenten. Ich hab mir Vorwürfe gemacht, weil ich nichts gemerkt habe. Sie haben sie ja auch erlebt. Sie wirkte nicht verzweifelt oder niedergeschlagen. Ich habe mich ständig gefragt, wie ich so etwas übersehen konnte. Aber ich habe nie an der Version der Polizei gezweifelt, doch jetzt … Warum sonst sollte jemand sich als Mitarbeiter der Alarmanlagenfirma ausgeben und sich von mir alles zeigen lassen?«

»Na ja, es könnte auch ein verrückter Fan gewesen sein, der Ihre Schwester zu Hause stalken wollte.«

»Nein, das glaube ich nicht. Ich denke, sie hat möglicherweise Fabian von der Schwangerschaft erzählt, und der ist in seiner Eifersucht durchgedreht.«

»Sie glauben, Fabian Guldsteen hat Ihre Schwester getötet?«, fragte Siggi zweifelnd.

»Na ja, wer sollte sonst einen Grund gehabt haben?« Polina schniefte. Ihre tränenfeuchten braunen Augen hefteten sich auf Siggi und musterten sie eindringlich. »Sie wissen noch irgendetwas, nicht wahr?«

Siggi überlegte krampfhaft, was sie Polina erzählen konnte, ohne Ärger zu riskieren. Sie nickte nur.

»Bitte sagen Sie mir alles, was Sie wissen«, drängte Polina. »Wenn jemand meine Schwester getötet hat und es auch nur die kleinste Chance gibt, dass wir ihn erwischen, muss ich einfach alles versuchen. Bitte halten Sie nichts vor mir zurück.«

Siggi begann zu erzählen. Von ihren Zweifeln an der Selbstmordtheorie der Polizei, ihrem Entschluss, sich selbst ein Bild zu machen, und der Spur, die über den Fund des Buches im Strandkorb und die Information aus der *Bücherkiste* direkt zu Gabriel von Gnietschfleth geführt hatte. Polina hörte staunend zu. Ab und zu flammte ein wütender Ausdruck in ihrem Gesicht auf, doch sie ließ Siggi erzählen, ohne sie zu unterbrechen.

»Ich kann das alles gar nicht fassen!«, rief sie schließlich. »Sie hatte eine Affäre mit diesem von Gnietschfleth, und dieses Schwein hat …« Sie schluchzte trocken auf und wischte sich über die Augen. »… er hat sie umgebracht, um seine Karriere und seine Ehe nicht zu gefährden?«

»Für mich deutet alles darauf hin«, bestätigte Siggi leise.

»Das würde auch erklären, warum es keine Einbruchspuren gab. Entweder, er hat den Schlüssel aus dem Versteck benutzt, oder Lenka hat ihn selbst hereingelassen. Wir müssen sofort die Polizei verständigen. Moment, Kommissar Christiansen hat mir doch seine Karte gegeben«, sagte Polina und stand auf. Sie suchte in ihrer Handtasche, fand die Visitenkarte und ging hinüber zum Küchentresen. Dort nahm sie das Telefon aus der Ladeschale und wählte die Nummer. »Polina Rybakova. Ich muss dringend mit Kommissar Christiansen sprechen. Es geht um den Tod meiner Schwester. Ich habe den dringenden Verdacht, dass sie ermordet wurde … Sicher, ich bleibe dran.«

Es dauerte eine Weile, dann begann sie wieder zu sprechen. Sie legte dem Kommissar in knappen Worten dar, was sie herausgefunden hatten. »Sie müssen sich Gabriel von Gnietschfleth sofort vornehmen. Ich bin mir sicher, dass er dahintersteckt.« Polina hörte Christiansen zu, der ihr offenbar etwas erklärte. »Ich habe verstanden. Ja. Vielen Dank, Herr Kommissar.«

»Und? Was hat er gesagt? Hat er Ihnen geglaubt?«

»Ich bin nicht sicher. Er meinte, dass er jemanden zu den von Gnietschfleths rausschickt, doch wenn Sie mich fragen, hörte er sich nicht überzeugt an.«

»Und jetzt?«

»Ich weiß nicht, was mit Ihnen ist, Siggi, aber ich sitze hier nicht dumm herum und warte. Ich werde diesen Mistkerl selbst zur Rede stellen!«, rief Polina und griff nach ihrer Tasche.

»Sie wollen hinfahren?« Siggi schüttelte den Kopf. »Aber Polina, das könnte gefährlich sein! Sie wissen doch nicht, wie er reagiert, wenn Sie ihm auf den Kopf zusagen, dass Sie ihn für einen Mörder halten.«

»Na und? Er muss zur Rechenschaft gezogen werden. Ich glaube nicht, dass er mich offen aggressiv angehen würde. Dass er Magda betäubt und dann erst ertränkt hat, zeigt doch zur Genüge, was für ein elender Feigling er ist. Siggi, ich muss einfach! Ich möchte es von ihm selbst hören. Er soll mir dabei in die Augen sehen.« Polina wandte sich zum Gehen.

Siggi seufzte. Sie konnte Polina auf keinen Fall allein zu einem Mörder fahren lassen, auch wenn es klüger gewesen wäre, auf die Polizei zu warten. Sie ahnte jedoch, dass es ihr nicht gelingen würde, die aufgebrachte Polina davon abzuhalten, von Gnietschfleth aufzusuchen, also war es wohl besser, sie wenigstens zu begleiten. »Warten Sie, ich gehe noch schnell zur Toilette, und dann komme ich mit.«

Die Zeichen stehen auf Sturm

Erst als sie vor die Tür traten, bemerkte Siggi, dass es sich deutlich zugezogen hatte und ein kräftiger Wind aufgekommen war. »Das pustet aber ganz schön«, stellte sie fest.

»Ja, ich habe eben im Radio gehört, dass ein ziemliches Schietwetter angesagt ist«, erklärte Polina. »Ein Sturmtief, das uns am späteren Abend erreichen soll.«

»Dann sollten wir uns beeilen«, meinte Siggi. »Das wird bestimmt ungemütlich.«

»Ach was, das schaffen wir schon noch. Ich werde diesen Mistkerl zur Rede stellen, und dann kommt hoffentlich auch schon die Polizei dazu«, sagte Polina und startete den Mini.

Während sie in Richtung Kampen brausten, wurde es draußen immer finsterer. Regen peitschte gegen die Scheiben, und die Wischerblätter kämpften hektisch mit dem Wasser.

Am Haus der von Gnietschfleths angekommen, hielt Polina vor dem Tor. »Bleiben Sie noch sitzen, ich werde klingeln. Wir müssen ja nicht beide bis auf die Knochen nass werden.« Sie sprang aus dem Wagen, betätigte die

Klingel und hastete zurück auf den Fahrersitz. Kurz darauf öffnete sich das Tor, und Polina lenkte den Wagen langsam die Einfahrt hinauf.

Gabriel von Gnietschfleth stand im Eingang und spähte ihnen entgegen. Polina parkte das Auto direkt vor der Tür, und Siggi und sie liefen in den Schutz des kleinen Vordachs.

»Frau Rybakova, sagten Sie?« Gabriel von Gnietschfleth sah sie mit zusammengekniffenen Augen an. Dann wanderte sein Blick zu Siggi. »Und Sie sind doch die Dame, die diese Dildo-Partys veranstaltet.«

»Freundinnen-Partys«, murmelte Siggi, wurde jedoch von Polina übertönt, die einen Schritt auf den Politiker zumachte. »Richtig. Polina Rybakova. Die Schwester von Magdalena Rybakova, die Sie wohl kennen dürften.«

Siggi glaubte, Verunsicherung in von Gnietschfleths Blick aufflackern zu sehen. Er wirkte weniger selbstbewusst als bei seiner Begrüßung.

»Darf ich … darf ich fragen, warum Sie hier sind?«

»Das will ich Ihnen sagen. Die Polizei ist auch bereits auf dem Weg hierher.« Polina baute sich mit in die Seite gestemmten Händen vor ihm auf und sah ihm direkt ins Gesicht. »Sie hatten eine Affäre mit meiner Schwester! Aber dann wurde Sie schwanger und …«

»Lenka war schwanger?« Von Gnietschfleth sah ehrlich überrascht aus.

»Tun Sie nicht so, als hätten Sie das nicht gewusst! Sie war schwanger, und genau deswegen war Sie Ihnen im Weg, und Sie haben Sie umgebracht!«

»Papa? Wer schreit da so?«, ertönte eine helle Kinderstimme irgendwo im Haus, und Gabriel von Gnietschfleths Blick richtete sich flehentlich auf Polina und wanderte dann zu Siggi.

»Bitte, könnten wir das in aller Ruhe und etwas leiser

besprechen?« Er nahm einen Schlüsselbund von einem Haken neben der Tür, trat hinaus unter das Vordach und zog die Tür hinter sich zu. »Es ist richtig. Ihre Schwester und ich hatten eine Beziehung. Wir haben uns auf einer Benefizgala kennengelernt, auf der sie aufgetreten ist. Zunächst war es nur eine nette Liebelei, aber es wurde immer ernsthafter zwischen uns. Sie kam regelmäßig hierher nach Sylt, und wir haben uns in einer Ferienwohnung getroffen, die ich für uns gemietet habe – nie bei mir oder bei ihr zu Hause. Ich habe Lenka geliebt. Ich habe sogar ernsthaft überlegt, mich scheiden zu lassen. Und … und sie war wirklich schwanger?«

Polina nickte. »Ich habe davon erst durch den Obduktionsbericht erfahren.«

Von Gnietschfleth massierte sich mit Daumen und Mittelfinger die Schläfen. »War … war das Kind von mir?«

»Tun Sie nicht, als wüssten Sie von nichts! Wir wissen, dass Sie jemanden beauftragt haben, der sich als Mitarbeiter der Alarmanlagenfirma ausgegeben hat und ausgekundschaftet hat, wie man unbemerkt ins Haus kommt. Sind Sie selbst hineingeschlichen, oder haben Sie jemanden vorgeschickt, weil Sie sich nicht selbst die Hände schmutzig machen wollten?«

Siggi beobachtete seinen Gesichtsausdruck, während er zuhörte. Tatsächlich musste sie zugeben, dass er so verwirrt dreinschaute, als hörte er diese Dinge zum allerersten Mal. Sie entschied sich, einen Testballon zu starten. »Wie viel haben Sie Szymszak gezahlt, damit er sie für Sie umbringt?«

Von Gnietschfleth hatte nicht einmal mit der Wimper gezuckt, als sie den Namen erwähnte. »Was soll ich gemacht haben? Sie sind ja wohl vollkommen übergeschnappt. Glauben Sie mir, Frau Rybakova, ich bin ebenso erschüttert über den Tod Ihrer Schwester wie Sie selbst. Ich habe Lenka geliebt. Aber hier aufzukreuzen und mir zu unterstellen, ich hätte irgendwelche Killer angeheuert, das geht wirklich zu weit! Ich gestehe, dass es ein Fehler war, mich auf eine Beziehung einzulassen, bevor ich für klare Verhältnisse gesorgt hatte. Aber was Sie machen … hier aufzutauchen und mich des Mordes zu bezichtigen – und das vor meinen Kindern. Das ist die Höhe. Verlassen Sie jetzt auf der Stelle das Gelände, oder ich rufe die Polizei!«

»Das wird nicht nötig sein. Die wird ohnehin bald hier sein«, erwiderte Polina kalt. »Kommen Sie, Siggi, wir warten unten an der Straße.«

Polina wendete den Mini, und sie rollten langsam die Einfahrt hinunter zur Straße, wo sie den Wagen unter dem Carport rechts neben dem Tor abstellte.

»Wissen Sie, was, Polina? Mir ist da etwas eingefallen.«

»Was denn?« Polina wandte sich ihr mit fragendem Blick zu.

»Na ja, mich hat an der Sache mit dem Schlüssel die ganze Zeit etwas gestört … Von Gnietschfleth oder ein Auftragskiller – wer auch immer an dem Abend ins Haus gekommen ist – kann nicht den Schlüssel aus diesem Heid-ä-dingens, diesem Schlüsselversteck, benutzt haben.«

»Ach, und wieso nicht?« Im schwachen Licht der Straßenlaterne konnte Siggi erkennen, dass Polina die Stirn krauszog.

»Na ja, wenn er gerade jemanden umgebracht hat, würde er sich wohl kaum die Mühe machen, den Schlüssel wieder fein säuberlich in das Ding zu friemeln und dat zurück ins Versteck zu legen. Kann ich mir jedenfalls nicht vorstellen. Der hätte zugesehen, dat er Land gewinnt, und zwar schleunigst. Den Schlüssel hätte er anschließend ins Meer werfen können oder irgendwo in ein Gebüsch. Da wär doch nie einer drauf gekommen. Deshalb denke ich, er hatte einen eigenen Schlüssel zur Terrassentür. Glauben Sie, von Gnietschfleth hatte einen? Über die Terrasse muss er jedenfalls gekommen sein, sonst wäre er auf den Videobändern zu sehen gewesen.«

Polina sah aus, als dächte sie angestrengt nach. »Bestimmt hatte er einen. Muss er ja.«

»Aber er war doch angeblich nie bei ihr zu Hause. Das ging ja auch gar nicht, wäre viel zu gefährlich gewesen. Die hatten doch extra eine Ferienwohnung, wo se sich getroffen haben, hat er doch gerade gesagt«, überlegte Siggi laut. »Ich frag mich, woher hatte er den Schlüssel?«

»Wo die Polizisten bloß bleiben?«, fragte Polina und trommelte mit den Fingern auf dem Lenkrad herum. »Ich wette mit Ihnen, der Kommissar hat mich nicht ernstgenommen.« Noch immer heulte der Wind um das kleine Auto, und der Regen prasselte in dicken, schrägen Fäden vom Himmel.

»Vielleicht sollten wir noch einmal anrufen«, schlug Siggi vor.

»Ja, das wäre wohl das Beste. Könnten Sie mir mal meine Handtasche geben? Die müsste irgendwo bei Ihnen im Fußraum liegen.«

Siggi bückte sich und tastete nach der Tasche. Ein plötzlicher Schmerz durchzuckte sie. Kleine Lichtblitze flammten vor ihren Augen auf. Noch einmal spürte sie einen heftigen Schlag. Ihre Stirn prallte gegen das Armaturenbrett vor dem Beifahrersitz. Siggi hörte Polina noch entfernt mit jemandem sprechen, dann wurde alles schwarz.

Als sie wieder zu sich kam, hatte sie fürchterliche Kopfschmerzen. Sie fror und zitterte, die Kleidung klebte ihr nass am Körper. Es brauste und rauschte in ihrem Kopf, und ein metallischer Geschmack lag auf ihrer Zunge. Siggi versuchte, sich aufzurichten, musste aber feststellen, dass sie die Hände nicht bewegen konnte. Etwas schnitt ihr schmerzhaft in die Handgelenke. Gegen den Schwindel, die Übelkeit und diese rasenden Schmerzen setzte sich allmählich das Bewusstsein durch, dass das Rauschen und Brausen überhaupt nicht in ihrem Kopf stattfand, sondern irgendwo außerhalb ihres Gefängnisses. Es war zu dunkel, um viel zu erkennen. Sie schien sich jedoch in einer Art Raum zu befinden. Der Untergrund, auf dem sie lag, war hart, kalt und fühlte sich feucht an.

Als sich ihre Augen ein wenig an die Dunkelheit gewöhnt hatten, konnte sie eine Bewegung erkennen. Beine? Sie kniff die Augen zusammen. Ein Stück von ihr entfernt stand jemand. Oder waren es zwei Personen? Siggi versuchte krampfhaft, sich zu erinnern, wie sie hierhergekommen war. Da fiel ihr das Gespräch mit Polina ein, die Fahrt zu von Gnietschfleth, und dann … dann war da dieser heftige Schlag gewesen.

Konzentrier dich!, befahl Siggi sich. Du musst herausfinden, wo du bist, wer bei dir ist und was du tun kannst, um hier rauszukommen. Langsam wurde ihr klar, was das regelmäßige Rauschen zu bedeuten hatte: Wellenrauschen. Sie befand sich irgendwo am Meer.

Sie zwang ihren schmerzenden Kopf nachzudenken. Das Letzte, woran sie sich erinnerte, war, dass sie sich gebückt hatte, um Polinas Tasche aufzuheben. Polina … Hatte die sie niedergeschlagen? Aber warum? Siggi konnte keinen klaren Gedanken fassen. Zu sehr lenkten Kälte und Schmerzen sie ab. Dann drang noch etwas anderes zu ihr durch. Stimmen. Da waren leise Stimmen. Mindestens zwei Personen unterhielten sich. Sie versuchte krampfhaft, sich zu konzentrieren, um zu verstehen, was sie sagten.

»… sie jeden Augenblick wieder zu sich kommen könnte.«

»Herrgott, ich bin so schnell gekommen, wie ich konnte. Ich musste eben eine passende Gelegenheit abwarten und mir eine gute Ausrede einfallen lassen. Wie stellst du dir das überhaupt vor? So war das alles nicht geplant, Poli.«

»Wir haben von Anfang an gesagt, wir ziehen das gemeinsam durch, koste es, was es wolle. Mitgefangen, mitgehangen. Außerdem hätte ich sie allein wohl kaum tragen können.«

»Anfangs ging es ja auch nur um deine Schwester, diese Hure. Und außerdem sollte ich da die Drecksarbeit nicht selbst erledigen. Warum hast du sie überhaupt in die Sache reingezogen?«

Die zweite Stimme gehörte ganz klar einer Frau, erkannte Siggi. Einer Frau, die mit Polina sprach.

»Hab ich ja nicht. Woher sollte ich ahnen, dass sie anfängt herumzuschnüffeln? Die Polizei hätte den Fall zu den Akten gelegt, und es wäre bald Gras darüber gewachsen.«

»Richtig. So war es abgemacht. Jetzt, da Lenka endlich aus dem Weg ist, habe ich Gabi wieder ganz für mich allein. Und nun so was!«

Gabi? In Siggis Kopf rasten die Gedanken. Dann musste die andere Frau dort drüben Tatjana von Gnietschfleth sein.

»Es hat sich ja immer alles nur um sie gedreht. Was meinst du, wie es erst gewesen wäre, wenn das Balg auf der Welt gewesen wäre? Denk daran, es war das einzig

Richtige, sie endlich von ihrem Sockel zu stoßen und uns von ihr zu befreien.«

Das war Polinas Stimme. Sie klang hart und eiskalt.

»Du hast recht. Wir konnten uns diese ständige Demütigung einfach nicht mehr bieten lassen. Aber was machen wir denn jetzt mit dieser neugierigen Putze?«

»Gar nichts. Die Flut wird das für uns erledigen«, erklärte Polina. »Wir haben Niedrigwasser. Wenn wir weg sind, läuft das Ganze hier nach und nach mit Wasser voll. Problem gelöst. Während des Sturms Unterschlupf gesucht, dumm gefallen und ertrunken. Tragisch.«

»Aber wie stellst du dir das vor? Sie werden doch die Fesseln finden und wissen, dass es kein Unfall war.«

»Deswegen wirst du sie jetzt auch durchtrennen.«

»Bist du verrückt? Und wenn diese Siggi das Bewusstsein wiedererlangt? Das ist viel zu riskant«, widersprach Tatjana.

»Dann werde ich ihr eben etwas geben, damit sie selig schläft. Das hat bei Magda doch auch ganz gut funktioniert. Die ist friedlich eingeschlummert, und unser Freund musste gar nicht mehr viel tun.«

»Ihre blöden Lavendelkapseln zu präparieren war wirklich genial, Poli, das muss ich dir lassen. Da merkt man gleich wieder, wer bei euch in der Familie die Intelligenz abbekommen hat.«

»Tja, das weiß aber niemand zu schätzen. Ein paar hübsche Titten in knappe Outfits gequetscht und nichtssagende, weichgespülte Retortenliedchen trällern, dann liegen sie dir zu Füßen. Menschen heilen, Leben retten, das kann ja jeder und ist schrecklich alltäglich! Aber egal. Wir sollten uns beeilen und diese winzige, unvorhergesehene Komplikation beseitigen. Sorgen wir dafür, dass sie liegen bleibt. Den Rest erledigt die Flut.«

»Dein Wort in Gottes Ohr. Ich dachte, wir hätten das

Schlimmste schon hinter uns und ich könnte mich jetzt darauf konzentrieren, meine Ehe zu retten«, jammerte Tatjana. »Ich kann immer noch nicht fassen, dass Gabi mich und die Kinder für diese kleine Schlampe verlassen hätte.«

»Magda hat eben immer bekommen, was sie wollte. Und jetzt reiß dich zusammen! Es ist ja bald vorbei, und dann wird endlich alles gut. Komm, ich muss noch mal zum Auto. Meine Notfalltasche ist im Kofferraum, darin müsste sich ein geeignetes Mittel finden.« Schritte entfernten sich, und Siggi blieb allein zurück. Einen Augenblick überlegte sie, um Hilfe zu rufen, doch damit würde sie nur verraten, dass sie wieder bei Bewusstsein war. Und das Überraschungsmoment war im Augenblick alles, was sie hatte …

Ihr Herz galoppierte, ein säuerlicher Geschmack breitete sich in ihrem Mund aus, und ihr war schlagartig speiübel, als sie begriff, was sie da gehört hatte. Die beiden Frauen kannten sich offenbar und hatten gemeinsame Sache gemacht. Tatjana hatte von der Affäre ihres Mannes gewusst. Hatte sie es selbst herausgefunden, oder hatte Gabriel von Gnietschfleth ihr alles gestanden? Er hatte gesagt, er habe ernsthaft daran gedacht, sich scheiden zu lassen. Möglicherweise hatte er mit Tatjana darüber gesprochen, nicht ahnend, dass er damit Lenkas Todesurteil unterzeichnet hatte. Beide Frauen waren auf ihre eigene Weise rasend eifersüchtig auf Lenka gewesen und hatten sich von ihr gedemütigt gefühlt. Polina hatte hart gearbeitet und es weit gebracht, war mit ihren siebenunddreißig Jahren Chefärztin einer Klinik, und doch hatte ihre Schwester alle Aufmerksamkeit erfahren. Tatjana von Gnietschfleth fürchtete um ihre Ehe. Wahrscheinlich hatten die beiden Frauen sich auf Sylt kennengelernt, sich angefreundet und schnell entdeckt, dass sie eine Gemeinsamkeit hatten: ihren Hass und ihre grenzenlose Eifersucht auf Lenka. Vermutlich hatten sie sich immer mehr hineingesteigert, bis sie schließlich den perfiden Plan fassten, Lenka zu ermorden. Nein, ermorden zu lassen. Darin hatten sie die Lösung aller ihrer Probleme gesehen.

Jetzt wurde Siggi klar, was die Nummer dieses Szymszak zu bedeuten hatte. Tatjana, nicht Gabriel von Gnietschfleth hatte sie sich notiert. Ingeborg hatte erwähnt, dass Tatjana einige Nachtclubs in Hamburg betrieb. Hatte sie dadurch Kontakt zu Kiezgrößen bekommen? Möglich wäre das schon. Nach und nach fügten sich alle Puzzleteile zu einem Gesamtbild zusammen.

Als Siggi die Verbindung zu den von Gnietschfleths gezogen hatte, war sie für Polina zur Gefahr geworden. Begleitet von einer weiteren Welle der Panik rauschte die Erkenntnis über sie hinweg, dass Polina ihren Anruf bei Kommissar Christiansen nur vorgetäuscht hatte. Natürlich! Die Polizei war nie informiert worden, und niemand wusste, wo sie war. Niemand. Bis auf …

Ein Erinnerungsfetzen huschte durch Siggis Kopf. Vor der Abfahrt war sie auf der Toilette gewesen und hatte eine kurze Nachricht an Törtchen getippt. Wie lange mochte es her sein? Machte er sich inzwischen Sorgen, weil sie noch nicht zurück war? Suchte er sie vielleicht sogar?

Törtchen! Du bist jetzt meine einzige Hoffnung! Du musst mich finden!

Aber wo zur Hölle befand sie sich? Siggi rollte sich auf den Rücken, tastete den Untergrund mit den gefesselten Händen, so gut es ging, ab. Rau, kalt, hart und sandig. Es fühlte sich an wie Beton, darauf nasser Sand. Eine Erkenntnis durchzuckte sie, die sie bis ins Mark erschütterte. *Der Bunker!* Sie befand sich in dem Bunker, von dem Torsten in der Zeitung gelesen hatte. Verdammt! Wie sollte er sie hier finden? Panik schoss durch ihre Glieder wie ein elektrischer Strom. Siggi kämpfte gegen den Brechreiz, der sie würgte, versuchte verzweifelt, in Richtung Tür zu robben. Doch trotz größter Anstrengung kam sie kaum vorwärts. Ihr Körper schmerzte, und ihr fehlte einfach die Kraft. Wer weiß, wie lange sie hier schon durchnässt in der Kälte gelegen hatte? Jetzt konnte ihr nur noch ein Wunder helfen.

Du musst mich finden, Törtchen, du musst! Du musst!

Schwerelos mit dir

Siggi hörte Schritte. Panische Angst ergriff ihren ganzen Körper, ließ ihre Haut prickeln und trieb ihr die Galle in den Mund. Jetzt war alles zu spät. Polina würde ihr irgendetwas einflößen oder injizieren, um sie zu betäuben, und dann … Siggi wollte nicht darüber nachdenken, und doch stellte sie sich vor, wie das Wasser stieg, sie überspülte und den kleinen Raum ausfüllte, wie auch ihre Lungen sich mit eiskaltem Salzwasser füllten. Sie würde vielleicht irgendwann an den Strand gespült werden. Touristen würden kreischen, Blaulicht, Presse …

»Hier! Sie hatten recht, hier liegt sie!«

Siggi war schlagartig vollkommen klar. Sie riss die Augen auf. »Törtchen!« Tränen der Erleichterung schossen ihr in die Augen. »Törtchen! Du bist da! Ich bin ja so froh! Wie um Himmels willen hast du mich gefunden?«

»Gleich, Siggi, gleich. Wir müssen dich erst mal hier rausholen. Wir haben die beiden belauscht. Die werden jeden Moment zurückkommen.« Torsten löste die Fesseln an ihren Händen.

»Die Polizei wird auch gleich hier sein.« Wenn Siggi sich nicht täuschte, war das die Stimme von Gabriel von

Gnietschfleth. »Kommen Sie. Wir müssen verhindern, dass sie uns bemerken und fliehen.«

»Leg deine Arme um meinen Hals.« Torsten hob Siggi auf und presste sie an sich. Der Bunker war so niedrig, dass er sich nicht aufrichten konnte.

Kurz darauf konnte Siggi den Wind auf ihrer Haut spüren, noch immer rau und wütend. Eiskalter Regen peitschte sie. Ihr war so entsetzlich kalt, dass ihre Zähne klappernd aufeinanderschlugen. Torsten keuchte und stapfte durch den feuchten Sand. Er trug sie in seinen Armen wie ein Bräutigam, der seine Braut über die Schwelle hob, sicher an seine Brust gedrückt, ihre Arme um seinen Nacken geschlungen.

Siggi schloss die Augen. Jetzt war sie in Sicherheit. Torsten würde niemals zulassen, dass ihr etwas geschah. In seinen Armen fühlte sie sich leicht. Sie spürte plötzlich die Kälte nicht mehr. Ein neuer Lebenswille durchflutete ihren Körper und verlieh ihr die Kraft, wach zu bleiben, nicht abzudriften in die verlockende Schwärze, die nach ihr greifen wollte. In diesem Augenblick wusste Siggi, dass alles gut werden würde. Sie ließ den Kopf gegen Torstens kräftige Brust sinken. Hinter ihrer Stirn hallten einige Zeilen aus Lenkas Hit *Schwerelos mit dir.*

Du bist der Anker, der mich sicher hält.
Von meinen Schultern fällt die Schwere der Welt.
Und wir gleiten dahin durch die Nacht
Jetzt und hier, jetzt und hier
Bin ich schwerelos mit dir!
Schwerelos mit dir.

Dadideldum, der Kommissar geht um

»Guten Morgen, Schönheit! Wat macht der Ömmes? Tut er noch weh?« Törtchen trat nach kurzem Anklopfen ins Krankenzimmer in der Nordseeklinik Westerland, in die Siggi in der vergangenen Nacht eingeliefert worden war.

»Der Schädel brummt noch ziemlich, aber sonst geht es. Die sind gerade mit der Visite durch. Nichts gebrochen, ein paar Prellungen, eine leichte Gehirnerschütterung, nichts Wildes. Ich soll noch einen Tag zur Beobachtung bleiben.«

»Dann is' ja gut, dass ich dir 'ne Tasche gepackt hab.«

»Danke, Törtchen«, sagte Siggi und griff nach seiner Hand. »Für alles.«

Verlegen kratzte Torsten sich im Nacken. »Ach, schon gut. Nicht der Rede wert.«

»Aber jetzt erklär mir mal, wie ihr mich überhaupt gefunden habt.«

»Ja, dat war 'ne kuriose Geschichte! Dat glaubste nicht. Kannste nicht erfinden, so wat. Also, du hattest ja geschrieben, dat ihr zu diesem von Gnietschfleth fahren wolltet, weil du glaubst, dat der Lenka umgebracht hat. Ich hab gleich gedacht: Die sind doch wohl bekloppt. Viel zu gefährlich. Aber du hattest ja geschrieben, dat die Polizei schon informiert und ebenfalls dorthin unterwegs wäre.«

»Das dachte ich auch. Polina hat so getan, als hätte sie den Kommissar angerufen«, erklärte Siggi.

»Na ja, aber als du dann nicht zurückkamst und auch nicht ans Handy gingst …«

»Dat hatte ich auf lautlos gestellt, nachdem ich dir die Nachricht geschickt hatte. Ich dachte, es wäre auf so 'ner Detektivmission vielleicht nicht so gut, wenn es plötzlich klingelt, brummt oder piept.«

»Na ja, jedenfalls, als ich dich nicht erreicht hab, bin ich zu diesem von Gnietschfleth gefahren. Adresse stand ja auf deinen Auftragsbögen.«

»Und dann?« Siggi drückte auf den Knopf der Fernbedienung, um das Kopfteil des Bettes aufzurichten. Gespannt sah sie Torsten an.

»Ich hab mich gewundert, dass das Tor offen stand. Das hatte er anscheinend schon aufgemacht, weil er rausfahren wollte. Also bin ich direkt zur Haustür marschiert. Ich brauchte gar nicht zu klingeln, denn er kam schon aus dem Haus. Der hat geguckt wie 'n Auto, als ich da plötzlich vor der Tür stand und ihn angebrüllt hab, wo meine Frau ist.«

»Welche Frau? Ich bin doch gar nicht …«

»Nu' bring mich nicht durcheinander, das ist doch nur noch eine Formalität.«

»Aha, eine Formalität also, so, so …« Siggi grinste.

»Nu', Kopp zu und aufgemerkt!«, wehrte Törtchen irritiert ab. »Ich bin hier wat am Erzählen. Alles zu seiner Zeit.«

»Schon gut, dann erzähl du mal.«

»Ich brüll also rum, wat er mit dir gemacht hat. 'Welche Frau?', hat er übrigens auch gefragt. Und ich so: 'Siggi Pizolka. Die war gerade bei Ihnen.' Er meinte darauf, dat tät gar nichts zur Sache, und ich müsste ganz schnell mitkommen, wenn ich dich retten wollte. Dann packt der mich am Arm und zieht mich zu seinem Auto. Ich wollte dem natürlich gleich voll eins auf die Zwölf geben, aber er sagte, er wüsste jetzt, dass seine Frau dahintersteckt, und ich müsste schnell mitfahren, weil wir hinter der Ollen hermüssten. Er hätte zufällig ein Telefongespräch belauscht, und sie hätte so was gesagt wie: 'Wohin? Was für ein Bunker?'«

»Ein Glück! Sonst hättet ihr mich wohl nicht gefunden.«

»Dat Glück ist mit den Doofen, weißte doch. Jedenfalls meinte er, ich sollte einsteigen oder er führe allein. Er hätte schon die Polizei gerufen, und ich sollte ruhig selbst noch mal anrufen, wenn ich ihm nicht glaube. Hab ich natürlich gemacht.«

»Da biste dann schon mal 'nen Tick schlauer gewesen als ich«, stellte Siggi zerknirscht fest. »Und die Polizei wusste anscheinend Bescheid.«

»Richtig. Aber wir waren schneller als die. Und wir wussten ja nicht, wat die mit dir vorhatten. Also sind wir selbst zum Bunker gegangen. Und plötzlich kamen die zwei Frauen da wieder raus, wären uns beinahe in die Arme gelaufen. Zum Glück konnten wir uns gerade noch verstecken und haben sie belauscht, dadurch wussten wir, was sie vorhatten.«

»Und dann habt ihr mich rausgeholt«, folgerte Siggi.

Torsten nickte. »Als wir an der Straße waren und dich ins Auto gelegt hatten, war auch schon die Polizei da und hat die beiden Trullas festgenommen. Wir haben noch auf den Rettungswagen gewartet. Ich bin gleich mit ins Krankenhaus, und von Gnietschfleth ist zur Polizei gefahren, um seine Aussage zu machen. Ich muss da heute auch noch hin.«

»Aber was ich noch nicht ganz verstehe, ist: Wie ist er denn darauf gekommen, dass seine Frau was mit der Sache zu tun hatte?«, wollte Siggi wissen.

»Na ja, das hat mir von Gnietschfleth auf der Fahrt zum Bunker erklärt. Euer Auftritt hat ihn ins Grübeln gebracht. Er hat sich daran erinnert, dat seine Frau ganz am Anfang ihrer Beziehung mal gescherzt hat, er soll sich ja benehmen. Sie würde nämlich in Hamburg Leute kennen, die ihn unauffällig aus dem Weg räumen könnten. Damals hat er das nur für 'n blöden Spruch gehalten, aber dann hat er eins und eins zusammengezählt. Er hat in ihrem Adressbuch geblättert, und als er da den Namen von diesem Szymszak gelesen hat, den du ihm vorher um die Ohren gehauen hattest, war ihm plötzlich alles klar. Er wollte seine Frau zur Rede stellen und hat dann gehört, dass sie völlig aufgeregt telefonierte.«

»Und da hat er dann aufgeschnappt, dass sie zu dem alten Bunker kommen sollte?«

»Richtig. Sie hat irgendeine Ausrede vorgeschoben, warum sie angeblich noch mal dringend wegmuss. Er hat so getan, als glaubte er ihr. Sobald sie aus dem Haus war, hat er die Polizei informiert und wollte seiner Frau gerade hinterherfahren …«

»… als du vor der Tür standest und ihn angebrüllt hast. Verstehe.«

»Da haben wir noch mal verdammtes Schwein gehabt, wenn du mich fragst. Das hätte auch alles ganz anders …«

In diesem Augenblick klopfte es erneut an die Tür. Eine Pflegerin trat ein.

»Moin, Frau Pizolka. Hauptkommissar Christiansen

ist da. Er möchte wissen, ob Sie in der Lage sind, ihm einige Fragen zu beantworten.«

»Na klar, mir geht es schon wieder viel besser.«

»Prima, dann schick ich ihn rein.«

»Ich warte so lange draußen, ne?«, meinte Törtchen und stand auf, um dem Kommissar Platz zu machen.

»Moin. Christiansen mein Name. Herr Pizolka, nehme ich an? Moin, Frau Pizolka.«

»Äh … nee. Püttman. Torsten Püttman«, verbessere Törtchen.

»Nee, nee, Herr Kommissar, der drückt sich schon seit geraumer Zeit, da mal 'nen Ring dranzustecken«, flachste Siggi und streckte den Ringfinger ihrer rechten Hand in die Höhe.

»Wenn ich dat höre«, meinte Torsten und grinste. »Dir geht es schon wieder viel zu gut. Ich geh dann mal lieber. Bis später.«

Christiansen sah ein wenig verwirrt aus und fragte sich vermutlich, in was er da hineingeraten war.

»Machen Se sich keinen Kopp, Herr Kommissar. Dat geht bei uns immer so. Ist der normale Umgangston.«

Christiansen lachte. »Ich freue mich, dass es Ihnen anscheinend schon wieder besser geht. Ich war gestern nicht im Dienst und hab nur heute Morgen die Fotos in der Akte gesehen. Sie sahen ja ziemlich lädiert aus, wenn ich das so sagen darf.«

»Danke, ich fühle mich aber schon viel besser. Der Schädel brummt noch, und mir ist ein bisschen übel, doch das wird alles wieder.«

»Das ist schön zu hören. Darf ich?« Christiansen deutete auf den Stuhl neben dem Bett.

»Aber logisch. Setzen Se sich. Sie haben noch Fragen?«

»Zuerst mal muss ich mich entschuldigen«, bemerkte

Christiansen. »Ich sage es ja ungern, doch Sie hatten völlig zu Recht Zweifel an dem Ergebnis der Ermittlungen. Die Leute haben immer die merkwürdigsten Theorien und Vorstellungen. Die kennen Polizeiarbeit ja nur aus dem Fernsehen, und da ist es leider völlig anders als im echten Leben.«

»Das versteh ich doch vollkommen. Sie müssen sich eben auf die harten Fakten stützen, und in unserem Fall gab es schließlich keine konkreten Hinweise auf einen Mord.«

»Richtig. Ich bin froh, dass Sie das so sehen. Inzwischen konnten wir das meiste klären, auch dank der Aussage Ihres … äh … Lebensgefährten. Vielleicht könnten Sie mir bei dem einen oder anderen Detail noch helfen. Vor allem ist mir nicht ganz klar, wie Sie hinter die Beziehung zwischen von Gnietschfleth und Lenka gekommen sind.«

Siggi erzählte von dem Buch und der Widmung, die sie in von Gnietschfleths Ausgabe entdeckt hatte.

»Vor Ihnen muss man sich ja richtig in Acht nehmen«, kommentierte Christiansen schmunzelnd.

»Nur, wenn Sie wat auf'm Kerbholz haben«, entgegnete Siggi, und der Kommissar lachte erneut.

»Inzwischen wissen wir, dass Tatjana von Gnietschfleth einen gewissen Dariusz Szymszak aus Hamburg kontaktiert hat, vermutlich, um ihn als Auftragskiller anzuheuern. Ob die Beweise für eine Verurteilung von Szymszak reichen, bleibt abzuwarten, aber Frau von Gnietschfleth und Polina Rybakova haben bereits in vollem Umfang gestanden.«

»Das sind gute Neuigkeiten, oder?«

»Das sind sogar sehr gute Neuigkeiten, zumindest, was die Drahtzieher der Tat angeht. Was allerdings die Ausführenden betrifft, bin ich mir nicht so sicher. Frau von Gnietschfleth heuerte Szymszak an. Allerdings hat der sich die ganze Zeit über in Hamburg aufgehalten. Es ist also anzunehmen, dass er einen Handlanger rekrutiert hat. Es wird vermutlich schwer, ihm selbst etwas nachzuweisen. Und ob wir den eigentlichen Täter ermitteln können, steht auch noch in den Sternen. Das wird sich zeigen.«

»Polina hat die Lavendelkapseln ihrer Schwester präpariert, nicht? Sie wusste, dass Lenka unter Einschlafproblemen litt und sich angewöhnt hatte, diese Kapseln zu nehmen und anschließend warm zu baden.«

»Woher wissen Sie das?« Christiansen runzelte die Stirn. »Ach so, ja, richtig. Sie haben damals zu Protokoll gegeben, dass Sie nicht glauben, dass Lenka ein Schlafmittel genommen hat, weil sie Ihnen von dieser Gewohnheit erzählt hatte. Ich erinnere mich.«

»Und gestern in dem Bunker haben Polina und Titi sich unterhalten und ...«

»Titi?«, unterbrach der Kommissar sie stirnrunzelnd.

»Tatjana von Gnietschfleth. Das ist ihr Spitzname. Sie bestand darauf, dass ich sie so nenne.«

Christiansen grinste. »So, so. Na, passt ja. Also, die beiden haben sich unterhalten, und da erwähnte Frau Rybakova die Kapseln, nehme ich an?«

»Genau so war es«, bestätigte Siggi. »Und Szymszak beziehungsweise sein Helfershelfer ist dann durch den hinteren Eingang hereingekommen? Er hatte einen Schlüssel für die Terrassentür und den Code für das Tor. Beides hatte ihm bestimmt Polina gegeben, ebenso wie den Alarmanlagen-Code.«

»Richtig. Er ist also ins Haus gekommen und ...«

»Mensch! Da fällt mir wat ein!«, rief Siggi aufgeregt. »Ich habe den Typ doch gesehen. Polina hat ihn bei meinem ersten Besuch ins Haus gelassen und ihm alles gezeigt. Er hatte sich als Mitarbeiter der Alarmanlagenfirma getarnt, damit Lenka keinen Verdacht schöpfte.«

»Sie haben ihn gesehen? Würden Sie sich zutrauen, ihn auf einem Foto oder bei einer Gegenüberstellung zu identifizieren?«

»Ich denke schon«, meinte Siggi. »Normalerweise hab ich ein ganz gutes Gedächtnis für Gesichter.«

Christiansen zückte sein Handy und wählte. »Pohl! Christiansen hier. Hören Sie, können Sie mal zur Nordseeklinik rauskommen und die Mappe mit den Fotos zu Szymszak und seinen Leuten mitbringen? Es kann sein, dass die Zeugin einen von ihnen gesehen hat. Na, wunderbar. Dann bis gleich.« Der Kommissar wandte sich wieder Siggi zu. »Der Kollege kommt jetzt mit den Fotos vorbei. Vielleicht ist unser Freund dabei. Das wäre eine große Hilfe, wenn wir Szymszak drankriegen wollen. Damit könnten wir zumindest eine direkte Verbindung zu Frau Rybakova belegen.«

»Sie glauben also, dass dieser falsche Alarmanlagen-Techniker der Mörder war?«

Christiansen nickte. »Ist anzunehmen. Ich denke nicht, dass Szymszak mehr als einen seiner Männer geschickt hat. Das wäre ein zu großes Risiko.«

»Der sah so nett aus«, sinnierte Siggi. »Gar nicht, als könnte er jemanden umbringen. Wie hat er es denn angestellt? Es wurden doch keine Kampfspuren, Druckstellen oder irgendwas gefunden. Oder ist sie einfach von selbst ertrunken, nachdem Polina ihr das Schlafmittel verabreicht hatte, und er sollte nur sicherstellen, dass es geklappt hat, und hinterher alles so arrangieren, dass es nach Selbstmord aussieht?«

»Die Kollegen von der Rechtsmedizin in Kiel vermuten, dass er kurz ihre Beine angehoben hat, sodass Frau Rybakova mit dem Kopf unter Wasser geraten ist. Selbst bei einem vollkommen wachen Individuum kann das reichen. Sobald der Kopf unter Wasser ist, löst das Eindringen des Wassers in die Atemwege einen Schockzustand aus, und das Opfer schafft es nicht einmal mehr, sich irgendwo festzuklammern oder zu wehren. Magdalena Rybakova war durch Schlafmittel benebelt. Sie hätte einer solchen Attacke nichts entgegenzusetzen gehabt.«

»Wie schrecklich!«, rief Siggi. »Ich möchte mir das gar nicht vorstellen. Und dann war sie auch noch schwanger.«

»Umso wichtiger, dass es uns gelingt, die Täter dingfest zu machen«, meinte Christiansen.

Kurze Zeit später erschien auch sein Kollege mit einer Mappe, in der sich zahlreiche Porträtfotos befanden.

»Das sind alles Leute aus Dariusz Szymszaks Umfeld. Nehmen Sie sich Zeit und betrachten Sie die Aufnahmen in Ruhe. Wenn Sie glauben, den Mann entdeckt zu haben, sagen Sie Bescheid.«

Siggi blätterte durch die Bilder. Manche der Gesichter ließen auf den ersten Blick vermuten, dass es sich bei den Männern um Verbrecher handelte. Andere wiederum sahen liebenswürdig und freundlich, wieder andere sogar sehr attraktiv aus. Siggi blätterte durch die Fotos. Dann stutzte sie und deutete mit dem Finger auf ein Bild.

»Da! Das ist er. Das ist der Mann. Ich bin mir vollkommen sicher.«

»Mischa 'Karotte' Vogeler. Bisher eher unauffällig. Ein Kleinkrimineller. Bewegt sich allerdings im Dunstkreis von Rocco Messina«, fasste der Kommissar, an seinen Kollegen gewandt, zusammen. Offenbar war dieser Messina eine bekannte Größe bei den Kollegen in Hamburg. Frau Pizolka, Sie haben uns sehr weitergeholfen. Sie sollen noch einmal auf dem Revier alles zu Protokoll geben, wenn Sie wieder auf den Beinen sind. Und eventuell kommen wir wegen einer Gegenüberstellung auf Sie zu. Wenn Sie Vogeler identifizieren könnten, wäre uns damit sehr geholfen.«

»Alles klar, Herr Kommissar.« Siggi grinste. »Dat wollte ich immer schon mal sagen. Könnten Sie wohl Törtchen wieder reinschicken?«

»Törtchen?«, wunderte sich Christiansen.

»Torsten. Pütti. Meinen Lebensgefährten.«

»Aber natürlich. Weiterhin gute Genesung, Frau Pizolka!«

»Tschüss, Frau Pizolka«, sagte Pohl und nahm die Mappe wieder an sich.

Der Kommissar verschwand in den Flur, und sein Kollege folgte ihm.

Ende gut, alles gut

»Und jetzt erzähl doch mal: War das wirklich wie im Film? Mit so einer verspiegelten Scheibe? Und müssen die sich alle nebeneinander an einer Wand aufstellen?«

»Nicht ganz«, meinte Siggi. »Aber eine verspiegelte Scheibe gab es. Und mehrere Männer, unter denen ich ihn erkennen sollte.«

»Wie geht es denn nun weiter?«, wollte Inge wissen.

»Na ja, die Ermittler untersuchen jetzt, wo dieser Vogeler in der betreffenden Zeit war, als Lenka starb, ob es Spuren oder Zeugen gibt und sie ihn irgendwie mit dem Mord an Lenka in Verbindung bringen können. Aber es sieht wohl ganz gut aus.«

»Wäre ja zu wünschen, dass die den drankriegen«, meinte Ingeborg. »Das ist überhaupt alles ganz unglaublich, was ihr erlebt habt! Eine richtige Miss Marple bist du, Siggi. Und so romantisch, Torsten, dass du sie gerettet hast wie so ein Superheld!«

Candy sprang kläffend um ihre Füße und wirbelte dabei den pudrigen Sand auf.

»Übertreib ma' nicht, Inge«, wehrte Torsten ab.

»Nein, sie hat recht. Du warst wirklich ein waschechter Superheld. Wie du mich da durch den Sturm getragen hast, Törtchen …«, sagte Siggi.

»Aber ohne den peinlichen roten Schlüpper über der Buxe und ohne Cape.« Torsten lachte.

»Jedenfalls bin ich froh, dass alles so glimpflich ausgegangen ist«, meinte Ingeborg. »Das Mordkomplott ist aufgeflogen, und ihr habt die beiden mörderischen Damen hinter Gitter gebracht. Und wie es aussieht, werden der Killer und dessen Auftraggeber ja nun auch noch in den Knast wandern.«

»Wir? Dat war hauptsächlich Siggi«, korrigierte Törtchen. »Ich will mich nicht mit fremde Federn schmücken.«

»Vielleicht hast du ja deine neue Berufung gefunden: Siggi Pizolka, Privatdetektivin«, scherzte Inge. »Das hätte doch was, findest du nicht?«

Siggi schüttelte den Kopf. »Bloß nicht! Ich bleibe lieber bei meinen *Girlfriendz*-Partys und dem Kosmetikservice. Das läuft inzwischen richtig gut. Ich kann mich kaum retten vor Anfragen.«

»Ja, vor allem seit es durch die Zeitungen ging, dat du den Mörder von Lenka überführt hast. Die sind jetzt alle neugierig auf dich.«

»Tja, für die Pablissitie war es nicht schlecht«, stimmte Siggi zu. »Besser als jede Werbeanzeige und jeder Flyer.«

»Ich muss sagen, ich bereue es keine Sekunde, dass Hilde dir das Haus vererbt hat«, sagte Ingeborg. »Seit ihr hier auf der Insel wohnt, ist Langeweile ein Fremdwort.«

Siggi kniff die Augen zusammen und sah aufs Meer hinaus. Eine Möwe krächzte heiser. »Guckt mal. Was schwimmt denn da?«

»Wo?« Torsten und Inge blieben stehen und blickten in dieselbe Richtung.

»Na da, habt ihr das nicht gesehen? Da schwimmt irgendwas Helles im Wasser.«

»Hömma, find bloß nicht wieder eine Leiche!«, warnte Torsten.

»Quatsch! Das ist keine Leiche. Ich glaube, das ist ein Schweinswal. Guckt doch mal.«

»Tatsächlich. Ich glaube, du hast recht«, stimmte Inge zu. »Die sieht man hier öfter.«

»Das hab ich auch gelesen. Aber ich habe noch nie einen gesehen.«

»Bringt bestimmt Glück«, meinte Torsten.

»Glück hab ich doch schon«, entgegnete Siggi, hakte sich zwischen Inge und Törtchen ein und strahlte beide an. Candy flitzte mit ungebremster Begeisterung vor ihnen her. Sie liebte es, am Meer spazieren zu gehen. Hier gab es so viel Interessantes zu entdecken und zu erschnüffeln. »Ich könnte es doch überhaupt nicht besser haben«, stellte Siggi fest. »Oder was meint ihr?«

»Ich wär ein Idiot, würde ich widersprechen.« Torsten drückte ihr einen Schmatzer auf die Wange.

»Du bist so lieb, Siggi. Hört mal, wenn wir jetzt da zwischen den Dünen entlanggehen, kommen wir zur *Kupferkanne.* Kennt ihr die? Da könnten wir einen Kaffee trinken und ein Stück Kuchen essen. Ich lade euch ein«, schlug Inge vor.

»Nee, danke. Lass uns lieber woanders hingehen.« Siggi winkte ab. »Von Bunkern hab ich fürs Erste die Nase gestrichen voll.«

Danksagungen

Zunächst einmal möchte ich mich bei meinen Leser*innen bedanken, denn in Ihren Köpfen erwachen meine Geschichten erst zum Leben. Wenn Ihnen meine Figuren ans Herz wachsen und Sie mich fragen, wie es weitergeht, wenn Sie mir erzählen, dass ich Sie unterhalten, aufgemuntert, berührt und/oder gefesselt habe, ist das für mich das Allergrößte und motiviert mich ungemein.

Außerdem gilt mein Dank meiner Familie, insbesondere meinem Mann Michael, der mich unterstützt und erst möglich macht, dass ich mir die Zeit zum Schreiben nehmen kann.

Darüber hinaus möchte ich mich bei meinen fantastischen Kolleg*innen der schreibenden Zunft bedanken. Durch euch habe ich immer jemanden, mit dem ich mich austauschen kann. Wir können uns gegenseitig volljammern, aber auch motivieren und freuen uns gemeinsam über unsere Erfolge. Insbesondere wären das meine Freundinnen und Musen Evelyn Boyd, Kari Erlhoff und Angelika Lauriel, denen dieses Buch gewidmet ist. Vor allem danke ich Angelika dafür, dass ich mir Bruno Witkowsky, Charlene und das *Dancing Cat* aus ihrem Lucy-Schober-Krimi *Tote Frauen lügen nicht* ausleihen durfte.

Außerdem den Mädels der Romance Alliance, mit denen ich dieses Jahr unserer Kurzromanreihe Romance Alliance Love Shots neues Leben einhauchen durfte.

Last but not least sei meinen Lektorinnen gedankt, die mir mit Rat und Tat zur Seite stehen und geholfen haben, das Beste aus meinem Text herauszuholen.

Für alle, die das Buch erkannt haben, das Lenka so begeistert hat: Es ist eine kleine Verbeugung vor einer wunderbaren Kollegin, die ich sowohl für ihre Wortgewalt als auch ihr Engagement sehr bewundere.